SIGK
JULIO PQ
NOPQRES
QRESTUV
RAWXÁZA
XYZARCD

Clases de literatura

文学课

〔阿根廷〕胡里奥·科塔萨尔 著

林叶青 译

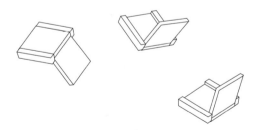

南海出版公司

目 录
CONTENTS

第一课　作家之路

　　我想明确下立场，虽然我提议先谈短篇小说，再谈长篇小说，但这并不意味着区别对待，也不代表任何价值判断：我以同样的专注，怀着同样的热情，创作和阅读短篇与长篇小说。你们知道的，这两者截然不同，我们会从几个方面来更好地说明这一点。但是，我之所以提议我们先分析短篇小说，是因为短篇小说这个主题——我们今天就会谈到它——更容易入门；与长篇小说相比，它们更容易把握和分析，原因显而易见，我就不做赘述了。

　　你们得明白，在你们来这儿不久之前，我还在七拼八凑地临时备课：我不是个有规划的人，我既不是评论家，也不是理论家，所以，每当在工作中遇到问题，我都会去寻找解决方案。这几天我一直在想，在谈论短篇小说这个文体和我的短篇小说之前，

1

要是我先简单地介绍一下自己的经历，或许能帮助大家更好地了解拉美短篇小说。我曾经在很久以前的一次座谈中，把自己的写作经历称为"作家之路"；也就是说，我在……不幸的是，已经三十年了——间开展文学活动的路径。只要作家还在作家之路上穿行，他就无法看清它们，因为他和所有人一样生活在当下，但随着时间的流逝，总有一天，面对自己出版的诸多书籍和得到的诸多评论，他会突然拥有足够的视野和评论空间，让他能够清晰地审视自己。几年前，我问过自己，在文学（对我来说，"文学"和"生命"这两个词永远相同，但在今天的语境下，我们关注的是文学）中，我的道路究竟是哪一条。我将简要地谈谈作家之路，这可能会有所帮助，因为之后你们会发现，这条路指明了一些不变的因素，一些趋势，它们对我们当代重要的拉美文学起到了意义深远的决定性作用。

我希望你们不要被我接下来将要使用的三个词吓到，因为你们一旦理解了我为什么要用这几个词，就会明白它们实际上很简单。我认为，我的作家之路可以划分为三个彼此界限分明的阶段：第一阶段我把它叫作美学阶段（这是第一个词），第二个阶段我称之为形而上学阶段，而到今天为止的第三阶段，我把它叫作历史阶段。接下来，我会谈到我的作家生涯里的这三个时期，我会说明我为什么用这几个词，这是为了方便大家理解，你们没必要像哲学家谈论形而上学时那样严肃对待。

我那一代的阿根廷人，几乎都是来自首都布宜诺斯艾利斯的中产阶级；由于学识、出身和个人喜好，这个社会阶层的人自很年轻的时候起就投身于文学活动，尤其是聚焦于文学本身。我清楚地记得与我那些同学们的交谈，毕业后我们依然是朋友，大家都开始写作，有些人还慢慢地开始出版作品。我记得我和我的朋友们，我们这些阿根廷年轻人（或者说港口人，大家都这么称呼布宜诺斯艾利斯人），深受唯美主义的影响，专注于文学，因为它的美学价值和诗性价值，还因为它所产生的精神共鸣。我们当时并没有使用这些词汇，我们不知道它们究竟是什么，但现在我意识到，作为读者和写作者的最初那几年，我处于被我称作美学阶段的时期，在这个时期里，文学基本等同于阅读我们能找到的最好的书籍，并在写作时紧盯着杰出的范本，或是关注风格完美的理想文本。当时，我这个年纪的年轻人并没有意识到，我们距离一段动荡波折的历史究竟有多远，它正在我们周围发生，而我们正从中缺席——因为当时我们也是以置身事外的视角理解着那段历史，我们的心灵与它保持着距离。

　　在布宜诺斯艾利斯，我远距离地经历了西班牙内战，西班牙人民浴血奋战，反抗佛朗哥政权，并最终被它击溃。一九三九年至一九四五年期间，同样是在布宜诺斯艾利斯，我经历了第二次世界大战。我和我的朋友们是如何经历这两场战争的呢？在西班牙内战中，我们是西班牙共和国坚定的支持者，是坚定的反佛朗哥人士；在第二次世界大战中，我们全心全意支持同盟国，坚决反对纳粹主义。但在确定立场后，我们做了哪些事呢？我们阅读报纸，全面了解前线的即时战况；我们在咖啡馆畅谈，与偶然遇见的对手争论，捍卫自己的观点。我参与了这个小团体，而与此同时我还参与了其他许多团体，我们从没有想过，西班牙的战争会直接影响到我们阿根廷人、影响到我们每一个个体；我们从没有想过，即使阿根廷是中立国，第二次世界大战也会影响到我们。我们从来没有意识到，作为作家，作为个人，我们的使命远不止于单纯的评论，或是对某个抗争群体的单纯的同情。这种我对自己和我所在的阶级非常深刻的自我批判，在极大程度上定义了当时的第一批文学创作：在我们生活的世界里，欧洲作家或阿根廷作家出版的小说和意义深刻的短篇小说集对我们来说至关紧要；在这个世界里，我们得付出所拥有的一切——一切资源，一切知识——来达到尽可能高超的文学水准。这是一种美学的提议，一种美学的应答；对我们来说，文学活动就是文学本身，就是文学作品，而绝不是人们（不管他是否为作家）的生活处境——用奥特加·伊·加塞特①的话来说，是"情境"——的组成部分。

不过，当时，即便我几乎没有任何历史参与或历史情感，我

---

① 何塞·奥加特·伊·加塞特（José Ortega y Gasset, 1883—1955），二十世纪西班牙最伟大的思想家之一。（除特殊说明外，本书收录的脚注均为译者注。）

很早就意识到，文学，甚至是最天马行空的幻想文学，不仅仅存在于阅读、图书馆和咖啡馆的畅谈之中。从很小的时候开始，我就能感受到与布宜诺斯艾利斯的各种事物、各色街道——对写作者而言，让这座城市成为一方连续、多样、精彩的舞台的一切——之间的联系。那时，在我和我的朋友们看来，像豪尔赫·路易斯·博尔赫斯那样的作家出版的作品意味着一座文学的天堂，开拓了当时我们语言的最大潜力；但与此同时，我也很早就意识到了另一些作家的存在，我只提其中一位，小说家罗贝尔托·阿尔特，他当然不像豪尔赫·路易斯·博尔赫斯那样有名气，因为他英年早逝，写了一部很难翻译的作品，而且这部作品仅流传于布宜诺斯艾利斯极为局限的小圈子中。虽然我的美学理念让我崇拜博尔赫斯这类作家，但我同时也关注通俗用语，关注罗贝尔托·阿尔特的短篇和长篇小说中通篇贯行的街头黑话。正是出于这个原因，当我谈及作家之路的不同阶段时，绝对不能把它们完全割裂开来：那个时期，我在美学的、美学化的世界中活动，但是我认为，在我的手中或想象中，已经有了来自别处的成分，只不过还需要时间让它们开花结果。移居欧洲以后，我逐渐在内心深处感受到了这一点。

　　我总是因为受到偶然或者一系列巧合的触动而写作，但我不太清楚自己为什么会这么做：那些念头飞向我，就像一只从窗户飞进来的鸟。在欧洲，我继续写充满美学色彩、天马行空的短篇小说，几乎每一篇都属于幻想主题。但在毫不自知的情况下，我开始涉猎与初衷截然不同的题材。那几年，我写了一篇很长的短篇小说，《追寻者》，它可能是我写过的最长的短篇小说了，我们之后会再具体谈论这部作品。这篇小说本身没有任何幻想元素，却包含了对我来说变得愈发重要的东西：人的存在，一个有血有肉的人物，一名爵士音乐家。他忍受苦难，敢于梦想，奋力发声，却被追逐他一生的宿命击垮。（读过这篇小说的人知道，我指的是查理·帕克，他在小说里的名字是乔尼·卡特。）当我写完这篇小说并成为它的第一位读者时，我发现，不知为何，我脱离了原来的轨道，正试图进入另一条路径。现在，人物变成了我最感兴趣的对象，而我在布宜诺斯艾利斯写的故事中，人物是为幻想元素服务的，是他们使幻想元素得以显现；尽管我会对那些故事中的一些人物产生怜悯或喜爱之情，但这种情感非常有限：我真正在意的是故事的结构、美学要素，以及它与一切美好、奇妙、迷人事物的文学性融合。在移居巴黎后的深刻孤独中，我似乎突然在乔尼·卡特这个人物身上看到了我的同行者的身影：一位被不幸宿命追逐的黑人音乐家。在这则故事中，他的思绪、独白和挣扎贯穿全文。

与同行者的第一次接触——我觉得我有权利使用"同行者"这个词——是在一个人与另一个人、一个人和一群人之间直接搭起的第一座桥梁，这让我在那些年岁里，对长、短篇小说中能够展现的心理机制越来越感兴趣，我越来越想探索和了解这个领域——归根结底，这是文学最迷人的地方。在这个领域中，人的智性与感性相结合，他的心理决定了他的行为、他生命中所有的可能性、他所有的关系、他的生活波折、他的爱恋、他的死亡、他的命运：一言以蔽之，他的故事。随着我愈发渴望深入了解我想象的人物的心理世界，我萌生了一系列疑问，于是我写了两部长篇小说，因为短篇小说从来——或几乎从来——都不会产生问题：问题存在于长篇小说中，它们提出问题，并常常试图解决问题。长篇小说是作家向自己发起的伟大战争，因为小说中包含了整个世界、整个宇宙，而人类的命运在其中全力上演。我用了"人类的命运"这个词，是因为当时我意识到，我并没有写心理小说的天赋，写不出像现有的心理小说那样优秀的作品。我只能掌控一些人物生命中的某些要素，对此我并不满意。在《追寻者》中，乔尼·卡特笨拙而无知地提出了我们可以称之为"终极"的问题。他不理解生命，也不理解死亡，他不理解自己为什么是音乐家，而他想知道自己为何演奏，为何会经历他所经历的一切。由此，我进入了被我归为形而上学的阶段（这稍有一些卖弄学识的成分），也就是说，这是一种缓慢、艰难而又非常原始的自我探寻——因为我既不是哲学家，也没有哲学天赋——这一探寻的对象是人，不是单纯的有生命、能活动的生物，而是哲学意义上人类的存在，是命运，是神秘旅途中的一条道路。

我把这个阶段称为形而上学时期，因为没有比它更好的名称了，而我在写两部长篇小说时，正好处于这个阶段。第一部小说叫《中奖彩票》，它以娱乐性为主；第二部小说则超出了娱乐范畴，叫作《跳房子》。在第一部小说中，我试图呈现、控制并驾驭一群重要而多样的人物。我有一种技术上的忧虑，因为短篇小说作家——作为短篇小说的读者，你们很清楚这一点——出于技术原因会尽可能地精简小说中的人物数量：他不可能在一则八页的短篇小说里讲述七个人物的故事，因为到了第八页结尾，人们可能依然不了解其中的任何一位，所以，必须对人物的数量有所控制，其他许多方面也不例外。（我们稍后会谈到这一点。）相反，长篇小说却是开放的游戏。在写《中奖彩票》的时候，我问自己是否能在一部普通长度的小说中，展现并掌控几个人物的思想和情感，最后我数了数，一共有十八位人物。已经不少了！这算是一种风格练习，我想用这种方式来测试自己能不能向长篇小说这一文体迈进。好吧，我通过了；虽然我的分数不高，但是我通过了这场测试。我认为，长篇小说中包含的许多要素让它显得迷人而富有深意，而正是在长篇小说中，尽管仍只是在小范围内，我实践了那个挥之不去的新愿望：超越书中人物的浅层心理，深度探寻他们的人性、他们的存在、他们的命运。在《中奖彩票》里，只有一两个人物思考过这类问题。

　　我花了几年时间创作《跳房子》，在这部小说中，我不断探寻、提出疑问，把当时能想到的一切都写进去了。小说的主人公跟我们所有人一样，是个实实在在的普通人。他不平庸，但也没什么过人之处；不过，就像《追寻者》中的乔尼·卡特一样，这个男人长期忍受着痛苦，这让他就超越日常生活和日常问题之外的东西进行自我拷问。《跳房子》中的人物奥拉西奥·奥利维拉经历着他身处的历史现况，经历着每天都在发生的政治角力、战争、不公与压迫，他想了解时而被他称作"中心点"的概念。这个中心不仅是历史的中心，还是哲学的中心、形而上学的中心，它引导人类走上自己正在贯穿前行的历史之路，而我们是其中的最后一环，也是当前的一环。奥拉西奥·奥利维拉和他父亲一样，没有任何哲学知识，他只是在最深的痛苦中提出了疑问。他多次自问，人，作为一个物种，作为各种文明的集合，怎么会走到当下的境地，人们选择的这条道路完全无法保证自己最终能获得和平、正义与幸福，这条道路充满了厄运、不公和灾难，人对人是狼，一些人攻击、迫害另一些人，正义和不公常常像打扑克牌一般被随意处置。奥拉西奥·奥利维拉对触及人类心灵深处的本体论因素感到忧虑：为什么理论上人类明明可以凭借自己的智慧和能力，凭借自己拥有的一切积极因素，建构良性的社会，但最后却要么没有实现，要么只部分实现，要么在取得进展之后又倒退了呢？（在某些时期，文明在取得进展后骤然崩塌，我们只要翻开历史书，就能发现许多曾经灿烂的古代文明走向了衰落和灭亡。）奥拉西奥·奥利维拉并没有屈从于为他预先设定的世界；他质疑一切，拒绝接受人们在通常情况下会给出的答案，拒绝接受社会 x 或社会 z 的答案，拒绝接受意识形态 a 或意识形态 b 的答案。

历史阶段意味着挣脱在奥利维拉的探寻中一直存在的个人主义和利己主义，虽然他在思索自己命运的同时也对人类的命运进行了思考，但一切仍聚焦于他本人、他自身的幸福与不幸之中。还需要跨出下一步：不仅得把他人看成我们了解的个体，还得把他们看作社会整体、民族、文明和人类群体。我得承认，走过新奇、古怪同时又有些宿命意味的道路，我抵达了这个阶段。与年轻时不同，我带着极大的兴趣关注着当时国际政坛上发生的一切：阿尔及利亚民族解放战争爆发时，我在法国近距离地经历了这场历史事件，对于阿尔及利亚人和法国人来说，虽然原因不同，但这都是一次动荡的变革。随后，在一九五九年至一九六一年期间，我非常关注那群潜入古巴山区的人的伟大壮举，他们正奋力推翻独裁制度。（当时他们还没有确切的称谓：他们被称为"胡须汉"，巴蒂斯塔则是独裁者的名字，他位属拉美大陆曾经拥有、而如今依然存在的诸多独裁者之列。）这件事在我心中逐渐生发出特殊的意义。我得知的证言、读过的文章都让我对此次事件产生了浓厚的兴趣。一九五九年末，古巴革命取得了胜利，我很想去那里一趟。虽然起初不能成行，但一年多以后，我到了那里。一九六一年，作为刚成立的美洲之家的评委，我第一次去了古巴。我以自己唯一力所能及的方式做出了些许贡献——我贡献了自己的才智，在古巴的两个月里，我四处观察、感受、倾听，根据不同的情况表达赞成和反对。回到法国以后，我拥有了一段极为特别的经历：在近两个月的时间里，我没有跟朋友来往，也没有参加文学聚会；我每天都和一群正与最艰难的困境奋力抗争的人民待在一起，他们什么都缺，受困于无情的封锁，却努力通过革命来实现自我的追寻。回到巴黎以后，这段经历逐渐引导我走向一条平缓而坚定的道路。对我来说，那原本只不过是需要出示护照的邀请，仅此而已；只不过是身份的象征，仅此而已。而当时，我却突然得到了某种启示——用这个词毫不夸张——我觉得自己不只是阿根廷人：我是拉丁美洲人，而古巴人民正试图获得解放，正试图征服那个我刚刚去过的国家，这件事是促生改变的催化剂，它不仅向我揭示、证明了我是一个亲历着这一切的拉美人，还让我感受到了一种义务，一种责任。我意识到，成为一名拉美作家意味着首先要成为一名书写拉美的作者：除了承担一切责任与义务之外，我还得将写作重心放在拉美人的生存境况上，并将此展现在文学作品当中。因此，我觉得我可以使用"历史阶段"这个名称——也就是说，我进入了历史——来描述我作家之路中的最后一段路程。

如果你们读过我三个阶段的作品，就会发现我富有自传意味的粗略讲解都反映在了作品当中。你们会看到，我是如何从信仰文学本身转变为将文学当成探索人类命运的途径，后来又转变为将文学当作我们参与本国历史进程的一种方式。我之所以跟你们讲这些——我认为我添加了一些个人自传的色彩，这总让我感到羞愧——是因为我相信，你们可以通过我走的这条路推断出我们眼中意义非凡的当代拉美文学的整体发展历程。在近三十年中，绝对的个人主义文学得到了发展，而且还将继续发展，毫无疑问，它的成果是美丽而确实的。但这种追求艺术的文学与纯文学已经让位给了新一代的作家，他们更为积极地参与到本民族和全世界各民族的奋斗、抗争、探讨和应对危机的进程之中。基于精英活动和自诩出众（许多人仍旧这么认为）的文学创作正逐渐被另一种文学形式取代，且这新形式中的优秀作品从来不曾降低水准，它们记录了大量的与作者祖国相关的民族奋斗历程，却并没有因此落入俗套。我指的是当今最优秀的文学作品——阿斯图里亚斯[①]、巴尔加斯·略萨和加西亚·马尔克斯的作品。他们的作品都是建立在这种观点之上的，他们从事这项孤独的工作，试图深入探索命运、现实，以及各自民族的未来，并在这个过程中感受到了快乐。因此，我认为，我的个人经历大体上是这样一种过程：我从投身于最（我不知道该怎么形容，我不喜欢"精英主义"这个词，但其实很恰当……）出众、最高雅的文学活动，转向致力于另一种形式的文学，后者保留了前者所有的优势和力量，且它如今的读者群体远远超过了前者的初代读

---

① 米格尔·安赫尔·阿斯图里亚斯（Miguel Ángel Asturias, 1899—1974），危地马拉小说家。

者。前者的读者是同一阶层的群体，同一阶层的精英，他们手中掌握着密码，能够揭示文学的秘密，那种文学总是令人钦羡，却又总是精致高雅，难以企及。

等我们谈论我和其他作家的长篇和短篇小说时，我现在说的话对分析作品的内容和主旨会非常有用；到时候，大家就能更好地理解我现在讲的话了。现在气温很高，从佩佩·杜兰德[①]的脸上就能看出来，你们想不想休息五分钟或十分钟，然后我们再继续上课。我觉得答案是肯定的，行吗？

现在我们集中精力来谈一谈当代拉美短篇小说，以分析我的作品为主。不过，我们已经说好了，必要时可以岔开话题，你们先提问，我稍后解答。

我们最好一开始就做一件很基础的事情——思考一下什么是短篇小说，虽然所有人都在阅读短篇小说（我认为，这一文体正变得越来越流行；在一些国家，短篇小说一直很受欢迎，而在另一些国家，它曾被拒之门外，理由非常神秘，评论家也正试图将其厘清，但现在，它也正逐渐占有一席之地），但总的来说，我们很难给短篇小说下定义。有些东西是没法定义的；在这个意义上，我喜欢把事情想得极端化，我认为，本质上，一切都是无法定义

---

① 佩佩·杜兰德是当时邀请科塔萨尔到加州大学伯克利分校授课的任职教授。

的。字典定义了一切；如果是很具体的事物，那么它的定义或许还说得过去，但很多时候，我觉得大家以为是定义的东西只是一种约略的近似。人们用聪明才智掌握了这些近似的定义，与它们建立了关系，一切运行良好，可是当我们谈及某些事物的时候，下定义就会变得非常困难。一个著名的例子就是诗。到今天为止，谁能定义诗？没有人。从早已对此感到困惑的古希腊人开始，至今已经出现了两千多个相关定义，亚里士多德还写了一整部《诗学》来阐述诗的概念，但是没有任何一个定义能让我信服，更无法让诗人信服。事实上，我认为只有那位西班牙幽默大师说得最在理，他说，诗就是我们定义了诗后剩下的东西：它逃脱了，不在定义的束缚之内了。短篇小说的情况并不完全如此，但它也不是一个容易定义的文体。我们能做的，只是依照时间顺序，匆忙草率、不甚完美地靠近它。

讲故事这件事本身——从我们所能想象的往昔年代，以及今天我们读它、书写它的情况看来——与人类存在的历史一样古老。我想，在过去，父母肯定会在岩洞里给孩子们讲故事（很可能是野牛的故事）。所有民族都有口耳相传的民间故事。非洲大陆是民间故事的沃土，人类学家孜孜不倦地收集这些数量惊人的故事，编成篇幅浩瀚的巨作。在这些故事中，许多精妙的幻想和想象都由父母留传给了子女。在远古时代，故事被视作一种文体，到了中世纪，人们明确地将它归于美学和文学范畴，有时它们会以宗教故事的形式出现，旨在阐明宗教或道德意义。举个例子，早在古希腊时期，寓言故事就已经出现了，它们篇幅精短，独立成篇，讲述两三只小动物的故事，情节有头有尾，还有道德反思。

直到十九世纪，我们今天意义上的短篇小说才得以出现。但纵观历史，我们可以找到许多非常精彩的故事性要素。想想《一千零一夜》吧，这本故事集里的大部分作品都是匿名的，是一名波斯抄写员将它们收集起来，并赋予它们美学价值；其中一些故事的结构极其复杂，从这个意义上来说，也非常现代。在中世纪的西班牙，有一部经典著作，胡安·曼努埃尔王子的《卢卡诺伯爵》，其中的一些故事相当出色。到了十八世纪，作家创作的短篇小说大体上都很长，它们更像是长篇小说，而不是短篇小说；比如说，我想到了伏尔泰的短篇小说《查第格》和《老实人》，它们是短篇小说，还是篇幅简短的长篇小说呢？故事中发生了许多事，叙事发展甚至可以被划分成多个章节，以至于它们更像是篇幅较短的长篇小说，而不是篇幅较长的短篇小说。进入十九世纪后，差不多在同一时间，英语世界和法语世界的短篇小说突然有了一席之地。到了十九世纪下半叶，英语世界涌现了一批作家，他们认为短篇小说是一流的文学工具，并在严格遵守写作规则的前提下，将短篇小说的书写发挥至极致。在法国作家中，只须提起梅里美、维里耶·德·利尔－亚当，或许再提一提他们当中的佼佼者莫泊桑，就能明白短篇小说是如何变成一种现代文体的。到了本世纪，短篇小说已经具备了所有的要素和条件，也对作家和读者提出了一系列要求。在我们生活的现在这个时代，就像阿根廷人说的那样，我们没法接受别人"给我们瞎编故事"：我们能接受别人给我们讲好的故事，这可是另一码事。

如果我们想通过以上简单的回顾来寻找短篇小说的近似定义而非准确定义，那么大体上说，我们能找到的是一种粗略的说法：短篇小说是一种非常朦胧的、界限模糊的东西，它的发展阶段并不总是紧密相连，直到十九世纪和我们所在的二十世纪，它才具有了在我们看来较明确的特点（仅就文学所能具有的确定性而言，在某种程度上，短篇小说具有可比拟长篇小说的灵活性，而在当今一些新生短篇小说家的笔下，它也可以拐个弯，从其他角度呈现出其他的可能性。只要不发生这样的情况，我们就能在全世界拥有一大批的短篇小说家，以及数量庞大、举足轻重的拉美短篇小说家，而我们对后者尤其感兴趣）。

既然我们已经表明，我们无法准确地定义短篇小说，那么它的主要特点有哪些呢？通过初步的分析——也就是分析短篇小说的本质、存在原因、主题和形式——我们就会发现，如果按照主题来划分，现代短篇小说的种类是无穷无尽的：它的主题可以涉及现实主义、心理、历史、风俗、社会……这种文体非常适合处理以上任何一类主题，而在纯粹想象的领域中，它给予被我们称为幻想小说的纯虚构作品以绝对的自由，在超自然短篇小说中，想象力更改了自然规则，并以另一种方式，在另一种光线下，呈现出世界的模样。即便我们仅仅分析具有代表性的经典现实主义短篇小说，也能感知其范围之广阔：一方面，我们可以读到 D.H. 劳伦斯和凯瑟琳·曼斯菲尔德的作品，他们细致地刻画了人物面对命运遭际时的心理活动；另一方面，我们有乌拉圭作家胡安·卡洛斯·奥内蒂的作品，他能够极其真实地——甚至完全写实地——描绘生命中的某个时刻，虽然他的主题与劳伦斯和凯瑟琳·曼斯菲尔德的作品主题基本相同，但却是完全不同的故事。充满不同可能性的扇子就这样展开了。现在你们已经知道，我们无法通过分析主题来抓住短篇小说的尾巴，因为任何事物都能被写入其中：小说中没有好主题，也没有坏主题。（任何一种文学形式都没有主题的好坏之分，一切取决于作者是谁以及他的处理方式如何。有人曾经说过，关于一块石头的故事也能写得精妙绝伦，只要作者名叫卡夫卡。）

如果我们从主题的角度出发，很难找到接近短篇小说概念的标准。然而，如果我们从通常被称为形式的角度出发，我认为我们会更接近目标，因为这涉及了一些我们之后要讲的内容。不过，与"形式"相比，我更喜欢用"结构"这个词，我并不是指结构主义意义上的结构，也就是那个最近被深入研究、我却一窍不通的批评与探究体系。我说的结构，就好比这张桌子的结构，或者这只茶杯的结构；在我看来，这个词比"形式"更加丰富、更加宽泛，因为"结构"还含有某种刻意的意味："形式"可以是与生俱来的，而"结构"则意味着人们运用智识和意志来组织、连接事物，并赋予它架构。

我们可以通过分析结构来进一步了解短篇小说，容我做一个不太高明却极其有用的比较，我们可以对比两种文体：长篇小说和短篇小说。大体上我们很清楚，长篇小说是开放的文学游戏，它可以无限发展，也可以根据情节需要和作者的意愿在特定时刻结束，它没有明确的界限。长篇小说的篇幅可以很短，也可以无限延长，有些长篇小说已经结束了，但是读者却会觉得作者还可以再接着写；有些作者接着写了，几年后便有了续集。翁贝托·埃科把长篇小说称为"开放的作品"：长篇小说的确是容纳一切的开放游戏，它承认一切、呼唤一切，它需要开放游戏，需要写作与主题的巨大空间。短篇小说则完全相反：它是一个封闭的体系。那些读后能给人留下印象、让人们觉得值得阅读的短篇小说，总有一个命中注定的封闭结局。

我曾经把短篇小说比作球体，它是最完美的几何形状，因为它有着彻底封闭的形态，且它表面上的无数个点与隐形球心的距离都是相等的。球形几何体是完美的奇迹，而每当我想到一篇完美的短篇小说，我的脑海中便会浮现球形几何体的画面。长篇小说从来没有让我联想到球体；我觉得它是一个结构庞大的多面体。相反，就短篇小说自身的特质而言，它更趋向于形成封闭的球体，在此我们可以做另一种类比，比较电影与摄影：电影就像是长篇小说，摄影就像是短篇小说。电影好比长篇小说，它是一个开放的系统，一种游戏，其中的情节可以终止，也可以延续下去；电影导演可以增添意外的曲折，却不会削弱电影的效果，甚至还可能令其有所增强；相反，摄影总会让我想起短篇小说。有一回，我与一位职业摄影师聊天，我发现这种联想是有理有据的，因为伟大的摄影师拍下了那些我们永不会忘记的相片——比如，阿尔弗雷德·斯蒂格里茨和卡蒂埃-布列松的作品——而这些相片的取景都有某种命中注定的意味：摄影师拍照时，将完美平衡、构造完备、内容丰富的景象装进了相片的四条边中，相片本身已经足够了，但它还发散出一种超越相片之外的氛围，让人们忍不住去想象在远处，左侧或右侧，究竟还有什么，而这正是短篇小说和摄影的魅力所在。举个例子，相片中有两个人，背景是一座房子，左侧或许会有一只脚或一条腿的阴影，而相片到这里就结束了。在我看来，这样的相片是最有意义的。阴影属于没有出现在相片里的某个人，与此同时，相片给出了各种暗示，激发着我们的想象力，对我们说着："那里还有什么呢？"相片反映了相片之外的氛围，我认为正是这一点赋予这类相片强大的力量，从技术上说，这些相片不一定很出色，也不一定比其他相片更让人印象深刻；有些相片没有这种光环，没有这种神秘的气息，也非常动人。与短篇小说类似，相片也是一种奇妙的封闭系统，它们向观众和读者释放想象力能接收、转化的暗示信号，让相片变得更加丰富。

由于短篇小说有内在的结构要求，它不能是开放的，而应该像球体一样向内闭合，同时，它还得保持一种活力，能反映短篇小说之外的事物，我们可以把这个要素称为摄影要素。我认为，想要写出一篇令人难忘、甚至不朽的短篇小说，构成摄影要素的诸多特征是必不可少的。我们很难定义这些要素。在你们很快就会读到的一篇文章里，我曾经谈论过其中两个要素，也就是强度和张力。这两个要素是优秀短篇小说家作品的特点，它们促生了像埃德加·爱伦·坡最好的作品那样让人难以忘怀的短篇小说。比如《阿芒提拉多的酒桶》，这是一个看起来很普通的小故事，篇幅不到四页，没有任何拐弯抹角的废话。从第一句话开始，我们就被带入了一场注定会实现的复仇当中，小说既有强度也极具张力，因为我们可以感觉到爱伦·坡的语言就像一张弓那样拉伸展开：每个词语、每个句子都经过细致的推敲，没有任何多余的内容，只留下了精华，同时，还存在着另一种性质的强度：他在触及我们心灵的最深处，不仅是我们的智性，还有我们的下意识，我们的性欲，以及一切被我们称为"潜意识"的东西，那是我们的人性中隐藏得最深的"弹簧"。

我们了解了张力、强度、球体和封闭体系等概念之后，就可以更自信地谈论拉丁美洲的短篇小说，因为我们的确没有给短篇小说下定义。我没有能力给它下定义，要是你们有什么提议的话，我们可以讨论讨论。我们可以试图通过短篇小说的外在特征去定义它：篇幅较短的文学作品，等等。但这些都不重要。我认为更重要的是指出短篇小说的内在结构，我也称之为短篇小说的动力：也就是说，短篇小说不仅是它本身，还是一种可能性，一种反映——就像我们说的相片一样——因此，康拉德、奥内蒂或者你们喜爱的任何一位作家的伟大作品，不仅意在被读者铭记，还旨在引发读者思索作品的内涵，拓宽读者的思想与心理。

接下来，我得直截了当地谈一谈拉丁美洲的短篇小说，不然都没法讲到我和其他同行的作品，不过我觉得你们不会后悔听了我的开场白，我本人也不后悔，因为我认为这些话能够让我们更好地进入主题，更好地理解我们接下来会谈到的内容。我们有两套方案：要么我现在就开始讲拉美短篇小说，要么我们利用剩下的时间让大家提问——就像我们上次说好的那样——我非常希望能够回答你们的问题。我看现在差不多三点半了；我们还有半个小时的问答时间，挺好。

我之前说过，这三个阶段不是相互隔离、彼此孤立的，而是互相交融的。并不是说，我摒弃了某种存在方式，开始以另一种方式存在，然后又转为第三种存在方式：我依然是我，只不过我经历了三个阶段，它们曾彼此交织，现在也经常如此。在我目前写的作品中，在我最近几本短篇小说集里，有几篇小说谈到了我们民族的历史进程，而小说的主题也涉及这些情况，我可以用"革命性"来形容这种意图，因为您①也用了这个词，但它并不完全准确；不过，收录了这类小说的集子里还有其他纯文学作品，它们是百分百的幻想小说，完全不涉及我们今天的政治环境。我很高兴您提了这个问题，让我可以在今天说出一些早说比晚说更合适的话：如果说，有什么是我要为自己、为写作、为文学、为所有作家和所有读者捍卫的，那就是写作者至高无上的自由，他可以书写他的良知和个人尊严指引他所写下的任何话。如果这位写作者在意识形态领域担有承诺，并书写了相关内容，那么作为一名作家，他就是在履行自己的职责。如果他同时还在完成纯文学写作的任务——也就是第一阶段的任务——那么这完全是他的权利，没人能够为此评判他。

　　你们很清楚，这就引出了我们称之为承诺文学的主题，这个主题让人们耗尽笔墨，却依旧没能达成一致意见。我记得有一位略为愤世嫉俗的幽默家曾经说过："承诺文学作家还是去结婚比较好。②"我觉得虽然这句话很有趣，但它有些保守，我认为您的问

---

① 根据上下文内容可以推断，此处科塔萨尔在回答一位同学的提问，因为录音质量问题无法重现。提问与科塔萨尔作为作家的三个阶段及其短篇小说《会合》有关。——编者注

② 这句话的西语原文是双关语。"Los escritores comprometidos harían mejor en casarse." Escritores comprometidos，既可以指承诺文学作家，也可以指已经订婚的作家。

题——基于我对它的理解——再次让我确信，一名自认为对社会现实担有承诺的写作者，如果他只书写自己的承诺，那么，他要么是一位糟糕的作家，要么是一位终将变糟的好作家，因为他在限制自己，他关闭了写作与文学这个广袤无垠的现实领域，只关注一项任务，而在这点上散文家、批评家和记者很可能做得比他更好。但是，即便如此，我觉得很振奋，很美好，因为对于拉美的小说家来说，世界就是各种写作主题的持续召唤，而现在他们越来越多地将自己民族的斗争和命运写入文学作品当中，他们试图尽一份力，帮助实现前几天我们在谈论自内向外，而不仅是自外向内的革命时，顺便提到的那项任务。

我认为，对我们作家来说，在我们有限的能力范围内，我们能做的就是参与被我们称作自内向外的革命；也就是说，给予读者最多的可能性，增加他们接收到的信息，不仅是智识层面的信息，还有精神层面的信息，增强他们与就在身边，却经常因为错误信息或者各类匮乏而忽略了的周围环境的联系。作家能通过他的意识形态或政治承诺做的唯一一件事，就是让他的读者读到能够称得上是文学的作品，同时，如果时机合适，或是作家认定时机合适，他还可以在其中囊括文学之外的信息。好了，这是针对此类话题的第一个回答，在之后的交流中，我们肯定还会更加充分地讨论这个话题。

我看最后一排的同学想……

学生：如果短篇小说相当于一个球体，那么您认为《魔鬼涎》这类短篇小说是什么样的球体呢？

如果耐心是一种美德的话，我想请您耐心地等一等，因为我打算在下周四和大家探讨这个话题。到时我们会以您提到的《魔鬼涎》或者《午餐过后》这类短篇小说为例，探讨所谓的球体特性，而且别忘了，这只不过是一种意象。所以，要是您不介意的话，我们还是把这个问题先放一放吧。

学生：我的问题与第一位女士在提问中谈到的短篇小说有关，我想知道切·格瓦拉有没有读过这部作品[①]，他对此又有什么看法呢？

我听说过好几个版本，其中有一个我觉得很可信，而且我很喜欢。切·格瓦拉在结束阿尔及利亚的一次会谈后坐飞机回国，他的旅伴是一位古巴作家[②]，也是我的朋友，而他的口袋里正好揣着那本小说集。在某一刻，他对切说："我这儿有一篇你的同胞写

----

① 指科塔萨尔的短篇小说《会合》。
② 罗贝尔托·费尔南德斯·雷塔马尔（Roberto Fernández Retamar，1930—2019），古巴诗人。

的小说，您是这篇小说的主角。"切说："给我看看。"他读完后，把书还给了作家，说："写得很好，但我不感兴趣。"

我觉得我非常理解这种反应："写得很好"是切能给出的最高褒奖，因为他是个极其文雅的人，是位诗人，能够区分好的故事和平庸的故事，但他说不感兴趣，这是他的权利。首先，他不可能在这篇短篇小说中看到自己的原样：我是个作家，我尽可能地按照自己当时对他的历史性了解塑造了"切"这个人物，但是想象与真实文本之间的差距总是巨大的。显然，当他读到自己以第一人称叙事时，他肯定会有一种非常奇怪的感觉；越往下读，他肯定越能感觉到自己的形象变得越来越模糊，越来越遥远——就好比我们看向相机取景器一样——越来越扭曲，画面失焦，又重新聚焦。这一切自然会让切觉得生疏，因为大家别忘了——这在某种意义上也是我对切的答复——这个故事诞生时，我恰好也在从古巴返回欧洲的飞机上，当时我正读着《高山与平原》，是一本游击队核心人物写的回忆录选集。书里收录了他们许多人的作品：卡米洛·西恩富戈斯的，菲德尔·卡斯特罗和劳尔·卡斯特罗的，还有一篇切·格瓦拉写的二十页长的文章。这篇文章的内容便是我在自己的短篇小说中改写的事件：我照搬他描绘的情节，讲述了他们的登陆和最初几场战役，我甚至还提到了一桩他本人幽默诙谐地写下的轶事——在形势激烈的战场上，他看见一个很胖的士兵，这个士兵躲在一根甘蔗的后面，他竟然试图在一根甘蔗后面四处乱窜来躲避敌人的炮火！他辨认出了所有这些内容，但是这已经不再是他的文章了，我用我的语言写下这篇小说，这已经不再是他在登陆后、在第一场战役中体验过的可怕经历了。此外，结尾完全是虚构的：我让他上山，并让他在最后时刻与菲德尔·卡斯特罗会合，于是他们有了一场对话，他们互相讲笑话，来掩饰得知彼此幸存后的激动之情。在小说的结尾，切做了富有诗意与神秘色彩的反思，他一边回忆莫扎特的一支四重奏，一边仰望星辰。这一切显然不是他的真实经历，因此他觉得小说写得很好，但他并不感兴趣。我觉得这是一个完美的回答。

学生：您提到，在某种意义上，您的美学阶段、形而上学阶段和历史阶段与拉美短篇小说家的各个阶段是并行一致的。您认为，未来的阶段或者方向会是怎么样的呢？

好吧，每当人们问我关于未来的问题，我总是回答说，我不是个有远见的人，也不是现在所谓的未来学家。我听说现在有一门学科，叫作未来学，研究这门学科的学者可以通过推测和假想，预言二〇二〇年在阿尔巴尼亚会发生什么事。就让我们期待二〇二〇年在阿尔巴尼亚会发生些什么吧……我不是未来学家，因此我很难回答这类问题。

学生：那您认为有没有作者正在偏离这种历史阶段，走向不同的阶段呢？

我并不这么认为；我对已经开始写作的新一代拉美短篇小说家、诗人和长篇小说家的印象很好，不管是二十多岁的还是三十多岁的。我读过他们的作品，我认为他们似乎已经意识到了我刚才在回答上一个问题时谈到的内容：单凭一则思想信息无法支撑一部长篇小说或短篇小说，因为如果这则信息是意识形态或是政治领域的，那么传单、文论或新闻会有更好的传播效果。文学的作用不在于此。文学有其他传播这类信息的方式，甚至能够比报刊文章更有传播力量，但是，只有高超而伟大的文学才能够更有力地做到这一点。这就是如今许多年轻的短篇小说家和长篇小说家已经注意到的事情。在过去的一段时间里，许多人满怀激情地想加入战斗——尤其是在古巴革命之后，这场革命在整片大陆燃起了星星之火——许多没有任何作家修养的人开始思考自己是否有能力写作，他们认为自己已经读过一些作品，或许可以在短篇小说或者长篇小说中传递自己的信息，释放出巨大的能量。事实证明并非如此，糟糕的文学或平庸的文学无法有效地传达任何信息。我认为，现在的年轻人——我将尽我所能地回答您的问题——不仅意识到了自己作为抗争者的社会责任，而且更加深刻地意识到了自己作为作家的职责。我认为，大家在阅读二十五岁至三十五岁的作家所写的作品时，很容易就能感受到这一点。

学生：您写作的时候，设想的目标读者是哪些人呢？我的第二个问题是：根据您对读者的了解，您成功了吗？

我没听懂第二个问题。

学生：您写作时会有特定的目标读者。我的第二个问题是，您有没有成功呢，阅读您作品的读者是不是那些人呢。

我觉得，我写作的时候并没有设定——用您的话来说——目标读者。在我们今天谈到的第一个阶段中，对我来说，读者几乎专指我身边的人，和我同时代的人，和我处在同一"水平"的人（我用这个词并没有划分阶层的意思）。我以前以为，阅读我作品的人同样也在为我这类人写作；这有点辩证的意味。一九四六年至一九四七年间，我写了第一批短篇小说，它们被辑集为《动物寓言集》。当时，如果能有一位像豪尔赫·路易斯·博尔赫斯那样让我无比崇敬的人阅读我的一篇小说并表示赞许，我肯定会十分欣喜。这可以算是最高的奖赏了，但后来，当我选择孤身一人——我指的是这个词最宽泛的意思，我离开了自己的国家，去另一个国家工作——读者的概念就完全失去了现实意义。许多年间，我在写作时清楚地知道，一定会有人读我的作品，这一点毋庸置疑。（"毋庸置疑"这个词有虚荣的成分，但它更蕴含着希望，所有想要成功的作家都会有这样的想法。）我希望会有人读我的作品，但那会是谁呢？当时，我没有明确的想法，现在我依然没有。我认为，如果一位文学作家设定了特定的读者群，那么他就是在削弱自己作品的力量，就是在限制它，给作品设置特定的要求和束缚：这个好，那个不好；这句话必须得写出来，那句话写出来不合适。这意味着自我批评，而如果一位作家进行自我批评，那么他就是在自我审查——这是最准确的词——认为自己得为特定的读者写作，因此他得给予他们这些内容，而不是那些内容；我认为，没有任何一位伟大的作家秉持这个观点。

写作时要想到你会有读者，你不是在为自己写作、沉浸在自我陶醉中，这一点很重要，也很难做到；要想到你是在为读者写作，但不要评价他们，不要说"我在为极富学识的读者写作，或是为喜欢情色、心理学或历史主题的读者写作"，因为这种自我限制必然会导致文学作品的失败。说到底，什么是畅销书呢？我指的是"畅销书"这个词的贬义。某些人在机场购买了这些砖头般的大部头，开始了自己的假期，在一周的时间里，用完全缺乏文学价值的书自我催眠，这种书里包含了这类读者所期待的、因而自然也能找到的各种元素。在为这些读者写作的人与花大价钱向这位先生买书的读者之间存在名副其实的契约，但这与文学无关。不论是卡夫卡，还是莫泊桑，还是我，我们都从未这样写作。很抱歉，我将自己与他们两位相提并论了。

学生：这堂课提到了下定义和反教条主义的难题，那么我想了解胡里奥·科塔萨尔作品的另一个领域，这个领域中的作品不是短篇小说，不是巴门尼德的球体，也不是其他人的球体，而是具有极佳可读性的文字游戏，它们拥有各种艺术形式，可以是幽默或诗性的文字游戏，也可以是叙事散文式诗歌（有一本这一类型的书，它的编辑时间是最长的，因为南美洲出版社原本不想出版它，这本书就是《克罗诺皮奥与法玛的故事》），它们是真正的科塔萨尔式作品，请原谅我用这个词。您怎么看待这个既不是短篇小说，也不是"短篇小说 – 球体"，但可能是最纯正地属于作者的作品呢？

我很高兴你认为它是最纯正的，也很高兴你喜欢它，因为我完全同意这个观点，在我写的所有作品中，这是最纯正的领域，它无法被系统地归类到三个主要阶段中的任何一个。我在五十年代至六十年代初构思并完成了《克罗诺皮奥与法玛的故事》，我还有一本叫作《某个卢卡斯》的小集子，里面都是短文，写于不久之前，还有一些小短文被收进了我称之为"年鉴式"的书里（《八十世界环游一天》和《最后一回合》），所有这些短文都是我个人的美妙游戏，是我作为孩童般的成人作家或成人作家般的孩童所进行的游戏。我内心深处的孩童从来不曾死去，在我看来，每一位诗人和作家内心深处的孩童都不会死去。我一直保持着非常出色的嬉戏顽皮的能力，我甚至还有一套理论，我把它叫作"游戏的重量"，现在我不会展开谈论这个理论，但我们得看到，游戏究竟重要到何种地步，在某些情况下，它甚至是非常动人的。正因为它们是短文，正因为有克罗诺皮奥之类的形象，这一切都可以超越时代，他们来来往往，穿梭于短篇小说与长篇小说之中。我不知道我们有没有时间，有没有意愿来谈论他们，不过，或许等到课程快结束的时候，等我们厌倦了短篇小说和长篇小说时，我们就可以花一个小时或者一个半小时来说说克罗诺皮奥，因为他们真的很有趣，我非常爱他们。

学生：我想知道，您在多大程度上将现实当成小说来阅读，您是否认为您的作品和其他拉美作家——更积极参与美洲现实进程的作家同仁——的作品之间存在不同之处。您多次提到，您是一位拉美作家，但是我觉得您和其他拉美作家之间存在深刻的差异。

我想说，这是件幸运的事。你能想象，就因为我们都是拉美人，我们就得分享相同的主题——甚至更糟——写相同的书吗？这会造成普遍的乏味！我觉得，我们之间存在很大的差异是件幸运的事，但最近几十年里，我们有了一系列接触和联系，有着同样的根，有了各种各样的交流方式，我们相互影响，开始变得惊人地相似，彼此的距离也越来越近。巴尔加斯·略萨的作品和我的作品截然不同，但是如果我拿第三位作家来比较的话（比如萨默塞特·毛姆，他是来自另一种文化的杰出作家），大家就会发现巴尔加斯·略萨与我的相似之处，因为我们不仅使用同样的语言，而且还在同一片土地上活动。

第二课　幻想短篇小说 I：时间

　　我要提前说明一件很实际的事，除了每周一之外，每周五我也会去系里的办公室，因为秘书处告诉我，有太多学生想见我，想和我交流，而尽管我们私下已经有过许多次交流，每周只有一个上午的会面时间自然是不够的。所以如果你们想见我的话，我在这里通知大家：我每周一和周五都会从九点半待到中午。无论如何，大家最好提前预约，免得出现扎堆或类似的情况。这让我非常心烦，因为你们人数太多了，而我只有一个人……我希望能单独见你们每一个人，偶尔也可以同时多见几个，形式可以更随意一些，因为你们当中有些人每隔半小时就会来办公室，而这让我觉得——正如我不久前跟一个学生说的——自己就像个牙医，每隔半小时就要接待一个病人，而且学生也觉得自己是病人，这样我们不论是谁都会觉得很不舒服。说实话，我不知道还有什么别的解决办法；总之，我们在接下来的日子里再看看吧。

　　好，你们应该还记得，几天前的那个日子对于很多人来说是非常不幸的，因为我们在这里快被热死了。你们应该还记得，我们当时说好了，今天要直奔短篇小说的主题，谈一谈我的作品，可能还会谈到其他人的相关作品。我们非常有必要讲一讲拉丁美洲的短篇小说，因为这个文体在拉美出现得很早，而且不可思议的是，成熟得也很早，它在拉美所有国家的文学创作中都达到了极高的水准。如果我们做一下对比参照，就会发现在另一些文化中，短篇小说的地位并没有这么高。法国就是一个典型例子：在法国的学术课堂上，长篇小说被视为万能的，而短篇小说则是次要的、附属的短小章节；尤其是如果长篇小说家同时还写短篇小说，其他的作家和批评家会迫使自己研读他的短篇小说，但他们这么做的时候总是缺少点热情和诚意。我不敢说拉丁美洲的情况完全相反，因为所有人都明白长篇小说的重要性，但是短篇小说占据了最重要的位置，这不仅体现在作家的创作活动中，而且——这一点更加重要——还体现在读者的兴趣中：读者期待阅读短篇小说，他们莫名地需要短篇小说，并以同样的兴趣接纳欢迎短篇小说与长篇小说。

　　说到我自己的国家，有一则短篇小说是很好的例子，我已经很多年没有重读它了。我记得，在我们国家刚独立的时候，也就是十九世纪初，我们有过一位诗人，埃斯特万·埃切维里亚，他因一首名为《女俘》的诗歌成名，它是我们拉美的经典之作。而且，他还写了一篇出色的短篇小说：在那个时代，能写出《屠场》这样的作品可不是一件寻常的事，作品提到了联邦派和集权派之间的冲突。对于这样一位具有抒情和浪漫气质的作家来说，这篇作品可以说是充满了现实主义色彩。面对一个明显触动了他、甚至激怒了他的话题——一个残忍的话题，一个关于国内两大政治派别之间无情斗争的话题——他写了一篇短篇小说，而这篇短篇小说堪称现实主义的典范，是观察与描绘的最佳模板；我认为，这部作品令人惊叹地遵循了短篇小说的全部规范，而短篇小说偏偏又是难以典律化的文体。

就这样，随着时间的流逝，短篇小说开始在拉美的各个国家出现：委内瑞拉、墨西哥、秘鲁涌现了许多短篇小说和短篇小说家，他们追随着当时主要源自欧洲的美学潮流，因此，当浪漫主义像洪水一般涌入拉丁美洲时，人们写下了许多带有浪漫主义特质的短篇小说和长篇小说，但是它们的主题已经被拉美化了。进入二十世纪后，短篇小说领域已经积累了一系列作品，这让写作者能够立足于熟悉的领域开始自己的创作，让他们能够超越过去，让短篇小说变得越来越现代、越来越与时俱进。

一些评论家——人数不是很多——曾经试图回答，为什么在拉丁美洲这片大陆上，正在出现，而且已经出现了许多短篇小说家呢？至今没有人能找到说得通的解释。我在布宜诺斯艾利斯听说过一个开玩笑的说法，我们拉美人之所以写短篇小说，是因为我们很懒：写短篇小说比写长篇小说更省时省力，而且读者也和作家一样懒，所以短篇小说很受欢迎，因为它们读起来不太费力，你随时随地想读就能读。当然了，这个解释充满了嘲讽和挖苦的意味，没有任何依据，因为我们或许是有些懒，但我不觉得这种说法适用于文学创作的领域。

还流传着另一种严肃的说法，我们可以作为参考，但是我觉得它有矛盾的地方。这种说法主张，拉丁美洲文学的现代化进程大体上没有任何负担——而这同时也是一种信心的保障——不像欧洲文学那样背负着缓慢演变的历史重荷。与西方文学的恢宏历程相比，我们从西班牙征服时期到殖民时期，再到独立时期，这段历史极其短暂，几乎只是一瞬间的事。这就导致了一旦作家开始写作（尽管每个国家的情况略有不同），由于他们的文化土壤缺乏缓慢的历史演变，他们可能无法有意识地察觉到自己是某种历史长链中的最后一环；突然，他们发现自己在驾驭一种现代的文化，驾驭一种富有表达潜力的语言，同时也意识到自己与更发达、更具凝聚力的文化之间缺乏联系，他们不得不依赖于外来流派的影响，而这些流派与种族或文明自身的文化是截然不同的。

据说，短篇小说之所以在拉美如此盛行，是因为拉美作家与前哥伦布时代的伟大文明——比如秘鲁和厄瓜多尔的印加文明、墨西哥伟大的玛雅文明和阿兹特克文明——依然十分亲近，而他们自己却没有意识到这一点。从文学角度看，这些文明的文学作品基本属于口头文学，即便是书面作品，也都像神话和宇宙起源传说那样，以小故事的形式呈现。比如说，如果你翻开玛雅人的圣书《波波尔·乌》，你就会读到完整的宇宙创造史，里面记载了诸神最初的活动，以及他们与凡人之间的接触，这些内容便构成了一系列故事。在其他文明的宇宙起源传说和神话中，这类故事也很常见：希腊神话和犹太人的《旧约》中的许多情节都可以拆分成许多部分，和波斯古经《阿维斯陀》一样，它们都是名副其实的故事。这种理论认为，拉美作家依然与这类口头文学十分亲近，它是文学的初始，作为个人与文化背景，它并不是在许多个世纪里缓慢演变而来的；于是，墨西哥人、秘鲁人和玻利维亚人自发地写起了短篇小说。

虽然这个理论很有趣，但是我发现它在本质上是矛盾的。不妨设想一下南美洲的南部地区，也就是被叫作南锥体的地方（主要是智利、乌拉圭和阿根廷），这些国家孕育了，而且依然在孕育着一大批短篇小说家，而这些国家没有或几乎没有任何土著文化的根基。与秘鲁和墨西哥的情况不同，我们的土著文化——与另外两个国家相比，可以说是水平有所不足——在西班牙征服时期及之后很短的时间里，很快就被清除毁灭了；因此，我认为，源于土著文化的口头文学在南锥体地区并没有占据主导地位，然而那里的短篇小说总是数量惊人，人们书写它，寻找它，阅读它。如果你们愿意的话，我们可以找个时间再仔细地讨论一下这个话题，因为它极其吸引人。为什么短篇小说在拉丁美洲如此流行？为什么拉美短篇小说能达到世界的最高水准？在我的印象中，至少到目前为止，我还没有发现任何一篇评论能够给出让我满意的答案。

我们不妨将重心放到与我们、与我密切相关的事上来吧，你们知道，我在布宜诺斯艾利斯长大，在我的成长环境中，短篇小说是我非常熟悉的文体，自上世纪末以来的传统短篇小说，比如爱德华多·怀尔德的作品和罗贝尔托·豪尔赫·帕伊罗的高乔小说，我都谙熟于心。二三十年代期间，我大量阅读，同时也开始发现自己的写作欲望和写作的可能性，我被短篇小说和短篇小说家环绕包围着，他们都在写作，我所有的朋友们都是如此，而他们同时也是读者。我们如饥似渴地阅读国内外的短篇小说：这个文体让我们着迷，我也开始了个人的写作生涯。与此同时，在同一座城市里，有一些短篇小说家已经离世，另一些则处于创作高峰期，比如莱奥波尔多·卢贡内斯、奥拉西奥·基罗加、贝尼托·林奇，以及像豪尔赫·路易斯·博尔赫斯那样的当代作家。那几年，他出版了他最著名的短篇小说：比如《小径分岔的花园》全系列，这些作品被分散地刊登在杂志上，后来被编录为全集。他的朋友阿道夫·比奥伊·卡萨雷斯（他俩曾多次共同创作文学作品）当时也在写短篇小说，出版了好几部短篇小说集，而且——顺便提一下——他的妻子西尔维娜·奥坎波也是一位杰出的短篇小说家。而当时最受欢迎、最贴近布宜诺斯艾利斯人民生活的，是罗贝尔托·阿尔特一类的作家，他在出版长篇小说的同时——甚至更早以前——也开始出版一系列短篇小说，有几篇让人难以忘怀。

我对这一切都很熟悉，我甚至亲眼见证了一些书籍的出版，并在第一时间去搜寻和阅读它们。我那时生活在一个精神性的世界之中，在这个世界里，短篇小说是有趣、迷人，甚至充满诱惑与挑逗的日常要素，一切都合情合理。我周围的人写的所有短篇小说里——要是我梳理一下整个大陆的情况，我可以列举更多的作家——都有不同语言的当代短篇小说的影子，我和我的朋友们都读过这些作品的原文或者译文。当时，英语文学让我们那一代人都感受到了它的分量，这种分量的传递者不再是那些经典作家，而是同时代的短篇小说家：像舍伍德·安德森那样极其重要的短篇小说家，他的作品被翻译后，从这里、从美国传到了阿根廷，年轻人如饥似渴地阅读它们。这意味着——你们可能发现了，我突然偏离了主题——当我们开始创作短篇小说时，我们有着极高的目标和水准；我们从不会即兴创作，因为摆在我们面前的是源自世界各地的短篇小说，除此之外，我们同胞的作品也给我们设定了极高的基准和要求。

我很早就开始写短篇小说了，写了很多自己永远都不会发表的作品，因为尽管我现在仍然觉得那些点子极富想象力，结构也是合格的短篇小说结构，但创作手法却很松散。我像刚开始文学生涯的新手那样写作：自我批判不足，一句话能说清楚的事写了四句，却忘记了应该写的句子，过度使用形容词（很不幸，当时从西班牙传来了大量的形容词）。上世纪末的写作风格仍然在松散的作品中体现得尤为明显，这类作品辞藻华丽，情感虚浮，拉丁美洲的作家开始渐渐对它们感到抗拒（在西班牙也是如此；我不能有失偏颇，得把情况说出来）。我开始创作短篇小说，然后有一天，当我已经写了六七篇绝不会发表的作品时，我发现，每一篇都是幻想短篇小说。

那时，我开始思考为什么我没有像罗贝尔托·阿尔特那样写现实主义短篇小说呢，毕竟我曾经那么崇拜他，现在也依然崇拜他；或者，为什么我没有像奥拉西奥·基罗加那样写作呢，虽然他写过一些幻想作品，但是他也以自身经历为参照，用真实、恰当的笔触描绘了他在阿根廷北部丛林的生活，创作了许多作品。这让我产生了疑惑：我对幻想的认知与其他人是否一致呢，我对幻想的理解是否与众不同呢。于是，我想起——我应该在《八十世界环游一天》的某个章节里提到过这一点——早在上小学的时候，我对幻想的认识就和我的同学们很不一样。对他们来说，幻想是必须抗拒的东西，因为它与现实无关，与生活无关，与他们正在学习的知识无关。如果他们说"这部电影的幻想色彩太浓了",那他们的意思就是"这部电影就是垃圾"。在同一个章节里,我还讲述了一次让我感到困惑的经历,我觉得这件事很有意义。我把一本小说借给了一位我很喜欢的同学。我们当时大概十二岁,我刚读完我借给他的那本小说,彻底被它迷住了——那是一部儒勒·凡尔纳的冷门作品,《威廉·斯托里茨的秘密》。在这部作品中,凡尔纳开创了隐形人主题,在之后的二十年代,隐形人出现在了赫伯特·乔治·威尔斯一部广为流传的小说中。(威尔斯忘了提凡尔纳的名字,不过或许他没有读过那部小说,一切纯属巧合。)凡尔纳的那部小说并不是他最好的作品,但它的主题非常迷人,因为他创造了西方文学中的第一个隐形人形象,这个人物经历了一系列化学反应后——我已经彻底忘记书里发生的事了——隐形了。我把书借给了我的同学,而他还书给我的时候说了句:"我读不了这本小说。它的幻想色彩太浓了。"我清楚地记得这句话,此刻它仿佛还在耳畔回响。我那时把书拿在手里,觉得世界仿佛在下沉,因为我不能理解这竟然能成为不读那本小说的理由。于是,我明白了自己为什么会这样:自小,别人认为虚幻的东西,我却并不觉得;对我来说,幻想是现实的一种形式,在特定情况下,它会向我或是别人显现,可能是通过一本书,可能是通过一件事,但它并不是既定现实中一桩违反常情的事。我发现自己完全没有意识到这一点,我对幻想太熟悉了,我完全能够接受它,它完全可能发生，就像晚上八点喝汤这件事一样真实；因此（我曾把这些话讲给一位对明摆着的事实充耳不闻的评论家听），我认为，在那个时期，我就已经是深刻的现实主义者了，甚至比现实主义者还要现实，因为像我同学那样的现实主义者只能接受一定范围之内的现实，而其他的一切便是虚幻。我接受的现实范围更大，更灵活，更广阔，它容纳了一切。

现在该谈论时间了，这个话题会是我们今天这次讨论的主题。时间问题超越了文学的范畴，涵盖了人类的本质。从哲学诞生开始，时间与空间的概念便是最基本的两大问题。没有哲学思维的人、缺少怀疑精神的人自然能够接受时间，但有哲学思辨能力的人则无法如此简单地接受这个概念，因为事实上没人知道时间究竟是什么。我们没法把时间称为物质、元素或者事物（人类的语汇无法抓住时间的本质，时间流过我们，抑或我们流过时间），从前苏格拉底时代的哲学家开始——比如赫拉克利特，他是最早思考这个问题的哲学家之一——时间的本质就是一个古老的形而上学问题，而答案也多种多样。对康德来说，时间本身并不存在，它只是一种理解，是我们设置了时间。康德认为，动物并不生活在时间当中，我们觉得它们生活在时间中，但并非如此，因为它们没有时间意识：对动物来说，没有现在，没有过去，也没有未来，它们完全存在于时间之外。人类被赋予了时间感。康德认为，时间存在于我们的思维之中；其他哲学家则认为，时间是一种要素，是存在于我们之外的要素，我们被它包裹着。这些观点促成了浩瀚的哲学性文学，甚至是科学性文学的诞生，它们也许永远不会消亡。

我不知道这里有没有人懂相对论——当然了，我并不懂——但我很清楚，阿尔伯特·爱因斯坦发现了相对论以后，时间的概念发生了改变：出现了关于时间的另一种概念，现在数学家可以通过计算来研究时间的流逝。然后是超心理学——我指的是真正的超心理学，一门科学——研究的那些现象，英国人邓恩有一本著名的书，《与时间做实验》，博尔赫斯多次提到这本书，因为他被它迷住了。人们有时会突然预感到五天后将发生的事，基于这个大家很熟悉的现象，邓恩分析了是否可能存在其他的时间（不仅仅是我们默认的时间，即手表和日历的时间），也就是平行存在、同时发生的时间。预兆发生时，对我们来说属于未来的事，对他们来说则是错置、平行、模糊的当下。这并不是我现在要谈论的重点，但它能让我们回到幻想文学的话题，你们看到了，时间是一种通透性强、富有弹性的元素，它被出色地应用在某些情节的设计中，而大部分的幻想文学作品对此都有所涉及。

现在我们来了解一下三篇短篇小说的大致内容。在这三篇短篇小说中，幻想元素以相同的方式打破了原本的时间规律。我只能非常简要地复述这三篇作品的情节，当然了，博尔赫斯的短篇小说必然是复述不好的：我无法用恰当的风格复述他的故事。简要来说，《秘密的奇迹》讲述了一位捷克剧作家的故事，如果我没记错的话。第二次世界大战刚爆发时，纳粹占领了捷克斯洛伐克，他沦为阶下囚。由于是犹太人，他立马被判了死刑，将由纳粹执行枪决。小说描绘了这个男人被押送到墙边的场景，士兵举起了武器，剧作家看着那名下令瞄准的军官。那一刻，他想道，真遗憾自己快死了，因为他一生都在创作戏剧，而他刚刚构想了一部作品，可能会是他的人生巅峰之作，他的代表作。他没有时间了，因为他们已经瞄准了他，他闭上眼睛，时间开始流逝，他仍在想着他的作品。渐渐地，他开始想象人物的境况。剧作家明白，他需要很长时间才能写完这部作品，他得思考许多东西，还得耗费许多笔墨——他至少需要一年的时间。他思考了一年，在脑海中写下了这部作品，并在最后时刻画上了句号，他深切地感到高兴，因为他完成了自己的心愿；他完成了那部最后的作品。他睁开了眼睛，就在这时，军官示意向他开枪。对士兵而言，时间只持续了两秒，而被博尔赫斯称为"秘密的奇迹"的时间却持续了一年，剧作家拥有了一年的思考时间，完成了他的作品。

第二篇短篇小说是安布鲁斯·布尔斯的《鹰溪桥上》。（布尔斯本人也是个神奇的人物，他的生平与他的死亡都很离奇。大家都知道他在墨西哥神秘地失踪了，没人知道他死在哪里，是怎么死的；他是一个迷人的人物。）故事发生在南北战争时期，一群士兵押解着一名敌方战俘——我记不清他属于北方军还是南方军了——决定把他绞死在一座桥上。故事场景和博尔赫斯那篇小说如出一辙：他们往他脖子上套了活结，强迫他从桥上跳下去，好让他悬挂在空中。那个男人跳了下去，绳子断了，他掉进了水里。虽然他完全不知所措，但他还是设法游了很长一段距离。虽然他们朝他开火，但是没有射中他。他躲起来休息了一会儿，打算回家看望他的妻子和孩子，他已经很久没有见过他们了。他走了一天一夜，一路躲躲藏藏，因为他还在敌军的区域里，最后他回到了家里（我记不清细节了），透过窗户看到了他的妻子。他终于到家了，为此他感到很高兴，可与此同时，画面却开始变得有些模糊，直至最后彻底消失。布尔斯写的最后一句话是："被处决者的尸体在绳子的末端来回摆动。"这部作品中幻想元素的作用机制和博尔赫斯那篇小说里的非常类似，因为那个即将被绞死的人在垂死的痛苦中经历了想象的绳索断裂，他得以逃脱，动身回家，最终回到了他爱的人们身边。在这个故事里，原本的时间规律也被打破了，时间被拉长延伸。在我们的时间中，在我们这一边，事情只持续了两秒，而在幻想中，时间却被无限延长了：对于捷克剧作家来说，时间过了一年，对于美国士兵来说则是一天一夜。

第三则短篇小说叫作《正午的海岛》，它讲的是一名担任飞机乘务员的年轻意大利男孩的故事，他飞的是德黑兰和罗马之间的航线，偶尔会向飞机舱窗外望去，欣赏爱琴海中一座希腊岛屿的美景。他看得有些漫不经心，但在他看见的风景中有某种非常美丽的东西，他久久地望着那座岛屿，然后他回到工作中，分发餐盘，端送酒杯。在下一次飞行中，等到飞机即将经过那座小岛上空的时候，他想方设法把工作交给了一位女同事，然后来到舷窗旁边，再次观赏那座海岛。就这样，在一系列的飞行中，他每次都会观赏那座他觉得非常美丽的希腊小岛：它是纯金色的，很小，看上去似乎荒无人烟。有一天，他看见小岛边缘的海滩上有几座房子，有人影，还有渔网。他明白了这座小岛不是游客的目的地，那里只住着一小群渔民。这个男人正过着虚浮无趣的生活，他上着班，像所有航空公司的飞机乘务员一样不断住酒店，在每个转机城市都有不需要他太费心思的露水情缘。这个男人对那座小岛日渐痴迷。小岛对他来说就像是一种救赎，它在诱惑他，召唤他，向他展示着什么。一天（我简化了许多内容），他决定请一次长假。一名同事接替了他在飞机上的工作，而他早已查好所有资料，知道了那座小岛的位置和路线，坐上了渔民的小船，在两三天后的清晨抵达小岛，上了岸。小船开回去了，他和那群渔民有了来往，果真有两三个家庭住在岛上，他们非常热情地接待了他。虽然他是意大利人，而他们讲希腊语，但是他们互相微笑，能听懂对方说话，不知怎的，他们接纳了他，给了他一座小屋让他住下，他突然觉得，自己再也不会离开那座岛了，那里是他真正的天堂，那种虚伪的生活完全没有意义：他将和渔民们做朋友，将像他们一样钓鱼，将在这座游客还未抵达的小小伊甸园里度过贫穷、谦卑却快乐的一生。他热情满满地登上了一座小丘的山顶，甚至摘下了手表，把它扔掉，像是某种舍弃自我的象征；他在阳光下脱光了衣服，躺在芳香的草地上，觉得非常幸福。此时，他听到了飞机引擎的声音，根据太阳的位置，他推测时间快到中午了，那是他的飞机，是他做空乘的那架飞机，现在有人接管了他的位置。他望着那架飞机，心想这将是他最后一次见到它，他将在这里住下，将不再与飞机的一切有任何瓜葛。那一刻，他听见飞机的引擎声变了，他看见它偏离了航线，拐了两次弯，沉入了大海。他赤裸着身体全速跑到海边，而他这种出于人性的本能反应是完全可以理解的。在飞机下沉的那边，在距离海岸一百米外的地方，只露着一块机翼的残片。他跳进水里，向那里游去，说不定会有幸存者。乍看似乎没有生还的迹象，但当他快游到那里的时候，他看见水里伸出了一只手。他抓住那只手，把那个挣扎的人捞出了水面。他小心翼翼地带着他，不让那个人抱住他，避免他被淹死，然后他发现那个人在流血：他的脖子上有一道巨大的伤口，他快死了。他把那个人带到岸边，此时，他的思路中断了，他不再能看清正在发生的事，渔民们听到了声响，从小岛的另一边跑了过来，他们找到了一具男人的尸体——躺在沙滩上，脖子上有一道巨大的伤口。只有这一具尸体，渔民们跟往常一样，独自待在小岛上，还有沙滩上那具唯一的尸体。

在这个故事中，我们也可以认为，时间的拉伸促成了幻想事件的发生。有很多评论家分析了这篇短篇小说（其中一位今天还坐在我们的教室里），他们提出了很多种解读方式，一种解读是，他飞过时偶然瞥见的那座岛屿激发了他关乎生死的深沉欲望，这种欲望让他在某天正午极其专注地看着那座岛，迷失在梦中，迷失在变成现实的幻想之中——仿佛一切真的发生了：他回到罗马，离开公司，租用小船，前往小岛，经历所发生的事；所有发生过的事——此时，飞机发生事故，坠落了，而他正迷失在自己的梦中。这是我给你们讲的前两则故事的作用机制：在五秒钟的时间里，飞机坠落，沉入海里，这个男人却愉快地度过了很长一段时间，实现了自己的梦想——这也是一种秘密的奇迹，至少在他离世前一天，他仿佛被赋予了获得幸福的终极希望，他抵达了那座岛屿，在那里生活。我觉得这个解读非常合理，但不妨也看看作者的解读吧，与此不尽相同。我写这篇小说的时候，有一种印象（我用了"印象"这个词，是因为这种事情从来都没法解释），一种感觉，在某个时刻，时间分裂了，而这意味着人物也分裂了。熟悉我短篇小说的人应该知道，我摆脱不了分身这个主题，它反复地出现在我的作品中；在我最早的那些短篇小说里，就已经出现了人物的分裂。在这篇小说里，人物也分裂了：原来的人物还在飞机里，他无法改变，被我们的时间束缚着。而那个全新的人物想终结琐碎、愚蠢和虚伪的一切，他放弃了他的所有——他的工作、他能得到的金钱、他的人脉——然后上了船，去了那座小岛，过上了原始的生活，那座小岛变成了他生命的中心，这个人也是他，只不过是他的分身，只能幸福地生活一段时间。他不可能一生都处于分身的状态。为什么？我也不知道，但我内心深处的某种东西告诉我，这是不可能的。这也是一种秘密的奇迹，是赋予他某方面人格的一种希望，是他最好、最美的一面，最向善的一面，那一面的他向往纯洁，向往与想象中的真正的生活重逢，而最后他也充实地度过了一上午那样的生活。接着，飞机坠落了，这个男人从水里捞出了他自己，他从飞机上坠落下来，快死了，因此，渔民们在岸边只找到了一具尸体。

　　我认为，通过分析这三篇短篇小说，分析幻想的多种呈现方式，我们已经比之前更熟悉这个领域了。之后，我就能和大家好好地聊一聊幻想的其他呈现方式，在那些小说中，空间等要素也发挥了作用，但今天我还想和大家说清楚，带着现实主义精神和科学精神写作也是非常值得尊敬的。对那些认为我的时间观念就是时间可能会分裂、改变、拉伸、变得平行的人，对那些认为这只是作家的幻想的人，我想告诉你们并不是这样的，我想……我不会说我要证明这一点，因为你们只能选择相信我或不相信我，但是我想和你们分享我的一段个人经历，这段经历在下面这篇小说和其他几篇小说中都有所反映。我这篇小说极富现实主义色彩，叫作《追寻者》，讲述了一位爵士音乐家的故事。小说里面有个片段，有点像是故事中嵌套的小故事，这个片段从另一个角度触及了时间问题。请你们允许我读两页《追寻者》的内容：当时乔尼·卡特正在和名叫布鲁诺的叙述者聊天，布鲁诺是爵士评论家，也是他的朋友，乔尼说了一句关于某种时间观念的话，引起了布鲁诺的兴趣，布鲁诺一直留意着他说的话，观察他做的事，因为正在写一本关于他的传记，也许甚至是出于商业原因，布鲁诺很在意这件事。乔尼的身体状况每况愈下，他经受了小说人物的原型——也就是查理·帕克——遭遇过的一切，他饱受毒品和酒精的摧残，对他来说，想象力有时会遁入别处，有些人可能认为那里界限森严，而另一些人则可能认为那是通向其他现实领域的大门。在小说里的这一刻，乔尼说：

　　"布鲁诺，如果有一天你能写……不是为我写，你知道，我才无所谓呢。但是写出来应该很棒，我觉得会很棒。我刚才正跟你说到，小时候开始吹萨克斯风时，我就发现时间在转变。有一次我跟吉姆说了这事儿，他说大家都一样，只要一灵魂出窍……他是这么说的，只要一灵魂出窍。但是不对，我演奏的时候可没有灵魂出窍。只是地方换了。就像在电梯里一样，你在电梯里跟人说着话，一点没觉得有什么奇怪，一边说话一边升上了一层、十层、二十一层，城市落在你脚下，你进电梯时开始说的话现在说完了，开头和结尾的几个词之间隔了五十二层楼。我开始吹萨克斯风的时候就觉得自己进了一个电梯，不过是时间的电梯，如果可以这样说的话。你别以为我忘了抵押，我老妈和宗教那档子事儿。只不过在这种时候，抵押和宗教就像是一套我没穿在身上的西服；我知道它就挂在衣柜里，但是这时候你不能跟我说那西服存在。只有我穿上那套西服的时候它才存在，只有等我吹完了，老妈披头散发地走过来，抱怨我的鬼－音－乐吵得她耳朵都要聋了的时候，抵押和宗教那档子事儿才存在。"

黛黛……

黛黛是乔尼的朋友……

……又端来一杯雀巢咖啡，但乔尼忧伤地看着他的空杯子。

"时间的事情很复杂，让我无处可逃。我慢慢发现，时间并不是一个可以装东西的袋子。我想说的是，如果是一个袋子，尽管里面装的东西可能会变，但它的容量不会变，就这么回事。你看到我的箱子了吗，布鲁诺？装得下两套西装和两双皮鞋。好，现在你想象把它清空，然后再把那两套西装和两双皮鞋放回去，但你发现只装得下一套西装和一双皮鞋了。但最妙的还不是这个。最妙的是你发现你可以把整个商店，把成百上千套的西装都塞进箱子里，就像有时候我一边吹萨克斯风，一边把音乐装进时间。把音乐，还有我坐地铁的时候想的东西都装进时间里。"

"你坐地铁的时候。"

"嘿哟，对了，说到重点了，"乔尼嘲弄地说，"地铁真是个伟大的发明，布鲁诺。坐地铁的时候你就会发现箱子里可以装得下那么多东西。可能我在地铁里不是弄丢了萨克斯风，可能……"

他笑了起来，咳个不停，黛黛不安地看着他。但他做着手势，笑着，咳着，忙活得不行，像猩猩一样在毛毯下面抖来抖去。他笑得连眼泪都掉了下来。他把眼泪舔掉，仍然笑个不停。

"最好不要把两者混为一谈，"过了好一会儿他才说话，"我把它弄丢了，就这么回事。但地铁让我发现了箱子的把戏。你看，那些有弹性的东西真是奇怪，我觉得它们无处不在。所有的东西都有弹性，朋友。看起来硬邦邦的东西也有弹性，那种弹性……"

他凝神思考着。

"……那种弹性是延迟的。"他突然补充道。我做了一个敬佩的手势表示赞同。太厉害了，乔尼。这人居然说自己无法思考。好一个乔尼。现在我对他接下来要说的话真正产生了兴趣，他也发觉了，愈发嘲弄地看着我。

我跳过一小段，接下来是乔尼的叙述：

"我刚才明明在跟你说地铁的事儿，不知道怎么就换了话题。地铁是个伟大的发明，布鲁诺。有一天我在地铁里开始感觉到了什么，后来就忘了……两三天后又感觉到了。最后我终于发现了。解释起来很简单，你知道，但说它简单是因为那其实不是真正的解释。真正的解释是无法解释的。你必须坐上地铁，然后等着它在你身上发生，尽管我觉得这事儿只会在我身上发生。看，差不多就是这么回事儿。

"那一天我清楚地意识到了发生的事情。我开始想地铁，想我老妈，然后想到了兰，还有孩子们，当然了，那一刻我还觉得自己正走在老家的街上，看得到那时候那些伙伴的面孔。我没有在思考，我好像跟你说过很多次，我从来不思考；我像是站在一个街角，看着我脑海里经过的画面，但我并没有在思考我看到的东西。你懂吗？吉姆说所有人都一样，还说通常情形下（这是他的原话）一个人的想法不能自主。但问题在于，即便是这样，我在圣米歇尔站一上地铁，就想起了兰和孩子们，还看见了老街坊。我刚一坐下就想到了他们，但同时我意识到自己是在地铁里，大概过了一分钟就到了奥德翁站，人们进进出出。然后我接着想兰，还看到我老妈买东西回来，我慢慢看到了所有人，还跟大家待在一块儿，真是太美妙了，我好久都没有这样的感受了。回忆总是让人恶心，但这次我挺乐意想到孩子们、看到他们。如果我把看到的一切都讲给你，你肯定不会相信的，因为我得讲好一会儿，就算这样还有很多细节来不及讲。就给你讲一件事好了，我看到兰穿着一条绿裙子，我和汉普在33号酒吧演出的时候她就是穿那条裙子去那里的。我看到裙子上有缎带，有蝴蝶结，腰上和领子上都有装饰……不是一下子看到的，实际上我正围着兰的裙子转，非常缓慢地观察。然后我看到了兰和孩子们的脸，接着我想起了住在隔壁的迈克，他在农场工作过，还给我讲过科罗拉多的几匹野马的故事，边说边像驯马师一样神气地挺胸抬头……"

"乔尼。"黛黛从角落里叫他。

"你看，在我想到、看到的所有东西里头，这还只是一小部分。我大概讲了多久？"

"不知道，大概两分钟。"

"就算两分钟，"乔尼补充道，"两分钟的工夫我只给你讲了一小部分。如果我给你讲我看到孩子们在做什么，还有汉普是怎么弹《把爱留住，亲爱的妈妈》的——我听到了每一个音符，你想想，每一个音符，而且汉普是那种乐此不疲的人——如果我给你讲我还听到我老妈在做一篇长长的祷告，祷告里好像提到了卷心菜，她为我老爸和我请求宽恕，还说些什么卷心菜……好吧，如果我全都详细讲给你，就不止两分钟了，你说呢，布鲁诺？"

"如果你真的听到、看到了这些，那得要一刻钟呢。"我笑着对他说。

"那得要一刻钟，嗯，布鲁诺。那你说说看，我怎么可能突然感觉到地铁停了，我离开了我老妈，兰，还有所有那些人，看到我们停在圣日耳曼德佩站，离奥德翁站正好一分半钟。"

乔尼说的那些东西我从来都不太放在心上，但现在他那样看着我，让我浑身冰凉。

"你的时间、那个女人的时间才过了一分半钟，"乔尼怨恨地说道，"地铁的时间、我手表的时间也一样，真该死。那么，我怎么可能想了一刻钟，布鲁诺，你说呢？一分半钟的时间里怎么可能想一刻钟？我跟你发誓那天我没吸过，一块都没吸，一张都没吸。"他补充道，像个孩子似的为自己开脱。"没过多久，这种事又发生了，现在已经是不管我走在哪儿都会发生。但是，"他狡猾地补充，"只有在地铁里我才能意识到，因为坐地铁就好像是被塞进了钟表里。每一站就是几分钟，你明白吧，那是你们的时间，眼下的时间；但我知道还有另一种时间，我一直在想，一直在想……"

他捂住脸，浑身颤抖。我恨不得自己已经离开了，但又没办法告辞，因为乔尼会不高兴，他对朋友异常敏感。但如果他继续这样下去，又会把自己弄得一塌糊涂，至少跟黛黛在一起的时候，他不会说这些事的。

"布鲁诺，如果我能够只活在这些瞬间，或者活在我演奏的时间里，这些时候时间也在改变……你就能意识到一分半钟里可以发生那么多事……这样的话，一个人，不仅仅是我，还有她，还有你，还有所有那些家伙，就可以活上成百上千年的时间。如果我们找到办法，不用像现在这样守着时钟，一分一秒地数着时间过日子，就可以比现在多活上成千上万倍的时间……"

我尽最大努力笑了笑，隐约觉得他说得有道理，但只要我一走到街上，回到我的日常生活里，他的猜测，还有他的猜测让我产生的直感，就会一如既往地烟消云散。眼下我敢肯定，乔尼说这番话不仅仅是因为他有些疯疯癫癫，也不是因为他在逃避现实，相反，现实对他来说是场拙劣的模仿，他又把这种模仿变成了一种希望。乔尼在这种时候跟我说的一切，我都没办法指望之后再仔细想一想。只要一走到街上，只要它变作回忆，而不是由乔尼絮絮叨叨地说出来，这一切便成了吸食大麻以后出现的幻象，成了单调、重复的手势。这些话起初让人暗暗叫绝，之后就会让人恼火，至少我自己这么觉得，好像乔尼说这些话是在取笑我。但这种想法总是出现在第二天，而不是乔尼跟我说话的当时，因为那时我会觉得有事情需要让步，有盏灯需要点亮，或者更确切地说，有必要去打破一些东西，彻头彻尾地打碎，像把楔子钉进树干，再一锤敲到底。乔尼已经没有力气敲打任何东西了，而我就更别提了，既不知道要用什么锤子，也想象不出这个楔子的形状。

在这个片段中，乔尼讲述的是我在巴黎地铁中的个人经历。你们可以选择相信我，也可以选择不相信，但这就是通常所说的走神状态，没人说得清它是怎么回事，因为在我们小的时候，妈妈和老师就教育我们不要走神，甚至因此而惩罚我们，或许（可怜的人呀，他们可能并没有意识到这一点）自童年时起，他们就在剥夺我们通往其他可能性的权利。至于我自己，我常常走神，而正是因为走神，某种东西出现了，催生了那些让我们相聚在此的幻想短篇小说。通过走神状态，其他元素、不同的空间或时间，某种东西进入了小说之中。我绝不会忘记，因为我借乔尼·帕克……乔尼·卡特的口吻，想尽可能地把这种体验讲好，那种害怕、恐慌和惊奇的感觉——一切都同时出现——向我袭来。那天，我站在许多人中间，坐了两站地铁（我记得很清楚，我恰好花了两分钟时间坐了两站，如果我愿意的话，我第二天就能证明这件事），我当时正在走神，正在回忆一九四二年我和一个朋友在阿根廷北部的一场长途旅行，在那几周、几个月的时间里发生了很多事，我回想着每一个细节，体验到那种在闲暇时分沉浸于回忆和思考的快乐，突然，地铁停了，我发现自己得下车了，时间过去了两分钟。那是我第一次建立起内心时间和现实时间之间的联系。我内心的时间，我脑海中这一切发生的时间，绝对不止两分钟；就算我试图加快叙事的速度，就像有时候会在梦里发生的那样——按照行家的说法，有些梦境会在短暂的几分之一秒内发展出丰富的内容——我也根本无法讲完开头。这意味着，这里也出现了时间的变形：我们醒来时，把做的梦讲给别人听得花十分钟时间，但根据专业人士的说法，我们在闹钟响起的几分之一秒内就能做一个完整的梦，这怎么可能呢？这与短篇小说的作用机制是相同的。

　　我之所以提到这段个人经历，是因为我在开始的时候说过，我是个非常现实的小孩，原因很简单，我从不觉得幻想是虚幻的，它只不过是现实给予我们的另一种可能性和另一种存在方式，出于某种直接或间接的原因，我们会经历这些无法预知的事。可能幻想文学就是这样产生的吧；反正，我自己的短篇小说就是这样产生的。这不是逃避现实，而是为了让我们更深刻地生活在现实中。说到现实，我们现在该互相道别，说下次课再见了，不过，你们也可以向我提问。

学生：您可以简单地谈一谈《夜，仰面朝天》吗？

好的。我本来打算下节课再讲这篇小说的，但是我们也可以改变时间——既然我们正好在讲这个话题——可以把未来转变为当下；这事很容易，用语言就能做到。

《夜，仰面朝天》部分源于我的个人经历。我应该早点说清楚（现在，我趁机把这事说出来，因为这样可以帮助一些人更深入地解读我的一些短篇小说，而不仅仅止步于粗浅的分析），我的幻想小说很多时候源自梦境，特别是噩梦。我有一篇作品名叫《被占的宅子》，评论界花了极大的功夫研究它，对它做了无数种解读，它是我第一部短篇小说集里的第一个故事，源于我在一个夏天早晨做的一场噩梦。我清楚地记得梦里的场景，后来写成的这篇短篇小说和那场噩梦如出一辙，只不过在噩梦里我独自一人，而在短篇小说里，我分身成了一对兄妹，他们住的宅子里发生了幻想事件。我清楚地记得噩梦的发展与短篇小说的发展是一致的；或者确切地说，正好相反：短篇小说的发展与噩梦的发展是一致的。我从噩梦的最后一分钟痛苦地醒来，我记得我当时的模样，穿着睡衣，从床上跳到打字机前，就在那天早上，我立刻写下了这则短篇小说。短篇小说里依然包含了噩梦，这是这篇小说中最直接的元素；只不过多了人物的分裂，多了些智力元素、文绉绉的文学典故、当时的历史背景，以及对房子的描述。我写作时，这些内容都被融入作品中，可噩梦依然还在那里。由此，梦境一直是我写幻想短篇小说的动力，现在也依旧如此。

《夜，仰面朝天》几乎就是一场梦，而且可能比梦还要复杂。一九五三年，我在巴黎骑摩托车的时候出了车祸，我对这场愚蠢的车祸感到非常骄傲，因为我是为了避免撞上一位老太太（之后，我在警方的调查中得知，那位女士已经非常年迈，她把红灯看成了绿灯，以为能过去，就开始横穿马路，可那时信号灯变了，该轮到我骑摩托通过了），紧急刹车，偏离了车道，被压在了摩托车下面，在医院里住了一个半月。在这一个半月的时间里，我的腿重度骨折（你们看到了，要是我的腿骨折了，断的东西可不少，这可是相当大的面积呢①），引发了感染，颅骨差点碎裂，高烧不退，我好多天都处于半昏迷状态，周围的一切都沾染上了噩梦中的氛围。有些东西很美丽，比如水瓶，我觉得它是发光的泡泡，我最爱我的水瓶，转动脑袋的时候就能看见它。我觉得很舒服，很平静，可突然间，我又看见了自己躺在床上——此时，车祸发生后最糟糕的事，一切都又明摆在那里，突然间，我看见了随之而来的一切，完美的小说结构，我需要做的只不过

---

① 科塔萨尔身形高大，身高 1 米 93，故出此言。

是把它写下来。即使你们会觉得我的说法自相矛盾，我还是要告诉你们，我为在自己的短篇小说上署名而感到羞愧，因为我觉得这些故事是被传述给我的，我不是真正的作者。我不会带着三条腿的桌子①来这里，但有时候我觉得自己有点像一个灵媒，负责传递或接收另外的东西。

学生：谁知道呢？

谁知道呢，没错，这是个开放的问题。事实是，我突然看见了这个故事，我得先讲讲故事的情节，才能解释它的机制：在这篇小说中，幻想场景是绝对的、彻底的，它试图完完全全地倒置现实。有一个男人——也就是"我"——骑摩托车时发生了车祸，被送进了医院，然后发生的所有事情，你们都知道了。他睡着了，进入了墨西哥土著人的世界，他在深夜里逃亡，因为有人在追捕他，由于这件事发生在梦中，而我们知道梦中的一切都不需要解释，所以，"我"，也就是那个做梦的人，知道自己来自摩泰克部落，这是我编的名字，有一位评论家认为，这个名字源于主人公骑摩托车这件事……这证明了当人们试图通过某些方法寻找联系的时候，纯粹的理性思维是非常危险的。

---

① 灵媒借用三条腿的桌子与灵魂交流。

这位摩泰克人觉得追捕他的是阿兹特克人，当时，他们的文明进入了众所周知的荣冠战争时期：那时，为了供奉他们的神灵，阿兹特克人会追捕敌人，将他们活捉后给他们裹上鲜花，把他们送到特诺奇提特兰，关进地牢里，等到神灵的献祭日来临，阿兹特克人会把他们抬上金字塔，挖出他们的心脏。你们会在古籍和历史书上读到这些内容：荣冠战争一直给我留下深刻的印象，因为这似乎是一件十分美妙平静的事情，阿兹特克人活捉敌人，给他们鲜花，把他们带回去，就和聚会一样！好一个聚会啊！摩泰克人自然很清楚等待他的会是什么结局，他绝望地逃跑，一边逃，一边觉得追捕者离自己越来越近，然后，他突然醒了过来。当然了，他在同一间医院里醒了过来：他是出了车祸的那个人。他醒了过来，看见绑着石膏的腿和他的水瓶，意识到那只不过是场梦，于是他心满意足地松了口气。他又睡着了，梦境又开始了，他一直都被人追捕，敌人离他越来越近。这一次，他又成功地醒了过来，但醒来已经变得越来越难，他得花费十足的力气才行，他自己也不知道该如何逃离这场深不见底的追捕，重新回到医院里。于是，他开始与睡意斗争，但他发烧了，病得厉害，很虚弱，接着他又睡着了。他重新沉入睡眠时，敌人刚好用绳子套住了他，他被捉住并带到了地牢里，他们让他待在那里，等待献祭的时刻到来。他最后一次（应该是，我记不太清了）让自己醒来了一会儿；没错，他让自己清醒了一会儿……您朝我点了点头……他醒了过来，绝望地想要触碰些什么，想要抓住现实，因为他觉得自己被那可怕的梦境攫住了；但是一切开始变得模糊起来，他什么也没能抓住，又一次陷入了噩梦之中。此时，几个祭司侍从走了进来，他们沿着阶梯，把他抬上了金字塔；在上面，他看见塔顶的祭司拿着血淋淋的玉刀，或者黑曜石刀，等待着他。他拼尽最后一丝意志力，想要醒过来。就在那一刻，他得到了启示，他意识到，他醒不过来了，这才是现实，他是那个梦见自己住在奇特城市的人，那里的楼房高耸入云，满眼都是红色和绿色的灯光，而他坐在某种金属昆虫上。他思考着这一切，而与此同时，他被抬上了金字塔，等着被献祭。

这就是这篇小说的主要情节，我认为，由于纯幻想元素的出现，现实被彻彻底底地倒置了，当然了，还可以有其他的解读方法。或许我们得再说点其他内容，但我们把它留到下次吧。

行吗？

学生：在《跳房子》里，"蛇社"的成员们说过一句话，内容是关于海森堡的不确定性原理在文学中的重要性。我想知道，它为什么重要呢，您的时间变形观点是否源于这个原理呢。

当然了，我是巴黎《世界报》的忠实读者，它每周四——我记得是——都会刊出科学专版，向我们这些非科学界人士普及科学知识。我总是带着极大的兴趣阅读这些版面，因为我可以按照自己的方式理解一些东西，在我看来，它们属于幻想世界的范畴，比如说，反物质这个概念。大家都知道，物理学家认为，反物质和物质一样，具有同样的现实性；在物理学家看来，除了物质之外，在原子领域（说到这儿，我就没法再进一步解释了）还存在与物质相反的力量，这些力量也是算数的，它们所拥有的现实就叫作反物质。这些知识我是在读《世界报》的时候学到的，我也是通过同样的途径学到了海森堡的理论，就像您说的那样，它叫作不确定性原理，我记得这个理论与奥本海默和爱因斯坦同属一个时期。一旦人们抵达了研究的最高点，穷尽了数学和物理的所有可能性，一个充满着不确定的领域就会展现出来，在那里，事物可能存在，也可能不存在，在那里，人们无法像在低水平领域那样应用精准的数学原理。毫无疑问，事情远不止如此，但我对此很感兴趣，因为我发现，在某些文学作品和诗歌中，情况也是一样的：一旦触及了表达的界限，不管是幻想文学的表达方式还是诗歌的抒情表达方式，都会进入新的领域，在那里，一切都是可能的，一切都是不确定的。与此同时，这个新领域拥有某些事物的巨大力量，这些事物还没有现身，但似乎正在向我们召唤、示意，让我们去寻找它们，好让我们在途中相遇，而这是真正的幻想文学一直所提倡的。因此，我觉得不确定性原理（也就是说，物理学家确定，有些事物不完全是这样存在的，它们可以有另一种存在形式，并且从科学的角度说，我们无法计算它们，也无法测量它们，可它们也完全是算数的，是有效力的），我觉得这个原理对文学有激励作用，因为长久以来，我们这些所谓的和文字打交道的人（这个表达很有意思：文字人，文字汤①……）在面对科学家时，都会产生某种自卑的情绪，因为他们生活在令人满意的规则体系中，一切都可以被证明，只需要沿着一条路往前走，推导出的新规则总能解释旧规则，反之亦然。在文学中，我们掌控着这场奇妙的积木游戏，也就是字母表，一切都从字母表里诞生，从人类念出和写出的第一个词，到今晚我在伯克利大学出版的这本书，都是如此。从字母表的二十八个字母中衍生出了一切，而我们面对科学家有自卑情绪，是因为我们觉得文学是一门混合的艺术，囊括了幻想、想象、真相、谎言、各种假设、各种理论，各种可能的组合方式，我们常常面临着走上邪恶和虚假道路的危险。而科学家却给予我们一种平静、安全和信任的感觉。好吧，就我个人而言，这种感受不存在，也从没存在过，但当我读到海森堡的不确定性原理时，我心想："真

---

① 西班牙语中的"文字汤"指的是一种找单词游戏。

见鬼！他们就和我们一样！他们做研究的时候，他们思考的时候——恰好是最高峰、最艰难的时刻——他们也会突然踩空踏板，感受到地平面的晃动，因为一切变得不确定了，唯一算数的就是不确定性原则！"好了，这就是我的答案。

第三课 幻想短篇小说 II：宿命

好吧，我得费点力气读一些片段了。当然了，如果我们能有个更舒服、更大的讲堂就好了，或是在树荫下围成一个大圈，拉近大家之间的距离，也挺不错的。但似乎没法这么做。如果这能让你们好受点的话，其实我比你们更不舒服，因为这把椅子太可怕了，这张桌子……差不多也一样。

前几天，我们探讨了文学中的幻想元素，甚至还延伸到了我们许多人在生活中可能会经历的幻想事件。大家应该还记得，我们集中讨论了时间游戏中的幻想元素，这种时间观念比日常的、实用的时间观念要丰富、多样和复杂得多，而后者是我们不得不采用的。我们原本可以继续分析幻想元素是如何改变时间的，但正是因为在世界文学中、在我自己写的诸多作品中，这是一个无穷无尽的主题，所以我认为，有了我们几天前学的关于时间的知识，我们可以暂时中止这个话题，而今天，我们可以看看幻想在文学中的其他呈现方式，并以此结束这场幻想之旅。我们将以分析我的作品为主，但也会具体谈到其他作家的作品类型，大家待会儿就明白了。

幻想总会以一种方式在文学中呈现，那就是宿命观；有人管它叫宿命，有人管它叫命运，这种观念源于人类最为远古的记忆：尽管陷入命运循环的人竭尽全力，但是某些事注定会发生，根本无法挽回。古希腊人最先使用阿南刻这个词，法国浪漫派——特别是维克多·雨果——选中了这个词，频繁地使用它。该观点认为，尽管人类觉得自己是自由的，尽可以竭力反抗，但某些命运是注定的，是必然会实现的。这个观点深深地印刻在古希腊人的思维中，并通过阿南刻这个概念表现出来。大家想一想希腊神话和受它影响的希腊悲剧；比如，俄狄浦斯的生命循环就证明了宿命必然实现：尽管他竭尽全力想要逃脱他已经知晓的可能命运，但最终命运还是实现了，俄狄浦斯经受了所有的灾祸，正是因为他受制于宿命。按照古希腊人的说法，他的宿命是诸神决定的，他们玩弄人类，时常设置悲惨或不幸的命运，以此为乐。

这种宿命观不仅体现在古希腊人身上，还在中世纪广为流传，在所有的宇宙起源学说、所有的宗教中，都有它的影子。在伊斯兰世界，在阿拉伯世界，宿命观也极其盛行，它以文学的形式出现在故事、诗歌和传说之中，而作者的姓名早已在时间中被遗忘。有一部作品让我十分钦佩，大家应该都记得它，但我认为再次回顾一下它是很有益处的：这是一个简短的波斯故事，后来，美国长篇小说家约翰·奥哈拉有一部叫作《相约萨马拉》的作品便是受到了它的启发。（萨马拉的约定影射必然会实现的宿命。在古老无名的原版故事中——在我的印象中，这故事是从波斯传来的——作者讲的不是萨马拉，而是撒马尔罕，但故事是相同的。在我看来——因为那是一则短篇小说，而我们在这堂课上讲的正是短篇小说——在这个故事中，宿命的运作机制必然会准确无误地运转，而我认为这其中的美感是无法被超越的。）因为这是一个很短的故事，我可以给那些没读过的同学们简单地复述一下：这是关于国王的园丁的故事，他在花园里走来走去，照看玫瑰。突然，他在一株玫瑰后面看见了死神，死神威胁了他，园丁吓坏了，于是他逃进宫殿，冲到苏丹的脚边，说："主人，我刚刚看见了死神，死神他威胁了我，救救我吧。"苏丹非常宠爱他，因为园丁把他的玫瑰照看得很好，他便对园丁说："你走吧，骑上我最好的马，逃吧。今天晚上你就会平安到达撒马尔罕。"苏丹不害怕死神，他离开宫殿，走了一会儿，在那株玫瑰后面找到了死神，他对死神说："为什么你要威胁我的园丁呢？我非常喜爱他。"死神回答他："我没有威胁他，我只是很惊讶在这里见到他，因为我今晚得到撒马尔罕找他。"在我看来，这个故事的机制不仅美妙，而且含有某种不朽的意味，因为尽管苏丹好心帮忙，宿命依然会实现；恰恰是苏丹把他的园丁送到了死神那里，死神就在另一边等待园丁的到来。在这则故事中，宿命成了幻想的背景。

当代文学中也有这样的主题。几年前（我写过一篇相关的评论），英国作家 W. F. 哈维——他写的神秘故事并不是特别出色——写了一篇短篇小说，名为《八月的热浪》，小说中的情节发展也包含了那种无法被超越的宿命感，尽管人们竭尽全力逃脱命运，命运依旧必然会实现。我可以用几句话简单地复述一下这篇小说，我也会这么做的，因为我认为通过这两个例子，你们就能明白我对幻想的这种呈现方式的看法了。《八月的热浪》是用第一人称讲述的。叙述者说道，有一天，天气极其炎热，他被热气弄得很烦躁，而且也没什么事做，于是开始画画，并没怎么在意画的涵义。几分钟后，当他看见自己画的东西时，他有些惊讶地发现，自己在毫无意识的状态下，随手描绘出了法庭上的某个时刻，法官正在宣判被告死刑。被告是个秃头老人，戴着眼镜，正望着判处他死刑的法官，他的表情中更多的是惊讶，而不是恐惧。那个男人看着他的画，没想太多就把画揣进口袋里，出门散步去了，因为实在是太热了，他找不到任何有意义的事可做。他在村里的街道上散步，突然来到了一所房子跟前，那里有座花园，一个刻制墓碑的男人（我想对应的西语单词是"石碑匠"吧）正在花园里劳作。石碑匠在劳作，他看见了石碑匠，发现这个人就是他画中的人物，而他原本并不知道那是谁：正是同一个人，有着同一张脸，秃头，戴着眼镜，年纪有些大。带着一种惊讶而不是恐惧的心情，他走进花园，到石碑匠跟前，看他究竟在做什么：他即将雕完一座石碑，叙述者看到石碑上刻着自己的名字，他的出生日期和死亡日期，而死亡日期正是那一天、正在流逝的当天。看见这些内容，面对这一系列无法解释的事件，他按捺不住自己的情绪，和那个人交谈了起来。石碑匠非常友善地告诉他，这不是一块真正的墓碑，那个地区所有的石碑匠将要举办一个展览，他只不过在为参展做准备，那个名字和两个日期都是他编的。叙述者向他展示了自己的画，一个看见了墓碑，另一个看见了画，他们明白眼前的这件事完完全全超出了自己的掌控。石碑匠邀请叙述者走进家门，不知怎的，他把两人锁在了屋子里，然后提议他们俩一起待到午夜十二点，等到墓碑上的日期结束为止，这样就能打破在空气中弥漫的威胁。叙述者当然接受了这个请求，他们坐下来聊天，几个小时过去了，慢慢地，午夜离他们越来越近。与此同时，天气变得越来越炎热，于是，为了转移注意力，石碑匠开始把用来雕刻石碑的凿子削尖，他慢慢地打磨，而叙述者则乐此不疲地写下那天发生的一切，也就是我们在读这篇小说的时候所读到的一切。小说的结尾写道："现在，离午夜还差二十分钟，天气越来越热。热得能让所有人发疯。"故事结束了。两个人的宿命都实现了——叙述者将会在当天死去，杀人者将会被判处死刑，就和画里的场景一模一样——我觉得，在这个思路清晰、富有美感的范例中，幻想事件没有在时间和空间的层面上发生，而是呈现在命运的层面上，那必然将会实现的宿命。

接下来我们来看看我的作品，我想和大家聊一聊我的一则短篇小说，名叫《基克拉泽斯群岛的神像》。这部作品虽然并不完全符合宿命这个概念（因为宿命观或许有些机械刻板），但它展现了幻想元素进入人们日常生活，并无可避免地实现的一种形式。我会花比较多的时间概括一下这篇小说，复述完开头之后，我会给大家朗读结尾部分，让大家能感受到小说的氛围，了解我写作时的意图。作品讲述了两个考古学家的故事，他们彼此是朋友；一个是法国人，叫莫朗，他有个女朋友，叫特蕾丝；另一个是阿根廷人，叫索摩萨……和另一个索摩萨①一点关系都没有！索摩萨在阿根廷是非常常见的姓氏。他们俩和法国人莫朗的女朋友都是考古学家，他们去希腊游玩，独自做了一些考察。在考察中，他们发现了一座大理石小雕像，那是一尊神明的雕像，这位女神来自希腊历史上最古老的时期，基克拉泽斯时期。（大家或许在博物馆里见过相关的复制品。有许多基克拉泽斯群岛的神像雕塑。它们经常让人联想到布朗库西②的现代雕塑：大理石质地，完美，

---

① 指安纳斯塔西奥·索摩萨·德瓦伊莱（Anastasio Somoza Debayle，1925—1980），尼加拉瓜独裁者。

② 康斯坦丁·布朗库西（Constantin Brancusi，1876—1957），罗马尼亚雕塑家。

精小，很抽象，脸庞线条并不清晰，有时仅能勉强看清某些雕塑的鼻子，而身体——全是女性的身体——则由几根线条草草勾勒。这些雕塑很美，世界各地的博物馆都有收藏。）这几个人找到了基克拉泽斯群岛上的一座小雕像，他们把它藏了起来，想把它偷偷运回法国卖掉，因为它的价值难以估量。在那几天里，他们一直在谈论他们找到的这件东西，那对法国情侣认为，从审美角度看，他们发现的这件宝贝很有趣、很漂亮，但索摩萨并不这么认为；从一开始，他就坚持认为，自己与雕像之间存在着超越审美之外的联系：一种召唤，一种关联。于是，在睡前那些半开玩笑半做梦的对话中，他考虑了很多次，还和他的朋友们说了，在面对这样一座承载着厚重宗教感——虽然这种宗教已经消失，但它在数千年前十分强盛——的雕塑时，最终唯一可能的沟通方式便是理性沟通；如果只看着雕像，触摸它，和它建立直接的联系，那么绝对不可能消除隔阂；如果我们无法与那个美妙的世界建立联系，那恰恰是因为我们不了解那个世界，在那里，人们崇拜这些雕像，向它们献祭，接受神明的指引。莫朗和特蕾丝嘲笑了索摩萨，但并没有恶意，他们叫他拉美梦想家、不理智的拉美人；他们用更偏向史学的观点看待这件事，觉得那只是座雕像而已。与此同时——说明这一点很重要——莫朗发现索摩萨爱上了他的女朋友特蕾丝，虽然索摩萨什么也没有说，因为特蕾丝深爱着莫朗，他明白那只会是浪费时间。这件事缩短了假期，因为他们三人之间的气氛变得很尴尬：他们三个都意识到了，于是偷偷带着雕像回到了巴黎，雕像由索摩萨保管。从那时起，他们就很少见面了，因为他们之间的私人恩怨让彼此疏远了。莫朗和索摩萨会因为工作原因碰面，因为他们两个也都是雕塑家，但他们总在外面见面，而且特蕾丝从来不在场。时光流逝，索摩萨一直保管着那座雕像，因为他们必须得等几年，等希腊人忘记了这件事情，才能把雕像卖给某家博物馆或是某位收藏家。两三年后，索摩萨打电话给莫朗，让他马上去工作室见他。莫朗去了，但是在出门的时候，不知道为什么，他把这事和特蕾丝说了，也可能是在街上打电话和她说的，他让她两三个小时后去找他，这件事很奇怪，因为大家都心照不宣，特蕾丝不会再和索摩萨见面了，免得他痛苦。他们约好了，她会去找他，于是莫朗前往索摩萨位于巴黎郊区的工作室，那里非常偏远、荒凉，周围都是树。他到了那儿之后，发现索摩萨处于一种极其兴奋的状态之中。雕像被放在了墩座上，此外就没有别的东西了；工作室很寒酸，很脏乱。他们开始聊天，索摩萨说，他和雕像（他已经知道了她的名字：她叫哈伊莎，是基克拉泽斯古神话中的女神）寸步不离地相处了两三年，已经慢慢地和她熟悉了起来，几天前，他跨过了那道屏障。语言没法很好地解释这些事，索摩萨自己也没法解释，但是莫朗意识到，他正在和自己解释他在希腊时的梦想，他渴望走进女神的世界，走进只留下大理石碎片的文明，而他以某种无法解释的方式实现了这个愿望。他说他已经跨越了距离的隔阂；他没法再多说了，没有提到空间和时间；他只说了句，这事发生了，他进入了另一边的世界。莫朗当然不信他的话，他用典型的欧洲思维理智地分析自己听到的话，他觉得索摩萨疯了：他花了很长时间寻找这种缺乏理性的联系，与哈伊莎的曲折联系，最后他相信了幻觉，以为自己建立成功了。在莫朗看来，这不过是间雕刻工作室，里面放了座雕像，除此之外什么都没有。我想给大家念一下接下来的内容：

"拜托了，"莫朗说，"就算你认为这一切都无法解释，你就不能努把力给我解释一下吗？"

总是出现"解释"这个词：需要解释的事有很多……

"说到底，我只知道你这几个月一直都在刻制复制品，还有两天前的晚上……"

"很简单，"索摩萨说，"我一直感觉那另一个世界仍然鲜活地存在着。但是，首先得回溯五千年来走过的错路。奇特的是，就是他们自己，爱琴海人的后代们，犯下了这个错误。但是现在一切都不重要了。看，就是这样。"

在那尊神像旁边，他抬起一只手，轻轻地放在她的乳房和腹部，另一只手抚着脖颈，再往上触摸到雕像那并未被描刻的嘴。莫朗听见索摩萨在用一种低沉喑哑的声音说话，有点像是他的双手——或者也许是那张并不存在的嘴巴——在诉说着那烟雾弥漫的洞穴中的狩猎、那奔逃无路的鹿群、那尚不能直呼的名字、那由蓝色油脂画成的圆圈、那两河并行的嬉戏交错、那波赫克文明的伊始，以及去往西方石阶和不祥暗影中的高地的远征。他心想，若是趁索摩萨不注意时打个电话，是否还来得及让特蕾丝把韦尔内医生一同叫过来。但特蕾丝应该已经在路上了，而在岩石边，女神在吼，牧民首领正割下最壮美的公牛的左边犄角，将它递给盐民首领，以此重修与哈伊莎女神的契约。

"嘿，让我喘口气。"莫朗说，他站起身，往前跨了一步，"这令人难以置信，而且我渴得要死。我们喝点什么吧，我可以去找一点……"

"威士忌就在那里。"索摩萨说，一边慢慢地把手从雕像身上收回来，"我不喝，我在献祭之前得斋戒。"

"真遗憾。"莫朗一边找酒瓶一边说，"我一点也不喜欢一个人喝酒。什么献祭？"

他将威士忌一直倒满至杯沿。

"按你的话来说，是为融合而做的献祭。你没听见吗？那是双笛，就跟我们在雅典博物馆里看见的那尊小雕像上的那支一样。生命之音在左边，不和之音在右边。对哈伊莎而言，不和也是生命，但是，献祭一旦完成，笛手们就不会再在右边笛管里吹奏了，从此便只会听见新生命的笛声，这生命饮下了流淌出来的鲜血。笛手们会满嘴充溢着鲜血，将血从左边笛管吹出。而我会用血涂上她的脸，你看，就这样，在鲜血之下，她的双眼和嘴就会显现。"

"别再说傻话了。"莫朗灌下一大口酒，说道，"血可不适合我们的大理石神像。是的，很热。"

索摩萨已经不紧不慢地脱下了衬衫。当莫朗看见他解开裤子纽扣时，他心想自己本不该由着他这么兴奋，不该纵容他的狂热发作。干瘦黝黑的索摩萨赤裸裸地站在聚光灯下，似乎正陶醉于对空间中某一点的注视。从他微张的嘴里，滴出一线口水。莫朗猛地将酒杯往地上一放，他想着，要走到门口，就必须得想个法子骗过索摩萨。他一点也不清楚索摩萨手中晃动着的石斧是从哪里冒出来的。他蓦地明白了。

"早该看出来了。"他说着，一面慢慢往后退，"与哈伊莎的契约，嗯？那鲜血就由可怜的莫朗来提供，不是吗？"

索摩萨并不看他，而是开始绕着圈向他靠近，好像正遵循着一条既定的路线。

"你要是真的想杀我，"莫朗冲他大喊，一边向暗处撤退，"何必弄出这些玄虚？我们俩都很清楚，这是因为特蕾丝。但是，她从没爱过你，也永远不会爱你，你这又是何苦呢？"

赤裸的身体已经从聚光灯下的光圈中走了出来。莫朗躲到角落的暗影中，踩着地上湿漉漉的抹布，他明白自己已经无路可退。他看见斧子高举，便像流①在岱纳广场的体育馆里教过他的那样跳了起来。索摩萨大腿中部中了一脚，脖子左侧挨了一劈。斧子斜飞出去，扔得老远。莫朗灵活地挡开倒向他的身体，抓住了那毫无防备的手腕。当斧刃落到索摩萨额头中央时，他还在低哑惊恐地尖叫。

再次看向索摩萨之前，莫朗在工作室的角落里吐了出来，就吐在那块脏抹布上。他觉得像被掏空了似的，吐一下让他感觉好些了。他从地上把杯子拿起来，喝掉了剩下的威士忌，想着特蕾丝随时都可能来，他得做点什么，通知警察，解释清楚。他一面抓起索摩萨的一只脚拖着尸体，让它完全暴露在聚光灯光下，一面想着要证明自己是正当防卫并不困难。索摩萨古里古怪，与世隔绝，明显是疯了。他弯下腰，将双手放在死者脸上和头发上流淌的鲜血中浸湿，同时看看手表，七点四十了。特蕾丝不会耽搁太久的，也许最好出门到花园里或街上去等她，不让她看到神像脸上流着鲜血的一幕，那些顺着脖子往下淌滑的细细红线，沿着乳房的边缘，在阴部

---

① 流（Nagashi），日语人名。

那小小的三角区汇合，再顺着大腿滴流而下。斧子深深地嵌入祭品的头颅，莫朗将它拔出来，用黏糊糊的双手掂了掂。他用一只脚把尸体再推过去了一点，让它抵着柱子。他嗅了嗅空气中的气味，然后向门口走去。最好把门打开，让特蕾丝能够进来。他把斧子倚在门边，开始脱衣服，因为这里很热，而且这股味道让人喘不过气，仿佛屋子里挤满了人。他已全身赤裸，这时他听到出租车的声音，听到特蕾丝的声音引领着笛子的乐音，他关上灯，手里拿着斧子在门后等着，他一边舔着斧刃一边想着，特蕾丝真是准时极了。

我概括得不好，朗读得更糟，不知道你们能不能看出这则短篇小说的运作机制；我觉得是可以的。在我的印象中，我写这个故事的时候（我已经记不太清自己是怎么写、为什么写，以及是在哪里写的了），将一个人物设定为法国人，另一个为拉美人，是有重要含义的，因为法国人从理性文明的视角看待发生的一切，这种理性文明有能力也有意愿解释一切：幻觉、疯癫、幻想。相反，索摩萨疯狂地认定自己能和一个古老、野蛮的世界建立联系，和其他许多文明一样，在那个世界里，向神明献祭是永恒的主题，他断定自己已经抵达了那里，而莫朗却不相信他。甚至，当索摩萨准备杀死他，告诉他向哈伊莎献祭的时刻已经到来时，大家看到了，直到最后一分钟，莫朗依然从我们称之为理性的观点解读这一切，他怀疑一切都是索摩萨铺设的陷阱，觉得索摩萨装神弄鬼只是为了杀他，因为索摩萨爱上了他的妻子，小说快结束的时候他把这话说给了索摩萨听。然后便是打斗，最后是莫朗杀死了索摩萨，而小说的结局证明了索摩萨遵循的幻想力量依然在发挥作用，得以实现：索摩萨死去以后，哈伊莎祭司的职责便立即由莫朗接手了，在杀死索摩萨之后，他开始做一些从理智的角度来看不应该做的事情：他一边想着得报警，一边把手伸进血泊里；对于一个认为自己无罪，并且要为自己脱罪的人来说，这是最糟糕不过的事了。接下来，莫朗立马就被哈伊莎控制了：曾经发生在索摩萨身上的事在莫朗身上重演，此时，莫朗躲在门后，等待着下一位受害者。

这篇小说有些血腥，也颇具戏剧性，但无论如何，它反映了宿命的概念。讲完这篇小说以后，我们可以谈一谈幻想的另一种形式，一种极端的形式，在文学作品中很常见。那就是幻想和现实相互交织，难以分辨；这已经不再是一种介入和规律的打破（在这种情况下，现实元素依然存在，只不过发生了一种无法解释的现象），而是一次彻底的转变：现实变成了幻想，因此幻想也同时变成了现实，我们无法准确地辨认出哪些元素属于现实，哪些元素属于幻想。

有一部略为平庸但文笔优美的作品，大家应该都记得它：大约上世纪末，奥斯卡·王尔德写了一部长篇小说，当时很多人读了这部作品，现在也流传甚广，它就是《道林·格雷的画像》。作为一部长篇小说，它或许很糟糕，可我却一直为它着迷，但客观上说，它可能是挺糟糕的；我说不清楚，它有些戏剧化。它讲述了一个年轻人的故事，有人给他画了一幅肖像，那是一幅油画，充分展示了他的少年之美。从年轻时起，他就收藏着这幅肖像。后来，生活中的变故逐渐改变了他的品行，他曾经是一个慷慨、善良的人，却踏上了另一条路，开始变坏，逐渐堕落。他开始过上了花天酒地的生活，作者从没有确切地描述过他的夜生活，但是我们可以想象得出，那是彻底放荡的生活。一天，他偶然走进了挂着他肖像的房间，发现肖像变了样。他看着那幅画，画里的他和镜子里的他已经不尽相同。画像变老了，眼睛周围生出了皱纹：画里的脸孔开始反映出他现在的生活，但他自己的脸上却毫无痕迹。这有点像是他和恶魔达成了某种协议：他正在过着不幸的生活，最后甚至变成了罪犯，但呈现出这一切的是画像，而不是他，他依然英俊年轻。画像不断衰退，不断变老；身体和脸庞出现了越来越多的变化……我已经忘记了细节，我是很多年前读的，后来也没有重读，这会儿我也没有这本书，但是我记得，在最后的高潮时刻，道林·格雷看着画像中真正的自己，感受到了最后一丝内疚：他摧毁过的人生，背叛过的人，而他却依然年轻英俊。肖像揭示了他的真正面目，画里的那张脸是罪恶的脸，是堕落、沉沦之人的脸。他无法忍受，便拿起了一把刀，向画像走去，想要摧毁它。仆人听见了尖叫声和身体倒下的声音，他们走进房间，找到了那幅画，画里的道林·格雷英俊潇洒，仍旧是画家当初完成的那幅画，而地上躺着一具被刺杀的尸体，令人作呕的男人脸上布满了罪孽留下的痕迹，衣服又破又脏。

虽然其中有很幼稚的元素，但在这篇小说的主题中，幻想完全颠倒成为现实：幻想世界跳出了道林·格雷的肖像，闯入了现实之中；与此相反，道林·格雷，或者说他后来成为的那个人，跳回了肖像中。这个主题在文学作品中相当常见，但我不打算接二连三地讲太多故事，我想回到我的作品上来，讲一篇很短的小说，我认为这篇小说也包含了此种幻想的极端形式，现实与幻想之间的界限不复存在，二者融合在一起。这是篇很短的小说，名字叫《公园续幕》，是我写过的最短的短篇小说——实际上它只有一页半，但我通过这部作品表达了我对短篇小说这种文体的理解：你们可以回忆一下，开始的时候我们提到，这种文体是封闭的、完整的，它具有某种命中注定的色彩，我把这种特点总结为球体特性；在幻想短篇小说中，作者必须真正地赋予作品球体特性才能达到他预想的效果，就像在《八月的热浪》中，命中注定的事情彻底、完全地实现了。

我先提前说明一下，我用三分钟就能把这个小故事念完，小说中隐含着一个词，它不是很常见，可能会让你们产生疑惑：佃户分成制。在阿根廷（我不知道在拉美其他国家是否也是这样），分成制佃农拥有大地主庄园内的一些土地，他们与地主签订了契约，可以在这些土地上劳作，上缴部分收成；这类农民叫作分成制佃农，而这种农村经济体系叫作佃户分成制。小说是这样的：

他几天前便开始看那本小说了，后来因为生意上有急事，就暂时搁下了。乘火车回庄园时，他又打开了那本书，不禁被小说情节、人物形象慢慢吸引住。那天下午，在他写信给他的代表律师，和管家谈了谈有关佃户分成的事项后，他便在书房中又读起了那本书。书房一片静谧，面朝着栎树公园。他惬意地躺靠在最喜欢的扶手椅上，背对着门，因为门意味着闯入与侵扰的可能，会让他觉得不痛快。他读起了最后几章，左手不自觉地一次次抚过铺有绿色天鹅绒的扶手。他还牢牢地记得主人公们的姓名和形象，小说的情境几乎立刻就征服了他。一行又一行，他享受着这种几近变态的快感，渐渐抽离于周遭的一切，却又同时感到自己的头正舒服地靠在高靠背的绿色天鹅绒上，感到香烟仍然触手可及，感到落地窗外晚风正在栎树间轻舞。一字接一字，他沉浸于主人公所处的龃龉两难之中，被那些逐渐眉眼鲜活、栩栩如生的形象所吸引，他仿佛亲眼看见了山上茅屋中的最终会面。首先，女人走进来，满面惊惶；然后，情夫到来，脸被树枝刮伤。她试图用亲吻魔法般地止住流血，但他却拒绝这般爱抚，他这次来可不是为了躲在枯叶和密径的庇护中重现那场隐秘激情的仪式。抵在胸前的匕首炽热，其下悸动着的是潜藏的自由。热烈的言语在书页间如毒蛇般疾速地穿行交错，一切都仿佛早已注定。就连牵绕着情夫身体的万种缠绵，似乎想挽留他、劝阻他的千般爱抚，都可恨地勾勒出那另一个必须毁灭的人的轮廓。一切尽在盘算之中：不在场证明、意外的险情、可能的错误。从那一刻开始，每一秒都有精确的用场。两人无情地进行着最后的查对，只偶尔停下来轻抚彼此的脸颊。天开始黑了。

两人各有未竟的任务缠身，于是不再两两相望，在茅屋门口分开了。她应走向通往北方的小径，他在反方向的小路上回头看了一眼，看见她长发飞扬，奔驰跑远。然后，他也在树丛和篱笆的掩隐下跑了起来，直到在迷蒙的绛色晚霞中看见通向大屋的树林荫道。狗不应该吠叫。确实没叫。管家这时候应该不在。确实不在。他走上门廊的三级台阶，进了屋。血流在耳边奔腾，女人的话萦回其中，向他传来：进门是一间蓝色前厅、一条走廊、一道铺着地毯的楼梯。上了楼梯，有两扇门，第一个房间里没有人，第二个房间里也一样。接着，是书房的门，是他手握着的匕首，是落地窗外的光线，是绿色天鹅绒扶手椅的高靠背，是扶手椅上那正读着小说的男人的头颅。

这篇小说的机制很简单，而且它还试图变得完整：长篇小说的读者进入了长篇小说之中，变成了书中的人物，承受他理应承受的命运。实际上，我并不认为我们在日常生活中会经历幻想与现实的彻底交融——在这种情况下，很难区分或者无法区分谁是谁——但就像我们刚才读到的那样，它会发生在文学中，而正是在文学中，幻想能够实现它最高形式的表达。事实上——我和大家讲一讲我自己的故事——这篇小说的灵感源自一天傍晚，当时，我独自一人待在房子里读书（我已经不记得是什么书了），在书中某个特定的时刻出现了一幕戏剧化的场景，发生在一座空房子里，里面有个人物，我想："要是我能经历这个人物即将经历的事，那该多奇特啊！"当时我还不知道这个人物会经历些什么，因为我还在阅读，但我所处的状况与书中人物的类似；于是我的想象力促使我思考："如果现在，不是我在单纯地阅读，而是我读到的情节将会发生在我的身上，那该多奇特啊！既然我现在的处境和小说此刻的场景相同，如果现实发生了倒置，我突然间变成了那个将要经历小说情节的人，那该多奇特啊！"这种尚不清晰的念头让我有了写这则短篇小说的打算。正因为它很短，我花的精力比写篇幅比它长得多的作品要多很多，因为我得字斟句酌。我试图实现并不总能达成的目标：我想让短篇小说的读者经历一番文中的长篇小说读者的经历，也就是说，当我讲到茅屋里的情人即将为了获取自由而犯罪的时候，我希望听众或者读者已经忘记这是读长篇小说的那位先生读到的情节。我不知道这部作品有没有实现这个目标；它很难在一页半的篇幅中实现，但还是有可能实现的，我知道有些读者曾肯定地说，他们的确忘记了这一点，提到天鹅绒扶手椅的最后那句话着实让他们吃了一惊。

如果你们有问题的话，现在就提吧，我之后将要就这几个话题再继续讲一讲。你们如果有问题的话……

学生：您觉得您最好的短篇小说是哪一篇？

我不会说我不喜欢这个问题，但我真的不喜欢，因为我不知道该怎么回答你；这就是问题所在。

学生：这就像是问一位母亲谁是她最喜爱的孩子。

有一些作品，出于它们的存在主义色彩，而且因为与我本人息息相关，我依然对它们怀有深厚的感情，比如《追寻者》。如果我不得不现在就选出一篇的话，我的第一反应就是它，我觉得《追寻者》被选中的原因有很多；首先，它反映了我是如何度过某个阶段的，这个阶段可能有其所长，但就文学和拉丁美洲现实的层面上说，这是一个相当消极的阶段。坦白说，这部作品像是某种启示，就像几天前我和大家谈论作家之路时提到的那样：它是促使我改变的转折点。并不是说这部作品改变了我，但我在这部作品中写下的文字证实了我在改变、探索；有点像是《追寻者》中的人物在故事中所探索的东西，我也在生活中探索它。后来，我几乎马上就写了《跳房子》，在这本书里，我试图彻底完成这种探索。我就说这么多吧。

我们继续。轮到我说了，我们时间有限，虽然还剩几节课，但是我们还要讨论其他主题。我最后讲几篇短篇小说（都是我的作品），好早点结束幻想这个话题。这些小说中的幻想元素对我依然有意义，而且很重要，但它们不再是起决定性作用的根本动力。我在第一天就说过这件事，现在我再重复一遍：我最初写的那些短篇小说之所以对我有意义，是因为其中的幻想内容；人物则有点像是傀儡，为情节服务，他们并不总是有血有肉的，而即便他们当真这样，我也不怎么在意；我在意的是幻想的运作机制。从某个时刻开始，情况发生了改变，幻想元素依然能找到潜入小说的门窗，但它并不比我试图描绘的现实更关键、更重要，相反，幻想在为小说中的现实服务。正是幻想元素让我们更加关注周遭的世界，我们生活的世界，我们熟知的世界。

我有一篇很长的短篇小说，我今天想谈谈它——《南方高速》。我用不了一分钟就能讲完小说里的幻想元素，但是每个读过这篇小说的人都知道，这是一篇彻头彻尾的现实主义短篇小说。除了其中的幻想元素以外，作品描绘的是我们每个人在高速公路上行驶时都可能会经历的情节：我们可能会遭遇堵车，在较长的时间里停滞不前，这种时刻类似于平凡生活中的插曲，我们会遭遇某些经历，而这就是我想在这篇短篇小说中探索、描绘和深入挖掘的内容。我记得在写这篇小说的时候，我认为这个主题能涉及很多内容，因为像所有以火车、轮船或飞机旅行为背景的小说一样，各色人物会在几天或几个小时的时间里相聚、分别，同样地，高速公路上的一次堵车催生出了一种群聚空间，没人想出现在那里，大家互不相识，也没太大兴趣认识彼此。但是堵车发生了，意外事件接连不断地出现，这不可避免地促使人们开始接触彼此，至少在某个范围内的车辆之间会是如此。（如果堵车绵延数公里，这类情况将分别发生在不同的区块范围内。）我的问题在于，我想描绘这种异常情况下的相遇，推断它的终极后果。但是，当然了，堵车又能持续多久呢？可能持续一个小时，五个小时，一天，就像三年前在罗马市中心发生的堵车那样。（整个市中心堵了整整一天；没人动弹得了，人们纷纷下了车，等到有些人能开动的时候，下车的那些人又让情况变得更复杂了。）我想为这篇小说设置更长的时间，让它更进一步，而就在那个时候，自然元素——不，我指的是幻想元素——便极其自然地（我总是会使用很自然的方式）出现在小说中。在我的设定中，人物对时间的流逝并不觉得吃惊，一天、两天过去了，而时间还在继续流逝，在小说开头，天气十分炎热，大约在中间部分则下起了雪，也就是说四季在变换。小说中从来没有直接提及时间过去了多久，但你们读的时候会发现，时间过去了好几个月。从这个角度看，我们得接受小说中的这种幻想元素，因为拥堵发生在巴黎近郊，而以高效闻名的法国政府绝对不可能解决不了这个问题；这种事情最多能持续一天，就连持续一天也是很夸张的了。所以，像小说中的每个人物那样，我们只能接受这场堵车会永远持续下去；由此，原本孤立的人们之间的关系开始加深。

我的目的是想看看自己能否想象出人类社会在异常状况下是如何形成的，比如一群人遭遇海难后在小岛上得以幸存，或是遭遇了空难在沙漠中隔绝于世。在这篇小说中，高速公路上的堵车提供了以下条件：来自不同社会阶级、经济状况各异的人们开着不同型号、不同品牌、不同价格的汽车遇上了堵车，被迫面对不断延长、无限延长的态势。于是，海难幸存者的难题开始出现了，也就是鲁滨孙·克鲁索曾经面临的难题：人得吃饭，得喝水，而小说中的人们在高速公路周边找不到任何食物和水，因为住在郊区的农民拒绝帮助在高速公路上陷入困境的人们，任他们自生自灭，其中的原因不得而知，考虑到小说本身存在反常因素，这个设定也是可以接受的。就这样，人类社会的各种积极因素和消极因素都慢慢地浮现了：崇尚正义和公平的人与其他人分享自己的东西，有人理所当然地把食物和水藏起来独自享用，有人决定把自己喝剩的几升水或是吃剩的几个苹果卖个好价钱；随之而来的便是人际冲突、情感关系、善交际的人与孤僻的人之间的反差。总之，这篇小说对于我来说具有非常现实的意义——与一群人建立联系，将他们置于危急情况之中，看他们如何解决，如何处理。我认为，加入一些非理性的幻想元素能够完美地推进这个主题。《南方高速》篇幅很长，自然不适合在这里朗读，但如果我们有时间的话（我们确实有时间），我可以给大家朗读开头的一小段文字，这样大家就可以明白，堵车发生后这个社会是如何产生的，然后我会再读一读描述这个社会如何瓦解的结尾段落。

说说我自己的经历吧，我记得前几天和一个人讲过这件事，他现在应该也在这里，那是在我身上发生的一件怪事：到我写完这篇小说为止，我还从来没有在法国或其他任何国家的高速公路上经历过堵车，也就是说，这完全是部想象出来的作品。五个月后，我在法国图尔尼附近的勃艮第遭遇了堵车。很幸运，这场堵车不像我小说里的那场持续得那么久，但无论如何，它也持续了六个小时，并且同样发生在酷暑时节，意味着那是一段相当长的时间：烈日下的六个小时，无数辆汽车停滞不前，根本无路可走……经历这件事情的时候，小说里的场景依然历历在目，我才刚刚把它写完，于是我向自己抛出了一个作者的疑问："现在来看看，你写的东西是差强人意呢，还是像我们阿根廷人说的那样，你一直在说瞎话。"好吧，我并没有说瞎话，这一点很神奇。我敢肯定，如果你们当中有人经历过长时间的堵车，肯定会对我小说中的一些内容感同身受，因为事实上，我刚陷入囚徒般的状态，就真的开始做所有人都在做的事：我先咒骂了几句，接着询问起了状况，向周围的人打听，然后我下了车，开始犹犹豫豫地和其他人交谈，大家都在试探对方究竟友不友善……在第一个小时里，我清楚地看到，事情的发展过程和我想象的一样，现实与虚构没有任何区别。立马就有开明外向的人提出解决方案：派个代表去哪个地方打电话，诸如此类；也有那些寸步不离方向盘的人，那些态度被动、小心谨慎的人，还有那些抗议的人……然后实际的问题出现了，那时我真的觉得有点害怕，因为这和小说里的情节一模一样：一位女士从前面走来，经过了好几辆车，四处询问有没有人能给她的儿子一点儿水喝，因为她车上没有水，孩子又热得难受，他还是个婴儿，必须得给他喝水；有人有橙汁或者类似的东西，于是第一场救助开始了，第一个给口渴的人送水的社会组织开始成形。这会儿，我和一名卡车司机交上了朋友，他的卡车就在我的车子后面，卡车的平板很高，我很高兴自己能爬上去和卡车司机一起抽烟，从远处看着这场著名的、没完没了的堵车究竟何时才会结束。这种与社会各个阶层的接触，甚至涉及各种主题的接触让我着迷，它和我选取的小说开头片段有些相似，尽管你们还没有读过这篇小说，但它能让你们明白这是怎么一回事。

　　我提一两个技术性细节：开始写这篇小说的时候，我发现人物都没有名字。在短篇小说中，关键不在于设置一个全知叙述者，知道这人叫胡安·佩雷斯，那人叫罗贝尔托·费尔南德斯，也就是说，不该像长篇小说那样以描述人物作为开头。我并没有使用人物的名字，而是用了汽车的名字。这始于一个小伙子开的玩笑：他管福特车里的人叫"福特"，管另一个人叫"雪佛兰"，还管别的人叫"保时捷"，然后所有人都开始用起了汽车的名字；这其中还包含了一种你们肯定会察觉到的讽刺意味：在你们生活的社会中，在我生活的社会中，在欧洲的大部分地区，汽车在各个层面上都与它的主人融为了一体，因此，在法语中，比如说，大家会使用物主代词来表述。法国人会说"我每开五百公里就要换一次我的轮胎""我要加满我的汽油"。就好像那是他们的血液似的！汽车和他们已经不再是分开的了，发生在汽车身上的所有事都会发生在他们身上，因此，在我看来，把人物形象转化为他们驾驶的汽车是相当合理的做法。小说中的各个汽车品牌在当时的法国都很流行，我想其中的绝大部分在美国这儿也很有名。

好了，现在故事要开始了：主角——有两个人物比其他人物更重要一些——是开标致 404 的工程师和开雷诺王妃的女孩，这个牌子在当时很有名；我是故意这么设置的，因为这也是个女性的名字 ①：小说中驾驶这辆车的女孩也被叫作王妃。

---

① 雷诺王妃的外文原名是 Dauphine，也是女子名。

除了这有限的几次出行外，人们能做的少之又少，时间几乎一动也不动，显得分外漫长；有那么一阵，工程师真想把这一天从自己的记事簿上删去……

这是第一天。

……他强忍住没有哈哈大笑起来，可过了一会儿，当那两位修女、陶努斯上的两个男人以及王妃上的姑娘把时间算成了一笔糊涂账的时候，他想还真不如当初就打开计时器。地方广播电台都停止了播音，唯有DKW上的那位旅行推销员有一台短波收音机，还在一个劲地播送股票消息。快到凌晨三点的时候，大家都心照不宣地达成了某种默契，决定休息休息，就这样，直到天亮，车流一动也没动过。西姆卡上的小伙子卸下两张充气床垫，在车旁躺了下来；工程师把404前排座椅放倒，请两位修女来躺躺，被她们拒绝了；刚躺下没一会儿，工程师想起了王妃上的姑娘（她安静地趴在方向盘上），便若无其事地向她提议换个车，天亮再换回来；她拒绝了，说她不管坐着躺着都能睡得很香。有那么一阵，能听见陶努斯上的小孩在哭，他睡在汽车的后排座椅上，一定热得不行。修女们还在祈祷，工程师已经一头倒在自己的卧铺上，慢慢睡着了，然而他睡得一点儿也不踏实，最后浑身大汗、心烦意乱地醒来，一时间竟弄不清自己身处何方；他舒展了一下身体，发现车外模模糊糊有些动静，一团黑影朝公路边移动着；他猜到了原因，接着也悄无声息地下车，去到路边方便了一下；路边没有树，连围栏都没有，只有黑漆漆的田野，天上一颗星星也看不见，就像有一堵看不见的围墙困着泛白的路面，路面上的车像一条停滞不动的河流。他差一点撞上了阿利亚纳上的乡下人，那人嘴里嘟囔了一句什么；燥热的公路上本来汽油味就够难闻，现在再加上人体排出来的骚味，工程师赶紧回到了自己的车上。王妃上的姑娘趴在方向盘上睡着了，一绺头发搭在眼睛上；回到404之前，工程师在黑暗中愉快地端详了一番姑娘的侧影，猜想着她弯弯的双唇是如何轻柔地呼吸。在另一边，DKW上的男人静静地抽着烟，也在注视着这个姑娘。

上午，车还是没能前进多远，可已经足以使人满怀希望，想着到了下午通往巴黎的道路就会疏通。九点钟，有个陌生人过来，带来了好消息……

"陌生人"这个词仅仅是指他是从后面的某辆车里过来的，不是这个小组的成员。

……带来了好消息：前方塌陷的路面已经垫好了，交通很快就能恢复正常。西姆卡上的小伙子打开收音机，其中一个还爬上了车顶，又叫又唱。工程师告诉自己，这消息并不比昨天的那些更靠谱，那陌生人只不过是想趁这群人兴高采烈之际，从阿利亚纳上的夫妻那里讨到一只橘子罢了。后来又过来一个陌生人，想故伎重施，可谁都不肯给他东西了。天越来越热，大家都情愿待在车里等更确切的好消息。中午时分，标志203上的小女孩又哭了起来，王妃上的姑娘去和她玩了一会儿，还和那夫妻俩交上了朋友。203上的那对夫妻运气不佳：他们右边就是那个开凯路威一声不吭的男人，对周围发生的事情漠不关心，左手边又得忍受开弗洛里德那家伙的满腹牢骚，好像这堵车全是冲着他一个人来的。那小女孩又说口渴的时候，工程师突然想到可以去同阿利亚纳上的乡下人谈谈，他们车上肯定有不少吃食。他没料到那两位十分和气，通情达理，说在这样的情况下人们就该互相帮助，他们还有个想法，要是有人出面把这一群人的事儿管起来（说这话时那女人用手画了一个圆圈，把他们周围的十几辆车都包括了进来），那他们坚持到巴黎是没什么问题的。工程师生性不爱出头露面、充当组织者的角色，便叫来了陶努斯上的两个男人，同他们还有阿利亚纳上的夫妻开了个小会。接下来，他们分别征求了这一小群体的意见。大众上的军人立刻表示同意，标志 203 上的夫妻把自己所剩不多的给养贡献了出来（王妃上的姑娘已经给那小女孩弄到了一杯石榴水，现在那小女孩正在嬉笑玩耍）。陶努斯上的其中一个男人去向西姆卡上的小伙子征求意见，他们倒是同意了，但摆出一副嘲弄的神情；凯路威上脸色苍白的男人耸了耸肩，说他无所谓，你们爱怎么办怎么办。ID 上的那对老夫妇和波利欧上的妇人明显很高兴，好像这样一来他们就有了依靠。弗洛里德和 DKW 上的人都没有发表意见。迪索托上的美国人带着惊讶的神情看了看他们，又说了句什么"上帝的意志"之类的话。工程师没费多大劲就提议让陶努斯上的一个男人负责协调各种事务，他基于直觉对这人有一种信任感。吃的东西眼下谁都不缺，问题是得弄到水；他们的头儿（西姆卡上的两个小伙子为了好玩儿，干脆就把他叫作陶努斯了）请工程师、军人还有两个小伙子当中的一个到周围去转转，看能不能用食物换点儿喝的东西。陶努斯显然深谙领导之道，他算了一下，照最不乐观的估计，需要准备最多足够一天半的吃喝，修女们的双马力和乡下人的阿利亚纳上有足够的食物来应付这一段时间，只要出去侦查的几位能找到水，就万事大吉了。可是只有那个军人带回来满满一壶水，水的主人要求换取够两个人吃的食物。工程师没找着能提供水的人，但出去转了这一趟，他得知除了他们这个群体之外，还有人也在组织起来解决类似的问题；有一回，一辆阿尔法·罗密欧的车主拒绝和他谈水的问题，说要谈得到这列车往后第五辆找他们这个小组的头儿。又过了一会儿，西姆卡上的小伙子回来了，他也没弄到水，可陶努斯估计给两个孩子、ID 上的老太太以及其余几个女人的水已经足够了。

大家看到了，就这样，这个全新的人类社会形态（或者说，在紧急状况下总会出现的人类社会形态）正在逐渐成形。随着时间的流逝，情感也在变化：王妃最终同意了晚上去工程师的车里过夜，因为他的车要舒服很多。在某个时刻——说不清是什么时候，因为我们没有再记录时间，但差不多是在小说的结尾——她告诉工程师，自己有了他的孩子；也就是说，在这个过程中，情感关系、恋爱关系也在向前推进。有一个人自杀了，死了，与之而来的是各种实际问题。然后，所有人要么团结一心，要么各自为政，但是每个人都已经拥有了特定的社会地位，有自己的工作、责任和权利。就在这时，从远处开始传来流言，突然有人意识到，堵车马上就要结束了。小说的结尾是这样的：

在谁都不再指望的时候，最重要的事情发生了，而且是最无所事事的那一位最先发现的。在西姆卡的车顶上，那位兴高采烈的瞭望哨突然觉得地平线那边有了些变化（正值日落，橙黄色的斜阳那微弱的光线逐渐暗淡），一个几乎令人难以置信的异象发生了，就在五百米、然后是三百米、二百五十米外。他把这消息大声喊给404，404对王妃说了句什么，她迅速回到了自己车上，这时，陶努斯、军人、那个乡下人都已经飞奔而至，小伙子还站在西姆卡的车顶上，用手指着前方，一遍又一遍地重复着他的宣言，仿佛是想说服自己他双眼所见是实实在在的景象；这时他们听见一片骚动，一股沉重然而不可遏制的迁徙浪潮把车龙从无休无止的昏睡中猛然惊醒，试探着它的力量。陶努斯大声命令各人回到自己车里，波利欧、ID、菲亚特600和迪索托同时发动了。双马力、陶努斯、西姆卡和阿利亚纳紧跟着动了起来，西姆卡的小伙子还陶醉在自己的成就里，他转过头来朝着404挥了挥手，这时，404、王妃、修女们的双马力和DKW也同时开动了。可一切还取决于这种状态能持续多长时间，开到和王妃并排的时候，404几乎是习惯性地如此思量，还朝那姑娘笑了笑，给她打气。在他们后面，大众、凯路威、203还有那辆弗洛里德同时慢慢启动，在用一挡行进了一小段之后，都挂上了二挡，一直在二挡，可是毕竟不用像先前那样总要松开离合器了，大家都把脚踩在油门上，等待着换成三挡。404把左胳膊伸出车外，去够王妃的手，却只勉强碰到了她的指尖，他在她的脸上看到了一丝微笑，仿佛不敢相信有这样的好事，他想，他们很快就会到巴黎了，要先好好洗个澡，一起随便到哪里去，到他家，或她家，先洗个澡，再去吃饭，要洗个没完没了，要吃饭，还要喝点儿什么，要有家具，一间带家具的卧室，还要带浴室，能涂上剃须膏好好刮刮胡子，还得有抽水马桶，有食物，有抽水马桶，还有床单。巴黎就意味着一个抽水马桶和两条床单，热水冲洒在胸口和腿上，一把指甲刀，白葡萄酒，接吻之前必须喝点儿白葡萄酒，身上还要有薰衣草精油和古龙水的味道，然后他们钻进干干净净的床单中间，在明亮的灯光下充分地相知相识，再去浴室里嬉闹一番，相亲相爱，再冲个澡，喝点儿什么，去一家理发店，再去浴室，抚弄床单，也在床单里互相爱抚，在肥皂泡沫、薰衣草精油和毛刷之间相亲相爱，然后再去考虑接下来要做的事情，考虑孩子，考虑其他问题，考虑他们的未来，这一切都要依赖于车别再停顿下来，车流能继续前进，哪怕还不能挂上三挡，就这样挂着二挡开吧，只要能继续前进就行。404 的保险杠蹭到了西姆卡，404 身子后仰靠到座位上，觉得速度在加快，他感觉可以更快些，还不至于碰到西姆卡，西姆卡也在提高车速，不用担心会撞上波利欧，他感到凯路威紧跟在自己后边，大家都在一点点地加速，可以换三挡了，不会磨损发动机，变速杆奇迹般地挂上了三挡，车开得更平稳，也更快了，404 向左面投去惊喜而温情的一瞥，想捕捉王妃的眼神。很自然，以这样的速度跑起来，各列车队很难并驾齐驱，王妃现在领先近一米，404只能看见她的后脑勺和一点点侧影，正在这时，她也转过头来看他，看到404越来越靠后，姑娘露出惊奇的神情。404微笑着以示安慰，猛地加速，可几乎立刻就踩下了刹车，差一点就撞上了西姆卡；他短促地按了一下喇叭，西姆卡的小伙子从倒车镜里看了他一眼，做了个无能为力的表情，又伸出左手指指前面的波利欧，两车几乎贴在了一起。王妃现在领先三米，和西姆卡并排，203和404开在了一起，车上的小女孩挥着手，让他看自己的小洋娃娃。右手边一团红色的影子分散了404的注意力；不是修女们开的那辆双马力，也不是军人的那辆大众，而是一辆陌生的雪佛兰，雪佛兰也超过去了，跟着是一辆蓝旗亚和一辆雷诺8。左边，一辆ID与他并行，后来也一米一米地和他拉开了距离，ID被后面一辆403取代位置的时候，404还勉强能看见前面的203，王妃被它挡住了。他们的小组就这样散开，已经没有什么小组了，陶努斯应该在前面二十多米远的地方，它后面是王妃；这时，左边第三列也落后了，因为本来该是旅行推销员的DKW的位置，现在他看见的是一辆黑色的老式货车的车尾，可能是辆雪铁龙，也说不定是辆标致。车都挂着三挡，随着一列列车流的节奏，时而超到前面，时而又落到后面，浓雾和夜色中，公路两边的树木房屋都向后方闪去。前面的车打开灯，后面的也相继打开了红色指示灯，夜幕一下子降临了。时不时有喇叭声响起，速度盘上的指针越升越高，有的车列开到七十公里，也有的开到六十五或六十。在不同车列的进退之间，404还心怀一线希望，希望能追上王妃，可时间一点点流逝，他慢慢认清这是徒劳的念想，小组已经无可挽回地解散了，他们再也不能每天碰头开会，无论是例行会议还是在陶努斯车里的紧急会议，他再也不能感受到宁静的清晨里王妃给予他的爱抚，听不到孩子们玩小汽车时的嬉笑声，看不到修女们手捻念珠的情景。当前面西姆卡的刹车灯亮起的时候，404心怀一股荒唐的渴望，他停住车，匆匆拉起手刹，跳出车子，向前跑去。除了西姆卡和波利欧外（凯路威应该在他后面，但这对他来说无关紧要），没有一辆他认识的车；各式各样的车窗玻璃后面，一些他平生从未见过的面孔看着他，带着震惊，甚至带着愤慨。喇叭一阵乱响，404不得不回到自己的车上，西姆卡的小伙子对他做了个友好的表情，仿佛表示能理解他的举动，鼓励般指了指巴黎的方向。车流继续前行，开始几分钟前进得很慢，到后来，高速公路仿佛完全放开了。404的左边跑着一辆陶努斯，有那么一瞬间，404以为他们的小组重新聚合起来了，一切又恢复了先前的秩序，不必以打破为代价而继续前行。可这辆陶努斯是绿色的，而且方向盘后面坐的是个戴墨镜的女人，她目不转睛地盯着前方。这时候，只能随波逐流，机械地跟上周围车辆的速度，什么也不去想。他的皮夹克应该是落在军人的大众上了。他前几天看的那本小说在陶努斯那里。一瓶几乎空了的薰衣草精油落在了修女们的双马力上。他这里倒有王妃上的姑娘当吉祥物送给他的长毛绒小熊，他不时伸出右手摸一摸。荒唐的是，他无法抛却这些念头，九点半钟该去分发食品、探望病人，还得和陶努斯以及阿利亚纳的乡下人一起分析形势；然后天黑了，王妃会悄悄来到他的车上，满天的星斗和云彩，这才叫生活。是的，生活本该这样，一切不能就这样告终。也许军人能弄到些水，最后那几个小时水实在稀缺；不管怎么说，只要能按照那家伙的要求付钱，还是可以指望保时捷的。车前的天线上，红十字旗帜还在猎猎飘扬，车已经跑到了每小时八十公里，前方的灯火越来越明亮，只有一件事他不明白，为什么要这么匆忙，为什么深更半夜在一群陌生的汽车中，在谁都不了解谁的人群中，在这样一个人人目视前方、也只知道目视前方的世界里，要这样向前飞驰。

最后我想说，大家已经看到了，我们已经极大地偏离了最近几场讲座中谈到的幻想主题：我们已经进入了一个真正有血有肉的人物世界，他们正应对着各种问题，下周我们还会继续探索这个世界，好结束短篇小说的课程，探讨一些别的话题。现在，如果有人想提问，我很愿意回答……

学生：在您的文学创作中，想象、幻想扮演的角色比现实更重要吗？

我不知道能不能用"扮演的角色"这种说法；我曾经解释过我的看法，打从我开始写作时起——甚至在更早以前——我就很难区分我的理智所看到的现实和我自身的幻想对其改造的结果。我没法非常清楚地区分幻想和现实；当然了，除非我从文学中跳脱出来：比如，当我思考自己国家当前的命运时，我就不会给幻想留有任何空间。现实很大，很可怕，足以彻底缩小思想的天地。但是，一旦我开始写作，幻想就恢复了它的权利，我认为我从来没有写过绝对的、彻底的现实主义小说，因为即使小说的主题是现实主义的，它也源于我的想象，大部分情况下都出自我编造出来的内容。

我写过一篇小说，叙述了一名拳击手长长的独白，他回忆了他的一生，他的成功和失败。这名拳击手是真实存在过的，他曾是一位伟大的阿根廷拳击手，是我们这代人年轻时的偶像。我从来没有见过他本人，他悲惨地离世之后，我从报纸上了解了他的生平。我熟悉他的职业生涯，因为我曾经热情满满地关注过他，就和那些非常热爱拳击的人一样。结果，在这位我从来没有面见过的拳击手过世多年后的某一天，我独自待在巴黎大学城的房间里，突然，我的脑海中浮现出他的模样，其中还夹杂着对布宜诺斯艾利斯的乡愁。我觉得空虚，我与我的城市天各一方，拳击手的模样就这样与其他回忆一齐浮现而出。我猛地坐到打字机前，于是他开始说话了：在这部小说中，用第一人称说话的是他，因此他用的是克里奥尔黑话，当时，这种语言风格在他所属的阶层中十分流行；他自顾自地讲述自己的一生，而实际上他正躺在医院的病床上奄奄一息。我认为，如果大家认真读的话，就会发现小说中的所有信息都是有据可查的：小说中提及的拳手的所有对手都真实存在过；每场比赛的结局都和他讲的一模一样；每桩逸事都和他的传记里写的如出一辙……但小说完全是由我的幻想引导、统领和书写的。在那个时刻，我与拳击手的人格融为一体，让他开口说话。我认为，从本质上说，文学中的现实主义无法脱离幻想，它需要幻想。

学生：但您和巴尔加斯·略萨不一样，您的个人经历对您的文学创作并没有起到至关重要的作用。

没错，我绝不会说它有至关重要的作用。我不是自传作家，也就是说……

　　学生：您长、短篇小说的主题不一定源于您的个人经历。

　　说得很对，但在虚构作品中（尤其是在长篇小说中），常常会
出现某些时刻、片段、情景和人物，它们源于我的切身经历，并
且自然而然地出现了；在这种情况下，我认为我完全不必抗拒它
们：它们融入了我正在创作的虚构语境之中，我觉得，正是这些
虚构元素和非虚构元素最终组成了完整的虚构作品。

　　学生：最后一个问题，您用什么语言写作？用西班牙语
还是法语呢？

　　不，不，我认为任何一个读过或听过这些短篇小说片段的人
都会发现，它们不是译文。我一生都用，并且永远都会用西班牙
语写作；我只在给法国人写信的时候使用法语。西班牙语是我的
写作语言，尤其是在当今，我认为捍卫西班牙语是拉丁美洲长期
的抗争内容之一，这场抗争包含了诸多方面，理由也不胜枚举。
而捍卫语言绝对是首要任务。让人痛心的是，拉美人在国外待了
很短的时间后，便任由自己的母语退化，第二语言开始入侵；除
非是那些受教育程度很低的人，因为人们无法要求他们对自己的

语言有批判性的把握与掌控。有些人从来不会思考究竟什么是语言：他们被教会了说话，要不是看见孩子也得学习语言，他们会觉得自己生来就会说话。什么是语言？这是一个重要的概念，是我们这些会思考的人都会经历的奇妙过程，但不少人因为生活经历，因为缺乏教育，并没有意识到这个概念。当这类人移民去其他国家时，他们的母语就会很快退化，因为他们对此没有抵抗力。这就是发生在许多法国的葡萄牙、西班牙移民身上的事。尤其是西班牙和葡萄牙农民，他们在法国生活、和法国工人或法国农民一起工作了两三年后，便操起了一门不知为何物的语言；连他们自己都搞不清楚，他们也不在意，因为其他人能听懂他们说话。他们的话里混杂着西班牙语和法语，他们的工作伙伴完全听得懂。要是说话的人有些幽默感的话，他说出来的话会非常好笑。比如，我曾经听到过一位西班牙女士说："哎呀，我的乳房① 痛死啦！"我也笑了，但是这同时又很悲哀，因为这位女士没有意识到这一点，她以为自己在说西班牙语，并没意识到还混进了法语，她没法区分这两个单词。所有这类笑话都反映了这一点。纽约的波多黎各人也有类似的情况；你们知道的，他们说的许多话都被编成了各式各样的笑话，那已经不是西班牙语了，其中混杂了大量的英语，而他们不会反思，因为他们受教育的程度很低，意识不到

---

① 西班牙语中，teta 的意思是乳房，而在法语中有个很相近的词 tête，意思则是头。

语言的存在。回到您的问题，这个问题有点冒犯到了我，顺便说一句：我的语言是西班牙语，永远都会是西班牙语。

学生：但您看……

没事，有关冒犯的说法只是个玩笑而已。

第四课　现实主义短篇小说

　　我们大家都非常准时啊。现在正好是下午两点。我不确定，但我感觉惯例是稍等一会儿再开始，免得还有旁听生要来。我们可以再等一会儿。

　　在进入今天的主题之前，我想和大家说一件让我感到非常高兴的事：在我们接触的这段时间里，我接待了你们当中的许多人，有时还会偶尔碰面，不仅如此，我还收到了一系列信函，有些信提出了问题，还有些信提到了某个我也许在这里讲过的观点，这深深地触动了我，我想公开表示感谢，因为这证明大家信任我，更证明了我们之间的友谊。每封信都有意义，要么指出了某条路，要么询问了某条路。我不想忽视这件事，因为我觉得这是对我们在这里每周一次的相聚即时的延续，然后又在其他方面得以继续。

我觉得这非常美好，因为无论如何，这都使我十分受益，我可以进一步了解你们当中一些人的个人世界，也让我对自己接下来要讲的内容更有信心。

有些信还提出了一些批评建议，这种内容或许是最好的了。我想澄清一个观点，正是这个观点让这位同学在信里给出了非常友善的评论，他认为，我在回答某个问题、讲到幻想和想象的时候，没有充分展开，可能解释得也不够清楚。给我写信的人认为，我倾向于把作家的幻想和想象看成次要元素。我觉得，听过我之前每堂课的人应该都知道——这是我的推测——事实恰好相反：在我看来，小说家最基本的武器自然不是他要讲述的主题，也不是他写作手法的好坏，而是他的能力资质、他的存在方式，正是这些让他决定投身于小说写作而不是化学事业；这才是人类历史上所有文学中基本的、主要的、根本的元素。

关于我对幻想的理解（我指的是"幻想"这个词最宽泛的含义，我们可以将一切想象的、虚幻的元素都纳入幻想的范畴，这个话题我们在这几堂课里已经讲过许多次了），我觉得不需要再展开谈了，你们很清楚它对我来说究竟有多重要，它不仅体现在我写的作品里，还体现在我个人的文学偏好中。我本来想说的是——或许误解就是由此产生的——而且我现在想更明确地再次说明的是，正是在我们的时代，特别是在拉丁美洲，鉴于它如今的状况，我绝对无法接受仅仅关注幻想本身的幻想和虚构作品，也无法接受作者只书写幻想和虚构作品，故意逃避他周遭的现实、他应面对的现实、正请求作者在书里与它对话的现实。我热爱幻想和想象，因此，我试图通过幻想和想象在自己的作品中表达一切，而实际上这是为了更清晰、更有力地反映我们周遭的现实。我从一开始就这么说了，我现在再重复一遍，因为我们即将结束幻想的话题，进入现实主义领域，或者说是所谓的"现实主义"领域。所以我要澄清这个观点，我觉得它很重要，因为我绝不会看轻作家心中属于幻想的一切，我依然认为这是他最强大的武器，这件武器最终能帮助他打开更丰富、更美妙的现实大门。

我认为，我写的好几篇短篇小说都极好地佐证了我刚刚提到的观点：像《南方高速》之类的短篇小说和我马上将会讲到的其他故事都包含了异常元素，这些元素本身是没有价值的，也没有任何重要意义，但是它们是一种标志和提示，能够强化读者对现实中发生的情节、转折的感受。在这个意义上，我想和大家聊一会儿我大约在六年前写的一则短篇小说，名叫《索伦蒂纳梅启示录》。这是我能想象到的、或者说能写出的最富现实主义色彩的短篇小说，因为它在很大程度上是以我自身的经历为基础的，我尽可能准确、清楚地讲述并写下了这段经历。小说结尾出现了彻头彻尾的幻想元素，但这并不是在逃避现实，而是恰恰相反：我想将情节推至极致，好让我想说的话——一种从拉美视角解读的当今现实——更有力地传达到读者那里，以某种方式在他们眼前爆裂迸发，让他们被迫卷入小说中，感受到自己的在场。

这篇小说不是很长，我决定朗读它，因为我认为这样做比任何额外的解释都更有效果。在读之前，我只想解释一两个技术性问题，免得大家理解困难：你们知道的，哥斯达黎加人被叫作蒂科人，尼加拉瓜人被称为尼加人；蒂科人和尼加人被提到了好几次。小说尾声提到了一位伟大的诗人、拉丁美洲的伟大战士，他叫罗基·达尔顿。这位萨尔瓦多诗人奋战多年，他所抗争的对象也是如今大多数萨尔瓦多人民的敌人，而最终他在阴暗和痛苦中死去了，他的死因或许会在某天大白于天下，但是我们目前得到的相关信息依然不够充足。小说中提到了罗基·达尔顿，我非常喜爱他的作品，作为我各种意义上的同伴，我还非常欣赏他的许多品质。除了最后的情节，这则小说——我再说一遍，好让大家彻底明白这一点——完全忠于我在这里讲述的经历。我还想说明一下——我想大家应该都知道这件事——索伦蒂纳梅是尼加拉瓜湖中一座小岛上的社区名，尼加拉瓜诗人埃内斯托·卡德纳尔在那里生活多年，和小说中描绘的情形一样，我赶在索伦蒂纳梅还存在的时候拜访过那里，后来，在索摩萨被最后一次进攻击垮之前，社区被他的国民警卫队摧毁了。在这个非常贫穷的社区里住着渔夫和农民，他们接受卡德纳尔的精神领导，生活困苦，文化水平很低，处境也很不利，但在这种情况下，他们完成了非常伟大的精神和艺术创作。（埃内斯托·卡德纳尔，我顺便说一下这件事，上次谈话时跟我说，他想重建他的社区，因为现在尼加拉瓜自由了，他有实现这件事的可能。我希望他能着手做这件事，因为多年来，这个社区一直被迫害、追捕、威胁，但他为社区做的那些事让我对我们的民族有了越来越多的希望和信心。）

索伦蒂纳梅启示录

蒂科人总是这样，准确地说，他们沉默寡言，但总会带给人惊喜。我抵达了哥斯达黎加的圣何塞，卡门·纳兰霍、萨姆埃尔·罗文斯基和塞尔西奥·拉米雷斯（他是尼加拉瓜人，不是蒂科人，但这在本质上没有任何区别；而我是阿根廷人，尽管我应该客气地称自己是蒂诺人，而其他人应该自称尼加人和蒂科人，但这并没有任何区别）在那里等我。天气酷热难耐，更糟糕的是，一切马上就会开始，永远雷同的新闻发布会，为什么你不住在自己的国家？为什么《放大》和你的故事那么不一样？你认为作家需要承担责任吗？事情到了这个地步，我已经明白了，对我的最后一次采访会在地狱入口进行，而且肯定会是同样的问题；即使在天堂入口被圣彼得提问，情况也不会改变，您不觉得您在人间的写作方式对民众来说太深奥了吗？

然后是欧洲旅馆，淋浴时，肥皂与沉默的漫长独白给长途旅行画上了句号。七点，我在圣何塞城里散步，想看看那里是不是真的像人们告诉我的那样简单、整齐，有一只手抓住了我的风衣，是埃内斯托·卡德纳尔，热情的拥抱，诗人，太好了，在罗马见面之后，在多少年来那么多次纸上见面之后，你终于来到了这里。像埃内斯托这样的人竟然会来看望我，来找我，总是让我惊讶、让我感动，或许你会说我这人谦虚得虚伪，你想说就说吧，老朋友，胡狼嗥叫着，但公共汽车呼啸而过，我将永远是个仰慕者，以极低的姿态热爱一些人，有朝一日却发现这些人也热爱他，像这样的事情超出了我的掌控，我们还是谈谈另一件事吧。

另一件事就是埃内斯托知道我来哥斯达黎加了，就嗖地一下坐飞机从他的小岛上来到这里，因为给他捎去信息的小小鸟告诉他，蒂科人安排我去索伦蒂纳梅旅行，他就忍不住想过来把我接到那儿去。于是，两天后，塞尔西奥、奥斯卡、埃内斯托和我填满了那架狭小的派珀·阿兹特克小型飞机，对我来说，这个名字一直都是个谜。它在令人憎恶的打嗝声和腹鸣声中飞行，与此同时，金发飞行员在收音机里调出了几首听不清楚的卡里普索①，他似乎没有产生我头脑里的联想，我觉得这架阿兹特克飞机正在把我们直接送往献祭活人的金字塔。事情当然没有这样发生，可以想见，我们在洛斯奇莱斯下了飞机，坐上了一辆同样颠簸的吉普车，这辆车将我们带到了诗人何塞·科罗内尔·乌尔特乔的农庄（要是有更多的人阅读他的作品就好了）。我们在他家休息，谈起了许多其他诗人朋友，罗基·达尔顿、格特鲁德·斯泰因和卡洛斯·马尔蒂尼斯·里瓦斯。路易斯·科罗内尔来了以后，我们坐上他的吉普车，然后是速度惊人的小艇，前往尼加拉瓜。但在此之前不得不提的是一种纪念照片，相机会一点一点地吐出天蓝色的小纸片，一点一点地，纸片会神奇地被拍立得图像填满，首先是躁动的轮廓，然后渐渐浮现出鼻子、卷发、头戴发箍的埃内斯托的微笑、依靠着游廊的玛丽亚女士和何塞先生。大家都觉得这很正常，因为他们使用这种相机已经习惯了，但我不觉得。眼看着这几张脸孔和告别的微笑从原本一无所有的天蓝色小方块中出现，我惊恐万分。我把自己的想法和他们说了，我记得我问过奥斯卡，拍完全家福以后，要是天蓝色的小纸片上出现了骑马的拿破仑该怎么办，何塞·科罗内尔先生哈哈大笑，他总是什么都能听见，吉普车，我们现

---

① 加勒比海上小安的列斯群岛的传统音乐。

在就去湖边吧。

　　夜色开始降临的时候，我们抵达了索伦蒂纳梅，特蕾莎、威廉、一位美国诗人和社区里的其他年轻人在那里等我们。我们几乎马上就进入了梦乡，但在此之前，我看见了角落里的几幅画，埃内斯托正在和他的朋友们聊天，他从袋子里取出了从圣何塞带来的食物和礼物，有人在吊床上睡着了，而我看见了角落里的画，开始观赏它们。我不记得是谁告诉我的，这些是当地农民的作品，这幅是文森特画的，这幅是拉蒙娜画的，有些画有署名，有些没有，但每幅画都十分美丽，对世界的第一印象，眼神干净的画者，描绘周遭环境像描绘颂歌：虞美人花丛中矮小的母牛，如蚂蚁般从糖屋里涌出的人们，芦苇丛中绿眼睛的马匹，教堂里的洗礼仪式（这座教堂不相信透视原理，因此看起来时而在上时而在下），湖泊和湖上漂浮着的鞋履般的小舟，远景中有一条巨大的鱼，咧着绿松石色的嘴唇微笑。埃内斯托走过来跟我解释说，卖画能帮助他们维持生计，还说明天早上他会给我展示农民们的木版画、石绘和他们自己做的雕塑。我们逐渐进入梦乡，但我还在注视角落里堆着的画，我搬出了描绘小奶牛、鲜花、母亲和她膝头的两个孩子的那组画，两个孩子分别穿着白衣服和红衣服，星辰漫天，唯一的一朵云彩偏居一隅，紧贴着画框，惊恐地试图逃离画布。

第二天是周日，十一点有弥撒，索伦蒂纳梅的弥撒，农民、埃内斯托和前来拜访的朋友一起讨论了福音书里的一个章节，那天耶稣在果园被捕，索伦蒂纳梅的人们谈论这个话题时，仿佛是在谈论他们自己，他们说起了警察的威胁，在深夜或光天化日之下被警察追捕，在岛屿和陆地上过着永远不确定的生活，在全尼加拉瓜，不仅在尼加拉瓜，在整个拉丁美洲，危地马拉的人们、萨尔瓦多的人们、阿根廷和玻利维亚的人们、智利和圣多明各的人们、巴拉圭的人们、巴西和哥伦比亚的人们，所有人都生活在恐惧和死亡的包围之中。

接着，得考虑回去了。我又想起了那些画，于是来到社区大厅，就着正午让人神志恍惚的阳光欣赏它们，色彩变得更加鲜艳了，马匹、向日葵、草地上的派对和对称的棕榈林交相辉映。我想起我的相机里有一卷彩色胶卷，就抱着几幅画走到游廊上，塞尔西奥走过来帮我把它们放在了光线充足的地方，我小心翼翼地挨个给它们拍照，让这些画完整地出现在镜头里。巧的是，我剩下的底片和画的数量刚好一致，没有一幅画被落下。埃内斯托过来告诉我们游艇已经准备好了，我告诉他我做的事儿，他笑了，偷画贼，图片走私犯。没错，我告诉他，我要把这些画全都带走，把它们投影在我的屏幕上，它们会变得更大、更棒，去你的。

我回到了圣何塞，还去哈瓦那处理了一些事，回到巴黎以后，我觉得累极了，我很怀念那些去过的地方，沉默寡言的克劳迪恩在奥利机场等我，生活再次回到了正轨，*谢谢先生，你好女士*，委员会，电影院，红酒和克劳迪恩，莫扎特的四重奏和克劳迪恩。行李箱就像蛤蟆，把各式各样的东西吐在了床上和地毯上，杂志、剪报、围巾、中美洲诗人们的作品、装着胶卷的灰色塑料盒，两个月里竟然攒了这么多东西，哈瓦那列宁学校的一组镜头，特立尼达的街道，伊拉苏火山的剪影，还有火山口的绿色沸水，在那里，萨姆埃尔、萨利塔和我想象着烤熟的鸭子在硫黄色的烟雾中漂浮。克劳迪恩把胶卷送去冲洗了，一天下午，我在拉丁区四处游荡，突然想起了这件事。正好口袋里揣着单据，我就把胶卷都取了回来，一共八卷。我立即想起了索伦蒂纳梅的那些画，到家以后，我开始寻找那盒胶卷，我逐一观看了每个系列的第一张幻灯片。我记得在拍那些画之前，我拍摄了埃内斯托的弥撒，几个孩子在棕榈树间玩耍，那几棵棕榈树和画里的一模一样，孩子们、棕榈树、奶牛与瓦蓝的天空和微微偏绿的湖泊（颜色或许正好相反，我记不清了）形成了对照。我把记录了孩子们和弥撒的那盒胶卷放在了操作台上，我知道，直到胶卷放完，马上就会出现那些画。

夜幕降临，我独自一人在家，克劳迪恩下班后会过来听音乐，和我待在一起。我把屏幕安装好，倒了一杯加了许多冰块的朗姆酒，投影仪，操作台和遥控器都已经准备就绪；无须拉上窗帘，殷勤的夜晚已经降临，它让灯光点亮，让朗姆酒溢出芳香。我愉快地想，一切都将逐渐重现，看完索伦蒂纳梅的画作之后，我会播放在古巴拍摄的照片，但为什么先看那些画呢，为什么职业惯性思维和艺术会先于生活呢，为什么不呢，在艺术与生活那永恒的牢不可破的爱恨交织的对话中，后者对前者说，为什么不先看索伦蒂纳梅的画呢，它们也是生活，一切都是相同的呀。

弥撒的照片被投影了出来，准确地说，由于播放时的错误，照片看起来很糟糕，孩子们竟然在充足的光线下玩耍，牙齿洁白极了。我兴趣索然地按着切换键，我原本想仔细观赏每张充满回忆的照片，那被海水和警察包围的索伦蒂纳梅的脆弱小世界，那个男孩也被这样包围着，我看着他，觉得不可思议，我按下了切换键，他就出现在了照片的中景，清晰至极，他的脸宽而光滑，似乎充满了怀疑和惊讶，与此同时，他的身体向前倾，额头中心的窟窿清晰可见，军官的手枪划出了子弹的路径，周围的其他军官拿着冲锋枪，房子和树木构成了模糊的背景。

人们倾向于相信自己愿意相信的事，这种想法总是先于人们的理智，并把理智远远地甩在后面。我愚蠢地告诉自己，冲印店的人弄错照片了，他们肯定是把另一个客人的照片给了我，但如果是这样的话，弥撒的照片、孩子们在草地上玩耍的照片又是怎么回事呢。我的手不听使唤地按下了切换键，正午时分一片无边无际的硝石矿区，那里有两三座由生锈金属板制成的棚屋，人们聚集在左边，看着那些仰面朝天的尸体，死者们对着赤裸、灰蒙蒙的天空张开了手臂。必须仔细观察，才能从背景里那个身穿制服、背对着我渐行渐远的队伍中辨认出那辆在山顶等候的吉普车。

我知道，我继续按着切换键，面对这种失去理智的状态，唯一能做的就是继续按动切换键，继续看着柯连特大街与圣马丁大街交汇的街角和那辆黑色汽车，车里有四个人，他们瞄准了人行道，一个穿着黑衬衫和运动鞋的人在人行道上奔跑，两个女人试图躲进停着的卡车后面，有人目视前方，脸上充满了疑惑和恐惧，他把一只手放在下巴上，触摸自己，确定自己还活着，突然出现了一个昏暗的房间，一束浑浊的光从高处安着栅栏的小窗上倾泻下来，桌上有一个仰面朝天、浑身赤裸的女孩，她的头发垂到了地上，那个背对我的黑影将一条电缆伸进女孩张开的双腿之间，两个面对我的男人在交谈，一个戴着蓝色领带，另一个穿着绿色套头衫。我永远无法得知我有没有继续按动切换键，我看见了森林中的一片空地，近景中有一座茅屋和一些树木，一个瘦小的年轻人靠在离他最近的那棵树上，他朝左边看去，那里有一群模糊的身影，有五六个人靠得很近，用步枪和手枪瞄准他。那个年轻人有一张长脸，一缕刘海落在他黝黑的额头上，他看着他们，一只手半举着，另一只手或许插在了裤袋里，他似乎正在不紧不慢地跟他们说着什么，几乎有些不高兴，虽然照片模糊不清，但是我感觉到了，我明白了，我看见了，那个年轻人是罗基·达尔顿，于是我用力按下切换键，仿佛这样就能把他从死亡的厄运中解救出来，我看见一辆汽车在市中心炸成了碎片，可能是布宜诺斯艾利斯或者圣保罗，我继续按着，按着，鲜血淋漓的面孔和尸体的碎片不断在我眼前闪过，女人和孩子们在玻利维亚或危地马拉的山坡上奔跑，突然，屏幕上盈满了水银的光芒和虚无，还有悄无声息地进门的克劳迪恩投射在屏幕上的影子，她弯下腰，亲吻我的头发，问我照片美不美，问我对它们满不满意，是否愿意让她看看。

我从头开始播放，当人们不知不觉地跨越未知的界限，他们将不知道自己在做什么，也不知道自己这么做的原因。我没有看她，因为她能看懂我的表情，或者只是会感到害怕。我什么也没跟她解释，因为我说不出话来，我站了起来，慢慢地让她坐在我的扶手椅上，我大概跟她说了些什么，我说我去给她拿杯饮料，让她先看照片，我去给她拿饮料的时候，让她先看照片。在卫生间里，我觉得我吐了，或许我只是哭了然后才吐的，又或许我什么都没做，只是坐在浴缸的边沿，任由时间流逝，直到我有力气去厨房给克劳迪恩调制她最喜欢的饮料，往里面加满冰块，那时，我才察觉到了安静，我发现克劳迪恩既没有大叫，也没有跑过来问询，只有安静，还有不时从隔壁公寓传来的甜腻的波莱罗舞曲。我不知道自己花了多长时间才从厨房走到客厅，她看完照片的时候，我也不知道自己盯着屏幕背面看了多久，房间里充满了水银转瞬即逝的反光，随后便陷入了昏暗。克劳迪恩关上投影仪，靠在椅背上喝饮料，她慢慢地对我微笑，愉快得像一只猫，她满足极了。

"你拍得太好了，那幅有微笑鱼的画，还有田野里的母亲、两个孩子和奶牛。对了，还有那幅描绘教堂洗礼仪式的画。快告诉我都是谁画的，这几幅没有署名。"

我坐在地上，没有看她，找到了我的杯子，把饮料一口灌下。我什么都不会告诉她的，现在我能跟她说什么呢，但是我记得，我隐约想问她一个愚蠢的问题，想问她是否在某个时刻看见一张拿破仑骑马的照片。但我没有问她，当然没有。

我认为，在这类小说中，离奇元素、幻想元素的引入能让现实变得更加真实，直白的叙述和细致的描绘原本可能会让它成为一份给读者提供种种事件相关信息的报告，但并非如此，短篇小说通过自身的运作机制充分有力地反映了现实。

我想，这会儿，在我继续讲下去之前，你们或许想向我提问。我看到有人举手了。

学生：为什么您不讲一讲罗基·达尔顿呢？我想很多人都不知道他是谁。

好的，当然没问题。据说，罗基·达尔顿是海盗达尔顿的孙子，这位英国人（也可能是美国人）横扫了中美洲海岸，征服了大片土地，之后又失去了它们，他还想尽各种办法征服了几个萨尔瓦多女人，罗基的家族便是其中一名女子的后人，他们保留了达尔顿的姓氏。我和罗基的朋友们从来不知道这种说法究竟是真的呢，还是他丰富想象力的产物。在我看来，罗基是非常少见的榜样，他天生就对自己的民族、历史与命运有非常深厚的感情，而从他很年轻的时候开始，他的文学才能、诗歌才能就与这种感情融合在一起了。从他十八岁起，诗人身份与斗士身份、小说家身份与战士身份便再也不能分离，因此，他的一生便是一连串的追捕、入狱、流亡和逃离，他有过一些非常精彩的经历。在其他地方流亡数年之后，他最终回到了自己的国家，投入战斗之中，最后献出了生命。好在罗基·达尔顿给我们留下了丰富的作品，有数部诗集和一部长篇小说，小说的名字既讽刺又温柔，叫作《曾是可怜诗人的我》，它讲述了一个人曾经想要全心投入文学，将本性召唤他做的所有事情都抛到一边；最后他没有这么做，依然保持着平衡，我一直认为这是他值得敬佩的地方。罗基·达尔顿到了四十岁的时候，看起来还像个十九岁的男孩。他身上有孩子的特质，行为也像孩子，很调皮、贪玩。很难发觉这个男孩背后隐藏着的力量、认真和高效。

我记得，在哈瓦那的一天晚上，我们一群外国人和古巴人聚在一起，与菲德尔·卡斯特罗交谈。那是一九六二年，革命刚开始的时候。会谈本来应该从晚上十点开始，持续 个小时，但最后我们一直聊到了早上六点，和菲德尔·卡斯特罗的会谈总是会像这样无限延长，因为他从不知疲倦，而这种时候，他的对谈者也同样如此。我永远不会忘记，快破晓的时候，我真的快睡着了，因为我太累了，而我记得身形消瘦、个子不高的罗基·达尔顿，站在体形高大的菲德尔身边，一直在讨论如何使用一种我不太了解的武器，那是某种步枪；他们俩都试图说服对方，据理力争，还亲身示范：他们扑到地上，起身，示范各种打斗动作，我们都看呆了。

这就是罗基：他可以在嬉戏的同时认真对话，因为他显然对这个与萨尔瓦多密切相关的话题很感兴趣，而同时，他也深深享受着这一场伟大的游戏。阅读他的作品，包括他的诗歌和散文——他还写了许多评论，许多政论——是我们历史上非常重要的时刻，尤其是在一九五八年至一九六八年间。他的分析总是满怀热情，思路清晰，他的批判与异议总是有确凿的历史依据。他不信奉教条，有自己的想法，撕去他身上所有的标签，他永远都是位伟大的诗人，他写下了最近二十年中我读过的最美的诗歌。这是我能说的关于罗基的一切，我希望大家能读一读他的作品，更深入地了解他。

学生：您在小说中提到，人们像耶稣一样，害怕被背叛，但您难道不觉得这是因为他们只看到了拉美现实中虚幻、情绪化和缺乏理智的一面吗？您不觉得这是因为人们只从一个视角理解拉美现实吗？您提到了被军人杀害的人，但阿根廷也有很多被谋杀的军人，比如阿兰布鲁①。大家只从一个角度看待问题，而不是试着寻找理性的解决方案，所以战争才会接连不断。

当然会有接连不断的战争，当然有过且仍然会有冲突（比如尼加拉瓜过去从未间断的冲突，比如此刻在萨尔瓦多发生的冲突），当然会有对战双方犯下的暴行，而且在很多时候，双方的行为都是不可原谅的。我认为，当我们谈论暴力、冲突，甚至是对战双方犯下的罪行时，我们永远都应该思考的是，暴力为什么会

---

① 指佩德罗·尤金尼奥·阿兰布鲁·西尔维蒂（Pedro Eugenio Aramburu Cilveti，1903—1970），阿根廷总统、将军。

发生，是谁发起的，也就是说，应该把道德维度引入讨论之中。作为教会人士，巴西主教或红衣主教（我记不清他的级别了，应该是主教）埃尔德·卡马拉和萨尔瓦多大主教罗梅罗阁下（几个月前他被残忍地杀害了）在他们最后的演讲中提到，一个被压迫、奴役、谋杀、折磨的民族有武装起来反对压迫者的道德权利，我觉得他们触及了问题的本质；因为反对一切暴力并不难，但常常被忽视的是暴力是怎么发生的，它被触发的原因是什么。

我来具体地回答一下您的问题，我充分地意识到，在我的国家，在我们的国家，奋起反抗军队和阿根廷寡头政府的武装力量经常会做出被我们称为暴行的举动；我个人完全无法接受，也绝不原谅这样的行为。然而，虽然我做出了这样的道德谴责，我仍清楚地记得，如果之前的独裁政府（我具体指的就是翁加尼亚将军、莱文斯顿将军和拉努塞将军的独裁统治）没有在阿根廷犯下骇人听闻、不断激化的暴行，如果他们没有对人民严刑逼供、暴力镇压并最终引发人民起义，那么，那些反抗者绝对不至于走到这样的境地，因为他们原本不必这么做。这不是政治课，我就讲这么多，关于这个话题，我知道我和您可以聊得更多，因为毫无疑问，作为阿根廷人，我们对这个话题很了解，但是我觉得我已经说得够多了，我的观点已经表达清楚了。

好了，如果没有其他问题，我建议大家一同迈出我们一直想要却没有跨越的一步，就好比一位站在狭窄悬崖边的人，他原本可以跨过去的，却在迈步前迟疑了。在相当长的一段时间里，我们都在说要从幻想短篇小说过渡到现实主义短篇小说，但是我们一直没有下定决心。（我说的是"我们"，但实际上过错在我，我一直没下定决心，因为总会出现一些中间环节。）在我看来，《索伦蒂纳梅启示录》已经是一篇彻头彻尾的现实主义小说了，我指的不是整部作品，因为它最后变成了幻想小说，可它的立意和作家试图展现的内容的确是现实主义的，其中绝没有任何试图将现实弃置一旁的幻想与虚构元素。恰恰相反，这篇小说想做的是把现实摆在所有诚心诚意、深入阅读它的读者面前。

在没有人确切地知道现实究竟是什么的时候，从幻想过渡到现实并不那么容易。我们大家都对现实有很实际的看法，这是理所当然的，但是，哲学不是一直在探讨现实是什么的问题吗？此时此刻，哲学家还在探讨这个问题，因为它没有答案，或是只有些很粗浅的回答。尽管任何一个小测试都能证明我们的感官很容易出错，我们却依然认可感官展现给我们的一切。大家只要做五十个很简单的小游戏就能发现，我们的嗅觉、视觉，以及与外界沟通的所有感官都很容易出错。可是，我们得生活呀，我们不能一直困在这个问题里，所以我们最终接受了我们所认为的现实。但是，"现实"的概念是非常灵活的，会随情况和观点的变化而改变。所以，从幻想进入所谓的现实并没有那么简单，不过，我必须指出，中间会有很多过渡地带。接下来，我要谈一谈真正的现实主义小说，但是，正如《索伦蒂纳梅启示录》这篇小说在现实和虚幻这两种领域之间游走，文学中还有其他形式的现实主义作品：比如魔幻现实主义，加夫列尔·加西亚·马尔克斯是拉丁美洲这一流派无人可及的大师；又比如神奇现实主义，它是魔幻现实主义的一种变体。

我思考了一下这个问题，想起来文学中还存在象征现实主义，我来解释一下。读者将一些作品的主题和情节发展视为完全真实，但他们没有意识到，随着情节的推进，在严格遵循着现实主义的表象之下，还隐藏着另外的事物，它也是现实，甚至比现实更现实，是一种更深刻、更难以捕捉的现实。我认为，这样的短篇小说或者长篇小说就是象征现实主义文学。文学能创造出这样一些文本，当我们第一次阅读的时候，会觉得它们非常现实；而等到第二次阅读时，我们便会发现这种现实主义实际上隐藏着其他内涵。

我还是马上举几个例子比较好，不能只是纸上谈兵呀。我认为，在本世纪，在这个被我叫作象征现实主义的流派中，弗兰兹·卡夫卡是毋庸置疑的大师。卡夫卡的许多短篇小说——比如《在流放地》，特别值得一提的还有他的长篇代表作《审判》——都讲述了在看起来非常正常的情况下发生的故事，从现实角度看，这些故事一点儿也不难理解。我想大家应该都读过《审判》，它是本世纪最伟大的作品之一。大家知道，故事十分简单，讲的是一个人突然间莫名其妙地被指控犯了罪。指控他的人没有告诉他到底犯了什么罪，主人公自然也不觉得自己有罪，随着指控进程不断推进，他得没完没了地办各种繁杂的手续，整本书都在描述这个过程，最后他认罪了；他不知道自己犯了什么罪，因为没人告诉过他，但他最后认罪了。在最后一章，有人来找他，将他抓了起来，送到某个地方将他处死，他接受了自己的命运，完全没有反抗，因为他最终参与了那场游戏，而游戏里的被告和原告正无言地实践着无情的辩证法，从第一页一直到最后一页。你们当中的一些人可能会觉得这并不是严格意义上的现实主义主题，但它实际上是的。

但愿我们当中没有人经历过这样的事，我是没有经历过，但这种事在日常生活中很常见，比如，警察在进行犯罪或者暴力事件调查的过程中，一些精神状况有些特殊的被告会遭受心理创伤，警察没有伤害他们，没有施暴，只是按部就班地引导他们，直到他们认罪伏法，承认自己仅被怀疑、未被坐实的罪行。人们常常会在报纸上读到这样的事：有些被告承认自己犯了并没有犯过的错，过了一段时间后，等他们的心理创伤恢复了，他们又否认了自己的罪状，因为他们并没有做过。（我指的是无辜的人。可能也会有罪犯借此耍手段，但我们说的并不是这种情况。我们谈论的是无辜者，他们经受了没完没了的质问，而收集证据的过程又十分缓慢，他们承受着心理压力，所以最后可能会认下一开始自己声称毫无干系的罪行。）这才是卡夫卡这部小说的主题，它一点也不荒唐。

我有一项爱好，就是犯罪学。一旦有空闲时间，我就会读很多犯罪学方面的书，因为我觉得这门科学打开了人类变幻莫测的心理世界，展现了心灵的深渊和沟壑，而我们无法通过其他途径认识这一点。如果有人不相信我刚才说的话，我来举一个具体的例子，你只须回想一下二十年前发生在伦敦的一场著名审判，我在《八十世界环游一天》里提到过这桩案子，还花了很多篇幅讲述了几个罪犯的故事，谈到了开膛手杰克这类人。在那场审判中，有一个人被指控接连勒死了好几个人，被判处死刑，然后被处决了。是谁指控他的呢？是和他住在同一个屋檐下的人指控他犯了罪。被指控的人被定了罪，随后被处死。两三年后，警方发现指控者才是那桩连环凶杀案的凶手；而另一个人，在审判时完全无法为自己辩解，在毫无得救可能的情况下走上了绞刑架，因为他在精神上已经被伤害他的真凶的种种行径击垮了，他没法救自己。这就是著名的克里斯蒂和埃文斯案，它被历史铭记，因为它从道德角度给法律制度提出了一个非常严肃的难题。

让我们回到卡夫卡的象征现实主义，目前在拉丁美洲，这种流派在短篇小说和长篇小说中都体现得很充分。我知道很多小说都有这样的双重文本：它们的主题完全是现实主义的，但深层上大多揭露出一种邪恶、虚假、不公正的秩序。有越来越多的人开始创作这样的作品，这似乎成了年轻作家们十分关注的体裁。评论家或者政论鼓吹者在论文和宣传册里写的东西是用来揭发现实的，但作家并不会这么做；这类作家在讲故事的时候不会揭露任何事，但读者会发现，在表层下，故事其实是在揭露些什么，而且它具有强大的力量。几年前，我写了一篇短篇小说，被收录在《八十世界环游一天》里，题目叫《以正当的骄傲》。这篇小说题有献词，引语写着"纪念 K."。K 是《审判》的主人公，也是卡夫卡姓的首字母。你们看到了，这个关联是非常直接的。我写了一则与卡夫卡的几篇短篇小说以及《审判》结构相似的小说，想以此向他致敬。尽管一些情节似乎有些荒谬，但小说表面上看起来风平浪静，甚至非常自然；读者接受的是游戏般的情节中荒诞无稽的设定。表面之下潜藏的就是真相，就是我刚刚提到的小说所揭露的现实。

我觉得大家最好听一听这篇小说，不需要我解释，你们自己就能察觉到小说在揭露某种事实。这篇小说也很短，我不想读太长的，免得大家厌烦。故事是这样的：

以正当的骄傲

纪念 K.

没人记得规定大家收集枯叶的法律条文，但我们都坚信，没有人会觉得自己可以放弃做这件事：这是那种由来已久的事，收集枯叶是我们童年时期最早接受的训练，它和系鞋带、撑雨伞之类的基本动作并没有太大区别，从十一月二日上午九点起，我们就要开始收集枯叶了。

也没人质疑为什么是这个日期，这是我们国家的习俗，这么规定肯定有它的理由。十一月一日，我们都会去墓园，不为别的，就是去探望一下亲人们的坟墓，打扫一下遮住和弄乱墓地的枯叶。那天，枯叶还没有什么官方意义，顶多算是我们不得不清理的大麻烦。只有清理完枯叶，我们才能给花瓶换水，拭净墓碑上蜗牛留下的痕迹。曾经有人委婉地提议枯叶清扫行动可以提前两三天进行，这样的话，到了十一月一日，墓园就已经干干净净了，每家每户便可以在墓前缅怀先人，而不必事先做烦人的打扫工作，因为这项工作通常很费功夫，还会让我们从那天的追忆本分中分神。但是我们从来没有接受过这些提议，就像我们从不相信有什么能阻碍前往北部森林的远征，不管我们要付出多大的代价，远征都势在必行。这些传统习俗自有它们存在的道理，我们经常听到爷爷奶奶严肃地回应这些无政府主义观念，他们指出，收拾墓前的枯叶恰好可以向集体证明，随着秋意不断加深，枯叶会带来很大的麻烦，这样就可以鼓励大家更加热情地投入第二天即将开始的劳动之中。

所有人都得在收集枯叶的行动中出一份力。行动开始的前一天，我们从墓园回来的时候，市政府就已经在广场中间安置好了一座白色的亭子。我们陆续抵达，排起长队，等着轮到自己。队伍长得看不到头，大部分人都得等到很晚才能回家。但是我们很满足，因为我们从一位市政官员的手里接过了自己的卡片。就这样，从第二天清早起，我们每天的参与情况都会被登记在卡片上的表格里。我们上交装满枯叶的袋子或装着蛇獴的笼子（视我们被分配的工作而定）时，一种特殊的机器就会在卡片上打孔。孩子们玩得最开心，因为他们发到的卡片很大，他们特别喜欢把卡片展示给自己的母亲看；而且被安排的活也轻松很多，主要是监视蛇獴干活。我们这些成年人被安排干最重的活，因为除了指挥蛇獴之外，我们还得把蛇獴收集的枯叶装进麻袋里，然后把麻袋扛到市政府提供的卡车上。老人们分到了压缩气枪，他们用枪在枯叶上喷洒蛇油。成年人的工作最需要责任心，因为蛇獴常常开小差，完成不了它们的工作量。如果发生了这种情况，用不了几天，我们的卡片上就会显示完成的劳动量不足，被送去北部森林的可能性就会增加。可想而知，尽管在必要的情况下，我们都认可远征和收集枯叶的行动一样，是非常自然的习俗——因此我们从来没有想过要反抗——但我们仍然尽全力不让这样的事发生。我们全力以赴地指挥蛇獴工作，好让我们的卡片上有更多的积分，为了达到这个目标，我们严格要求蛇獴、老人和孩子，他们是行动获得成功不可或缺的因素。这是基于人性本能的做法。

我们曾经想过在枯叶上喷洒蛇油的主意是怎么来的，但在不情愿地做了几次猜测之后，我们一致认为，习俗的起源——尤其是那些有用的、明智的习俗——会在民族的历史中消失。某一天，市政当局大概意识到了居民没办法搜集秋天所有的枯叶，只有智慧地利用国内数量充足的蛇獴才能弥补不足。而某位来自森林边沿城市的官员发现，蛇獴原本对枯叶无动于衷，可一旦上面沾染了蛇的味道，它们就会变得凶恶残忍。人们一定花了很长时间才获得这些发现，才研究出蛇獴对枯叶的反应，才会给枯叶喷洒蛇油，好让蛇獴报复般地把它们收集起来。我们成长于一切规定早已确立成文的时代，蛇獴养殖场里有负责训练它们的员工，森林远征队每年夏天都会带着数量令人满意的蛇回来。我们觉得这样的事情非常自然，只有在为数不多、而且得努力一把的时候，我们才会再一次问起自己小时候提的那些问题，而那时，我们的父母总是很严肃地回答我们，并以这种方式教会了我们将来如何回答我们孩子的问题。奇怪的是，想要提问的念头只会偶尔出现在收集枯叶行动开始之前和结束以后。十一月二日，我们收到了卡片，开始专心干我们分到的活，我们觉得每个人做的事都有充分正当的理由，只有疯子才敢质疑收集枯叶行动到底有没有用，采用的方式到底妥不妥当。不过，当局应该早就预料到可能会出现这种情况，因为卡片背面印着法律条文，列出了在这种情况下会遭受的惩处。但没人记得有哪次真的到了必须要实施这些条文的地步。

我们总是惊叹于市政当局分配工作的能力，政府和国家的运作都没有因为行动的开展而受到影响。我们成年人每天上班之前和下班以后（我们一般从事管理工作或者商贸生意）要花五个小时收集枯叶。孩子们不用再上体育课，也不必参加公民和军事训练，老人们则趁着太阳高照，从养老院里出来，各司其职。两三天后，大家便达成了行动的第一个目标，中心区的街道和广场上的枯叶都被清理干净了。这时，我们这些负责看管蛇獴的人就得加倍小心了，因为随着行动的推进，蛇獴干活时会变得越来越不凶猛，我们身负重任，必须把情况汇报给我们地区的市政检察官，好让他下令增加蛇油的喷洒量。检察官只有在确认我们已经用尽全力鞭策蛇獴收集枯叶之后才会下达这项命令。要是他发现我们只是一味地催促要求加大喷洒量，我们就会面临直接被送往森林的风险。但是，用"风险"这个词明显是有些夸张了，因为森林远征也是国家的习俗之一，它和收集枯叶行动拥有同样的名义，它与其他职责并无不同，没有人会对此表示抗议。

曾经流传过一个谣言，说是把喷洒枪交给老人就是个错误。既然这是一项古老的习俗，就不可能是错的，但是，老人们有时候会开小差，会忘记应该把喷雾洒在尽可能广的区域，反而把大剂量的蛇油洒在街道或广场上的一小块片区里。于是，蛇獴会野蛮地冲向一堆枯叶，在短短几分钟内就把枯叶收集起来，送到我们拿着袋子等候它们的地方；但是后来，当我们放心地以为它们会持之以恒地干下去的时候，却看见它们停了下来，漫无目的地嗅着彼此，带着显而易见的疲惫，甚至厌恶地甩下了手中的活。在这种情况下，训练员会吹起口哨，这种做法能暂时让蛇獴再收集一些叶子，但是我们很快就会发现，喷洒的分布不均匀，难怪蛇獴不愿意干活，突然对这份工作没了兴趣。如果我们有充足的蛇油的话，就绝对不会出现这种紧张的状况了，老人、我们，以及市政监察官都不用再面临承担责任的风险，也无须再受很多罪；但是，早在很久以前，人们就已经知道蛇油的供给量只能勉强满足收集枯叶行动的需要，而且，有时候森林远征队没能完成目标，于是市政当局不得不用少量的库存来应对下一场行动。这种情况会让大家更加恐慌，因为在下一轮的调动中，政府会征用更多的新兵，不过，用"恐慌"这个词显然是有些夸张了，因为增加新兵的数量也是国家的习俗之一，它和收集枯叶行动拥有同样的名义，它与其他职责并无不同，没有人会对此表示抗议。我们很少聊森林远征队的事，从那里回来的人也必须保持沉默，因为他们发过誓，而对誓言的内容我们几乎一无所知。我们坚信，我们的政府当局是不想让我们担心北部森林远征队的安危，但遗憾的是，没人能对远征队的巨大伤亡熟视无睹。我们并不想随意得出结论，但在每一次远征中都有许多亲友去世，这让我们不得不去推想，每年在森林中捕蛇的时候，远征队都会遭遇邻国居民的残酷反抗，我们的市民不得不面对传说中邻国居民的残忍与邪恶，有时还会付出惨重伤亡的代价。尽管我们没有公开表态，但是所有人都很愤怒，一个不收集枯叶的民族竟然反对我们在他们的森林里捕蛇。我们的政府保证，他们进入邻国领土并没有别的原因，他们遇到的反抗只不过是因为外国人毫无依据、愚蠢至极的骄傲。对于这些说法，我们从来没有质疑过。

我们的政府当局极其慷慨，即便是对那些可能会扰乱社会安宁的事也是如此。因此，我们永远不会知道——我们也不想知道，必须强调这一点——我们那些光荣的伤兵经历了什么。政府似乎不想让我们陷入无谓的惶恐之中，所以只会公布毫发无伤的远征者名单和死亡名单，一列军用火车会搭载死者的灵柩回来，一同载着的还有远征幸存者和蛇。两天后，政府当局和民众们都会去墓园参加死者的葬礼。我们的政府拒绝使用简陋的集体墓地，他们想让每个远征成员都有自己的坟墓和清晰可辨的墓碑，让他们的家人可以毫无障碍地刻上碑文，但是，近几年来，伤亡人数越来越多，市政府征用了邻近地区的土地来扩大墓地的规模。可以想象，我们一共会有多少人在十一月一日的早晨抵达墓园，纪念我们死去的亲友啊。不幸的是，时间已是晚秋，枯叶遮盖了街道和墓地，人们很难辨别方向；我们经常迷路，得花上好几个小时四处问路才能找到我们一直找寻的坟墓。几乎所有人都带着扫帚，我们常常以为某座坟墓属于我们死去的亲友，等打扫之后我们才会发现自己认错了。但是，我们会慢慢找到亲友的坟墓的。等到下午过半的时候，我们就能休息休息，整顿自己了。在某种程度上，我们很高兴能在寻找坟墓的过程中碰上那么多困难，因为这证明了明早即将开始的收集枯叶行动是有用处的。我们觉得，尽管蛇獴明天才会来帮助我们，但我们死去的亲友仿佛在鼓励我们收集枯叶。明天，政府当局会重新分配远征队带回来的蛇油份额，一同带回来的还有死者的灵柩。老人们会在枯叶上喷洒蛇油，好让蛇獴把它们给收集起来。

我不想评论这篇小说，因为我觉得要说的话显而易见。只不过，当我在巴黎（我住在那里）的街道上闲逛，当我目睹社交活动、社交仪式的某些瞬间，当我观察人们做的事，观察他们在某些场合里遵守的规则，观察集体遵循的行为准则时，我常常会想起卡夫卡和这个小故事，因为在这个我们习以为常的社会中，我们接纳和忍受了多少东西啊，而我们从来没想过要批判它们；我们从来没有想过要追溯我们的过去、我们祖先的过去，回到最开始的时候，回到历史的最深处，去了解为什么社会——我指的是整个社会——最终会将这些节奏、规则和礼数强加在我们身上。我们也接受了它们，就像小说里的人们那样，接受了那么多市民在捕蛇时死去，仅仅是为了能收集墓地的枯叶，而那些死者又是为了找寻用来收集枯叶的蛇油而死，就这样，一个大循环形成了。这一切已经和幻想元素、异常元素无关了，它是一则彻头彻尾的现实主义短篇小说；如果我做出一些必要的修改，类似的事情还可能发生在纽约、布宜诺斯艾利斯或者巴黎市中心。我们只需稍稍观察一下运行中的社会——我并不是说这样的社会不好——就能发现，我们把多少事情看作是理所当然的啊。而作为人类，我们的基本责任本应是对此进行分析；在必要的情况下，还得批判；如果实在迫不得已，还得毁灭它们。

好了，现实主义短篇小说……就和我说的其他内容一样，这并不是文学理论；它们永远是假设，是我们不断投掷的漂流瓶，你们可以自己展开讨论，提出批评。大体上说，现实主义短篇小说和幻想短篇小说相比，除了主题不同之外，还有一个重要的差异，那就是出于定义的要求，现实主义短篇小说必须深深植根于主题，以及它描绘的情景。不论我们熟悉与否，这些情景显然是从我们周遭的现实中提取出来的。幻想小说可以脱离与现实密切相关的主题，甚至可以与之背道而驰，这种情况在伟大的幻想小说中很常见。现实主义小说面临的第一大危险就是过分强调主题，并认为它是小说的根本意义。这种观点会带来许多相当复杂、相当棘手的问题，因为我们经常会读到一些短篇小说，作者认为它们是现实主义作品，因为其中的确包含了一个或几个人物的生活片段、特定的情景和特定的情节事件。一些作者觉得某个主题很有趣，觉得自己讲述的情节也可能在现实生活中发生，或是认为自己正在记录已经发生过的事，在他们看来，只要选择了这样的主题，就可以写成现实主义短篇小说。任何一个有过写作经验的作家都知道实际并非如此：在现实主义短篇小说中，主题是根本的、极其重要的，因为现实是无穷无尽的，而短篇小说永远是对现实的一种切割、分离和选择。因此，主题是出发点，作家从这个基础出发，开始叙述故事。但是，一部现实主义短篇小说何时才能变成伟大的作品呢？它何时才会变成契诃夫、奥拉西奥·基罗加和莫泊桑的作品呢？它何时才能具备那些能让作品不被遗忘的元素（这些元素有时是无法估量的）呢？就像我们在谈论幻想短篇小说的时候也谈到了一些能让幻想作品不被遗忘的元素一样。在一部伟大的现实主义短篇小说中，在莫泊桑、契诃夫或者基罗加的短篇小说中，究竟发生了什么呢？

我也尝试写过十足的现实主义短篇小说，里面没有任何反常元素，所以，从我的个人经验出发，我坚信，那些被我们铭记的现实主义短篇小说所展现给我们的现实片段远远超越了小说讲述的故事本身。超越故事本身这种说法可以有很多种意思：可能意味着深入挖掘人物的心理。小说可以使用现实主义手法展现一对夫妻或者一户人家的行为与生活，但是，如果除了我们读到的内容之外，小说中发生的事还能让我们进入小说本身并没有必要说明的人物的精神世界、了解他们的内在人格，那么这部作品就会被人铭记。

现实主义短篇小说总是比它的主题内涵更丰富：主题绝对是最根本的，但是如果一部现实主义短篇小说仅仅局限于主题的话，那么它就只能沦为我们经常读到的众多普通小说之一了。撰写这些小说的初学者会因为自己经历了某件触动他的事（可能是历史事件、恋爱经历、心路历程，甚至可能是某件滑稽风趣的事），进而认为只要把它记录下来就会是一篇很好的现实主义短篇小说。在这种情况下，它永远都不会是一篇出色的作品，因为它的主题只限于故事本身，而当故事结束的时候，小说也就死去了。读者读完最后一个词之后，必然会开始遗忘这部作品。大家只须读一读或是想一想那些没被遗忘、被人铭记的作品就会发现，在故事的背后，作者会暗暗地、间接地启动一个力量系统，他不必提及那些驱动性力量，只需要把故事的情节讲明白就可以了；这些力量会以不同于小说本身的方式推动叙事，并赋予作品一种纯粹的故事并不具有的力量。

在拉丁美洲目前的状况下，在许多国家，一些参与历史进程的作家写下了不朽的现实主义短篇小说。他们常常试图通过自己的文学作品传达与自己民族历史相关的信息或可靠的观点。尽管他们从来没有直接说明小说背后的内涵，但其作品总是在隐隐地揭露事物的状态、危机四伏的体制和消极被动、倒行逆施的人类现实。实际上，如今几乎所有值得铭记的拉美现实主义短篇小说——它们的数量非常多——都具有这种揭露现实的意义。有趣的是，作者并不总能完全意识到自己在揭露现实。可即使这不是他的目的，一旦他选择了某个特定的主题，他就赋予了小说这种意义。如果读者能够对此分析，如果他能够思考，如果他能够感知小说背后的深层体验，那么小说的这种意义就能传达给读者。

六年前，我写了一篇短篇小说，它没能在阿根廷出版，因为政府当局告诉我的编辑，如果这篇小说和另一篇——另一篇是《索伦蒂纳梅启示录》——出现在我当时正在筹备的短篇集里（而我那时已经把书交给我在布宜诺斯艾利斯的编辑了），出版社就得承担后果。（我没必要说出后果是什么，大家只要看看报纸就知道了。）编辑自然把这件事告诉了我，这本书没能在阿根廷出版，而是完整地在墨西哥出版了，因为我绝对不会同意撤下那两篇小说以让这本集子在阿根廷出版；相反，我记得我当时略带黑色幽默地回复说，只要能在扉页上说明原因，我就愿意撤下那两篇小说，最后当然没人接受这个方案。这篇短篇小说完整地登在了墨西哥版上，我认为它完全符合我们正在谈论的与现实主义短篇小说相关的内容。它叫作《第二次》，我不打算朗读它，就简单地概括一下。小说中，一个女孩收到了一张通知单，让她去布宜诺斯艾利斯某条街上的某个政府单位办事处办理手续。这个女孩被描述成一个非常单纯、非常天真的人物，只知道这是件很繁琐的事。她在约定的时间到了那里，走进了一条很长的走廊，那里已经有人在等了。走廊另一边有一扇门，是办事处的入口。她不得不坐下，因为有好几个人得先进去。正如在这种情况下通常会发生的那样，她开始和周围的人说话。其中有个男孩，他告诉她自己已经是第二次来了，第一次来的时候得填写很多表格、回答各种问题，之后还得来第二次；这个女孩是第一次来，而他则是第二次。他们谈论这些事情的时候，其他人陆续进去了，他们在里面待了五到十分钟后就出来了，因为只有两扇门：办事处的门和走廊另一边通往楼梯的门。由于差不多同龄，两人聊了一会儿天，一起抽了根烟，还跟对方说了自己居住的区域和工作的内容，建立起了很友好的关系。一会儿，轮到那个男孩了。那个女孩相信，男孩走进办公室之后，马上就会出来，然后她也马上就能进去，一切很快就能结束。两三分钟过去了，大门打开了，可是那个男孩没有出来，出来的是一名职员，他示意女孩进去。她有些惊讶，因为只有这一扇门，所有人都是从那里出来的：所有先进去的人，都已经从那里出来了，还打了招呼；所有人，一共四个人。她想，可能那个男孩还在办公室里，由另一名职员接待，而且他的手续可能需要更长的时间。可是，等她走进办公室（办公室的确很大，里面有很多张桌子），她环顾四周，却没看见他。与此同时，她被叫到了一张桌子前，她得填好多没完没了的表格，这样的事在这类办事处里十分常见。她依然很担心，觉得这件事很奇怪。她想，可能还有第二扇门，只不过她没看见，他可能是从那扇门出去了，因为她记得他是第二次来了，而她还是第一次。所以她想，可能第二次来的人是从另一扇门出去。她又四处看了看，但还是没看见什么别的门。最后，他们收了她的文件，跟她说可以走了，还说他们还会再约见她，她得再来一次。她离开了，慢慢地走下楼梯，来到了大街上，她四下张望，心想那个男孩会在哪里呢。她又等了一会儿，因为她对他的印象不错。不过，没过多久，她就为自己一个女孩子在那里等一个几乎不怎么认识的男人感到不自在，所以她就走了。

这篇小说大概就是讲了这样一件事。在我写这篇小说的时候，阿根廷政府开始采用最残忍的镇压方式，大家把它叫作"失踪"：人们突然永远彻底失去了音信，只有极少数人重新出现。根据各个国际调查委员会的统计，在过去几年里，失踪人数达到了一万五千人。对于许多阿根廷人来说，对于那些有亲人"失踪"

的人来说（人们想到这个词的时候，总会带上引号，因为失踪者很久没有出现，人们不知道他有没有被抓，也没有任何他还幸存的迹象，所以人们会猜想他失踪后所有可能发生的事），失踪人口的话题是最痛苦的精神创伤。这篇小说当时不能出版也在意料之中，但说到小说本身，你们应该已经发现了，这完全是个遵循线性发展的小说，讲述了某个人走进一个政府单位办事处后再也没有出来的离奇事件。（好吧，可能他出来了，但是那个女孩分神了，没看见他。不过，由于走廊是离开的必经之路，这不太可能，但也许还有一扇被海报遮住的门，只是她没看见而已。）小说没有解释究竟发生了什么，因为失踪恰恰是无法解释的：人们失踪了，而失踪的原因却不得而知。我写作的时候，小说确实暗含对这类失踪事件的揭露指责，但除了故事发生在布宜诺斯艾利斯这个设定之外，小说绝对没有明确地指向它们，这只是某个办事处里发生的一件很小的官僚主义插曲。是读者在重新阅读这篇小说的时候发现，这种中规中矩的现实主义机制竟然能够在本质上呈现极其丰富深刻的作品内涵，这一点在这篇小说中以一种相当令人胆寒的方式体现出来：它表明现实本身比故事表面的简单叙述要复杂、诡谲得多。

还有一篇短篇小说，行文机制与此类似，我也想简单地复述一下。小说名叫《为您效劳》，是我很多年前在巴黎写的，小说完全基于现实。我当时在一位阿根廷朋友家里做客，她是名作家。

在我们俩随意地聊着这个那个的时候，她突然乐不可支地讲起一件她觉得非常好笑的事：有一位年纪很大的法国女士每周来她的公寓打扫两次，我们就叫她女佣吧（当今时代，伟大的自由主义十分盛行，人们不敢用"女佣"这个词；大家都用"助理""助手"这样的词），人们出钱请她为自己打扫房屋、清洗杯盘。这位上了年纪的女士心思非常单纯，她告诉我的朋友（这些女士很喜欢聊天，特别是巴黎人），有一回，她被人租用——她用了这个词——去一户人家照看几只狗，因为那里有场聚会，狗会碍事；那是一所高级公寓，聚会持续了一整晚，她一直都得在房间里让狗保持安静。主人租用了她，让她坐在那里喂那几只狗喝水、吃饭，还得保证不让它们打架。这本身已经是一个相当奇怪的故事了，但她又接着说，还有一回（很明显，这位女士经常碰上这种事）她又被租用了，雇主让她扮演一位即将被下葬的先生的母亲：让她参加葬礼，在棺材前哭泣，扮演一名绝望的母亲，因为这位先生属于巴黎的上流阶层，是一位非常知名的年轻时装设计师，他离奇身亡，情况或许有些可疑，他周围的人认为，如果"他母亲"（带有引号）能来，葬礼就会有一种庄重的氛围。这背后隐藏着一段阴暗的故事，很可能与毒品或者同性恋有关，但是这位女士并没有意识到这一点，她非常天真，只记得他们租用她是为了扮演死者母亲的角色。她接受了，因为她很穷。她做到了，而且完成得很好，他们给了她小费，一切非常顺利地结束了。我的朋友和我讲了这两件事，我告诉她："这可以写成一篇小说了，还会是篇伟大的小说。"她却对我说："我不觉得这是小说的题材。"她也是作家，这么说有些不可思议。我想了想，回答说："好吧，你能把这几个点子送给我吗？也许我有一天……"她说："好，如果你想写就写吧。"几天后，我写下了这篇小说，并把它献给了这位朋友，因为她非常慷慨地把那位老太太的故事送给了我。我只做了一项文学性处理，就是把那两件事合并起来了，因为那位女士跟她说的照看狗和假扮母亲的事是发生在两户不同人家里的独立事件；我发现，第一部分和第二部分之间可以通过文学手段建立非常出色的联系，小说也的确实现了这个目标。这可能是我写过的最具现实主义色彩的短篇小说，理由很简单，因为它是用第一人称讲述的：叙述者是弗朗西内太太，这位年老的女佣讲述着她人生中发生的故事。她按着自己的感受和经历，一五一十地讲述了这些故事。她对自己身上所发生的一切只有非常表面的认识：首先，她被带进了巴黎别墅区的豪宅里，因此她表现得毕恭毕敬，那里有许多女佣和管家，而她负责照看小狗那晚的聚会也美妙绝伦。轮到她扮演已故时装设计师的母亲时，地点也是在巴黎郊区的一座豪宅。她被这事彻底震慑住了，她毕恭毕敬，而且打心底里相信，自己做的事情是非常自然的，没有任何羞辱的意味：她得到了报酬，不违法，而且她完成了他们要求她做的那两件事。我更愿意这样书写这个故事，好让像弗朗西内太太一样天真的读者察觉不到任何不对劲的地方，好让他们读了以后会说："这个女人照看完小狗，然后又去假扮一名过世的服装设计师的母亲，真是怪事！"这很荒谬，但我清楚地知道，这篇小说是写给那些能够马上明白这类现实的运行机制的读者的，也就是说，天真的弗朗西内太太一面讲述，一面让读者领略那个道德极度沦丧、极其腐化的社会，它隐藏在每一句话的背后，用《圣经》中的话来说，这个社会就好比一座被粉饰的棺椁，身在其中的人得维护自己的面子，得伪装，要是真止的母亲并不存在或是没有到场，还得创造出一个母亲来：只要能贯彻完成那些维护它、支持它、捍卫它的仪式和礼节，这个社会就绝不会犹豫半分。这就是这篇小说的第二重含义，我认为这绝对没有减少小说的现实主义色彩，因为有什么能比我们时代、所有时代的堕落社会更现实的呢：它是人类的诸多社会形态之一，是非常现实的存在。我之所以给大家举这个例子，是因为我觉得现在必须明确我对现实主义文学的理解。

我看我们还剩下一点时间，也许我能再简单地讲一篇小说，把现实主义的概念阐释得更全面一些。在这种短篇小说中，故事的第二层含义也被包含在了第一层含义之中，但是读者得自己做出辨别和区分。这并不是说存在两种层次，而是说两种层次互相交融，成为一体。这是我在大概十年前写的一篇小说，名字叫《一个叫金德贝格的地方》，小说篇幅不长，情节也很简单：一天晚上，一个四十多岁的阿根廷男人开车行驶在奥地利境内的公路上，当时下着很大很大的雨，绝对是瓢泼大雨了。他希望能抵达某座村庄，找到某家旅馆，因为路况很糟糕，雨下得太大，他害怕出事故。突然，他在森林边的路上看见了一个女孩，她正比画着求搭顺风车的典型手势——在阿根廷，这叫"竖起大拇指"——让他帮帮她，请她上车。于是他刹了车，让她进来，然后继续往前开，他们抵达了一座小镇，找到了一家旅馆。他们在路上交谈了几句，他发现这个女孩非常年轻，大约十八九岁，有些孩子气，毫无戒备心，几乎马上就告诉了他自己是智利人，而且用"你"来称呼他（这种情况在拉丁美洲越来越常见），她毫不在意自己正坐在一辆相当豪华的汽车里，也不关心这个穿着考究，而且年龄比自己大上三倍、两倍半的男人。她告诉他，自己正在欧洲旅行，她离开智利是因为厌倦了一直待在同一个地方，她是和几个嬉皮士朋友一起出来的，只带了很少的钱。她穿得非常邋遢，肩上只背着一个背包——这是她在这个世界上的所有财产——靠搭顺风车游走各地。他们抵达了小镇，那个男人找到了一家旅馆。因为他是所谓的"阿根廷绅士"，所以他立马要了两间房过夜，一间是给女孩的，另一间给他自己。可那个女孩很自然地告诉他："你别犯傻了，为什么要花两份钱开两间房呢？开一间就行了，无所谓的。"他听了诧异极了，也觉得有些不自在，但他还是只开了一间房。他们稍稍擦了擦身子，吃了晚饭，然后继续聊天。她继续和他讲述自己生活中的故事，她开始和他聊一种他不怎么了解的音乐，因为他早就不关注音乐了，甚至连流行音乐都不再关注了。她跟他说起了某个叫阿奇西普的人；他不知道这人是谁，于是她哼了起来，那是阿奇西普的歌曲旋律，她很奇怪他竟然不知道阿奇西普是谁。她跟他聊起了诗歌、诗人，还有她和朋友的旅行。他想和她讲讲道理，他说："好吧，但是你已经十九岁了，你以后打算做什么呢？"她有些吃惊地看着他，回答说："我打算做什么？现在我想去荷兰。"他说："但是，这之后呢？""这之后要是能去挪威就好了，我听说有个地方有北极熊。我想看北极熊。"她说。她给出的都是这样的回答，都与眼下的现实有关，但是这些回答都很美好，因为通过它们，他可以感受到这个女孩在为诗歌、音乐、艺术，尤其是为自由而活。这就是他开始逐渐明白的事。等他问起一些合乎理智的问题时，她非常友善地给出了很好的回答，但有时候她也会略带讽刺地说："你就是个老头，总问我这些老套的问题。"这让他觉得很受伤，因为归根结底，他不觉得自己有那么老，但在晚餐的对话中，他慢慢地发现了某些他仅仅在理论层面上了解过的东西，因为毫无疑问，他读过很多书，书里有这样的人物，他也经常听说有一些人自由自在地在世界上生活，想要发掘那些在自己的国家或者自己的环境中不存在的事物，这样的生活有优点也有缺点，但是他从来没有亲身遇到过这样生活的人；他从来没有和一位思维清晰、毫不羞赧、冷静沉着的年轻女孩待在一起过，她与他相处十分自在，因为她知道，不管发生什么，只要他俩能够接受，就没有关系。除此之外，她也毫不羞涩，她非常坦率地告诉他自己的欲望、理想、希望和小小的挫折……以及阿奇西普的故事。最后，他们回到了房间，奇怪的是，他觉得自己越来越被她吸引，而与此同时，他又为自己与女孩之间的谈话感到心烦意乱。他们一起度过了一个美妙的夜晚，女孩没有一刻表现出任何虚伪，她一直非常坦诚：她很高兴自己和他睡了，同时，他也清楚地知道，这是一段不会持续的插曲，只是旅途中暂时的港湾，第二天，生活就会以另外的方式继续。她从来没有这么说过，但他能感觉到，也明白这一点。他睡不着（她睡着了，她才十九岁，又累坏了，还吃了很多东西，因为她饿坏了，便把握住了这个机会，把他请自己吃的所有东西都吃光了……），在失眠的时间里，他思考自己的人生。他想起了一连串的回忆，它们显然与故事情节、与那个女孩、与那刻发生的一切没什么关系：他想起了当他还是大学生或者预科生的时候，他和朋友们待在咖啡馆里面面相觑，无聊得发慌，因为对他们来说，布宜诺斯艾利斯已经变成了一座沉闷无趣的城市，他们商量着要离开，但并没有人离开；他记得有一回，有人发现了几艘船，年轻人只用付很少的钱就能上船，他们只须在船上帮一点忙就行了。只要花上极少的钱，他们就能坐船离开布宜诺斯艾利斯，两三个月后就能抵达亚洲或者欧洲的某个港口。那将是一场冒险！在那个年纪——当时他们和这个女孩一般大——他们所有人做梦都想做这样的事，他们发了誓，但最后没有人上船，没有人离开。于是，他眼看着自己完成了学业，开始从事他父母希望他从事的职业，而他也因为这个值得尊重的理由接受了这样的安排；他眼看着自己在金融行业里慢慢晋升，逐渐受到人们的敬重，他觉得在欧洲旅行令人愉快，因为工作的原因，他成了一家大公司的代表经纪人，得在各个首都之间穿梭，因此他才会开车在这里奔行；他越来越有钱，最终成了所谓的"成功人士"。这位成功人士正思考着自己为什么会成功、是怎么成功的，而那个快乐的小姑娘正打着呼噜，心满意足地躺在他身旁。第二天清晨，小说以短短几句话结尾了：他们起床，离开旅馆，来到了第一个十字路口，她对他说，她会留在这里等待下一辆车，因为她旅行的方向在另一边。他迟疑了一秒，然后和她告别，他吻了她一下，让她离开了；她背着背包，走到一棵树下，他看着她坐下等车。他开车走了，挂到了第三挡，把速度提到最快，故意冲着一棵树撞去：他撞树自杀。这就是小说的结局。从表面上看，这是一篇现实主义小说，而这场自杀——因为这确实是一场自杀——并不是很好理解。从我的写作意图看（但愿我写出了这一点，但能不能感受得到，得看你们了），这篇小说中的现实主义体现为两种不同的生活观念之间的冲突。这并不是说一种方式是好的，另一种是不好的，因为女孩的生活也有消极的方面；社会并不是由像女孩这样的人建立的，而是由像那个男人这样的人建立的，但是，尽管那个女孩有积极和消极的方面，社会实际上是因为那个男人的，而非女孩的错误而走向毁灭的。重要的是，那个男人的内心深处萌生了一种本质的、存在主义的冲突。整个晚上，他在那个女孩身上看到了另一个维度中的自己，如果那一次他坐上了那艘船，如果他没有接受他父亲希望他做的事，而是选择了自己的使命——音乐或绘画，他原本可以成为的自己。突然之间，那个一句话也没说的女孩、那个没有做出任何评判的女孩剥光了他存在的外衣，让他站在镜子前，他在镜子里看见了一个无比重要的人，可同时却又是最可悲、最失败的人。他意识到自己其实并不幸福，一切都只是无休无止的妥协，都只是为了追寻社会地位，追寻并不符合他真实想法的地位。他一瞬间有了勇气，离开那个女孩，结束一切。

我认为，这就是现实主义文学能够带给读者的众多事物之一。它既不是法国自然主义者追求的著名的生活切面，也不是单纯地把事物原封不动地映照进书本这面镜子里的现实主义——因为这些事物我们每天在街上也能看见，甚至看得更清楚——而是一种深邃的炼金术，它展现出现实本身的模样，没有背叛它，也没有扭曲它，它让读者看清表象背后的原因，让读者明白人们之所以是这样、而不是那样的原因。

我已经很累了。如果有人想提问的话……你们应该比我还累吧。好，说吧。

学生：您为什么要杀死主人公呢？

大概是因为我之前提过的一点，我喜欢犯罪学……根据弗洛伊德的理论，或许我就是一名罪犯，只不过我升华成为一名作家了。不不，这是真的，我是认真的：精神分析学中有一个非常迷人的理论，就是某些个体有犯罪倾向，对于他们来说，谋杀是一种深层冲动（我们可以把这种人叫作天生的罪犯，他们不是因为意外、激情或冲动而犯罪，这种人是天生的罪犯，他们自己也知道这一点；其中有一些人可能还具有相对较高的文化修养）。弗洛伊德论述提到，深层的施虐冲动常常需要通过升华来找到出口，所以他的理论引起了轩然大波。他认为，许多外科医生如果没有成为外科医生的话，可能会变成罪犯。但一种美妙的升华发生了：外科医生可以使用手术刀，可以完成他内心最深处想让他做的事——鲜血与伤口——但他把它转化为一件好事，救死扶伤。他成了一名做好事的人，也就是说，他内心深处的本能被完全颠倒了。虽然看起来像个玩笑，但这是他通过一系列奇特的巧合得出的结论，因为他曾经用精神分析法治疗过两三名外科医生，他们告诉他，由于上了年纪，他们的手不能很好地掌控手术刀了，所以他们不得不放弃这项职业。不久之后，他们就开始患上各种神经官能疾病，有了各种精神性情结；他们觉得从自己的内心深处分裂出了不同的人格，出现了潜藏着的杰基尔医生和海德先生。

于是，弗洛伊德想："这难道不正是因为在他们的一生中，由于他们选择了善良和科学的道路，真正的人格获得了完满而美妙的补偿吗？"不论我们相信与否，或许就是出于这个原因，我才杀死了那么多的人物，才喜欢上了犯罪学。开这样的玩笑是件好事，因为……因为在玩笑的背后，有时还隐藏着别的东西。

　　学生：也许隐藏着的是您对正义的倾向？

　　对正义的倾向？是的，我有，但这并不是什么了不起的倾向。我没有办法接受非正义的观点，因此，在一个积极参与社会、历史或者政治议题的人看来，一切对正义有着非常精确、非常严格的认知的人都会在他们的个人工作和抗争过程中遭受很大的痛苦，因为那所谓的现实政治时常迫使人们在某些情况下抛开正义，好让其他的事业取胜；也时常迫使人们放弃某些原则，好让其他同样重要的原则能被推行。我对正义有着非常清楚的认识，但我也清楚地知道，它通常无法在这个星球上实现。
　　下周，我们会过得更愉快的，因为我们会用整堂课的时间聊音乐、游戏和克罗诺皮奥之类的事情。

第五课　文学中的音乐性与幽默

前几天，也许是话题的原因，我们深入探讨了现实主义，于是我变成了十足的现实主义者，完全忘记了还有课间休息这档子事，我让你们一动不动地坐了两个小时，而且这里又很热……我自己也累得够呛，所以今天我们就不要太过现实了，给自己十分钟的幻想时间吧。

我今天想谈论的话题——我得用简短浅显的方式讲解，因为我们剩下的时间越来越少了——对我来说是非常美妙的，但它们又是非常模糊、很难理解的。对于文学和我作品中的幽默、音乐、游戏、戏谑，我们有的是直觉而不是概念，是实践而不是理论，如果我们想利用理论捕捉它们，它们就会逃跑。尽管如此，还是有一些了解它们的步骤或方法的，比如对音乐与文学或文学中的音乐的研究。我不是说要把音乐看作一种文学主题，而是说，在某些文学作品中，我们会发现文字与音乐互相融合，行文中会出现某些极富音乐性的段落。

有一些文章，虽然它们可能写得很好，甚至可以说是完美，但我们的听觉并不觉得它们富有音乐性。而另一方面，还有一些同样高水准的文章，它们立马会让我们产生一种非常特殊、直击心灵的听觉感受，因为我们在百分之九十九的情况下都不会听别人朗诵作品，我们自己也不会朗读它们：我们是用眼睛阅读。然而，如果是一篇我们能称之为富有音乐性的文章，那么内在的听觉就能感受到它，就好比我们在记忆的深邃寂静中回忆起某些旋律，或是完整的音乐作品。这里大家要注意，不要误会了——我在谈论文章或者音乐风格的时候，指的并不是那些试图让文章的字词韵律向音乐靠拢的作家（特别是以往的作家），也就是那些试图通过反复使用元音、头韵和行间韵来实现音乐效果的作家，这在诗歌中体现得尤为突出，但在散文中也很常见。事实上，这是上世纪末象征主义诗歌关注的重点：法国象征主义试图让诗歌在听觉效果上越来越接近音乐。这实际上具有模仿意味，因为他们想通过文字来表现音乐。在同时期的拉丁美洲，出现了许多伟大的诗人（鲁文·达里奥就是其中之一，还有乌拉圭的何塞·埃雷拉·伊·雷西格①），他们写了

———————————

① 这里是科塔萨尔的口误，他指的是乌拉圭诗人胡里奥·埃雷拉·伊·雷西格（Julio Herrera y Reissig, 1875—1910）。

许多以 a、o、e 或 l 为主要音素的十四行诗。一首十四行诗的开头写道："Ala de estela lúcida, en la albura libre de los levantes policromos[①]"，这一诗句中，l 这一音素是最突出的；听过这句话的人马上就会发现，在"ala de estela lúcida en la albura"里，l 是最主要的音乐元素。

当然了，在我谈论我与音乐之间的联系时，其实与这一层面的音乐完全无关。我的确可能偶然写下了音律合我口味的词句，但这并不是我对自己作品中的音乐性最深刻的理解。我所说的是另一码事：是感觉而非意识，是一种直觉，它告诉我，文学散文——在这种情况下，我正审视着创作文章时的自己——可以成为风格完美的纯粹的沟通手段，但它还可以具备特定的结构、特定的句法、特定的语词表达、特定的节奏（通过使用标点符号或是间隔），形成一种能让读者的内在听觉大致分辨出具有音乐特性的韵律。这种文章我管它叫（我要用的词不是"纯正"的西班牙语，但没关系，因为必要的时候人们必须造词）魅力文，从字面上看，这个词包含两种不同的概念：一个是魅力，它有魔法、魔力的意味，英文是"charm"，它能够营造一种催眠般的令人着迷的氛围，创造出我们可称之为魔幻的纯粹景象；此外，在"魅力"这个词中也包含了"诵唱"的含义——诵唱是令人着魔的。

---

① 意为："余迹明澈的羽翼，在那纯白的自由中／不受多彩的东风之束"。出自科塔萨尔的一首十四行诗。

我现在讲的这种文章里交织、融合了一系列潜在的因素和搏动，它们几乎从来与理智无关，它们让作家在组织语篇与句法的时候，除了传达文章中的信息之外，还能营造一系列氛围与特质，一种与文本信息毫无关系，却能让文章变得更丰富、更充实，时常还会更加深刻的内容。

大家看到了，这一切都是在试图艰难地解释对我来说根本无法解释的东西。作为一名作家，作为一个有过许多短篇小说和长篇小说写作经验的人，我能说的是，在某些特定的叙事时刻，即便穷尽了文章和语言句法所提供的所有可能性，我也无法满足；我没法尽情地表达。我得用某种特定的方式讲述，这种表达并非来源于我的思想，而是来源于我的直觉，而从句法的角度看，这种表述很多时候是不完美、不准确的。比如说，我会因此在每一个熟悉句法和韵律结构的人都会加、也必须加上逗号的地方故意将其省略。我没加，是因为那时我正在讲述的东西只有通过连贯的句子才能表现它的节奏，而逗号会破坏那一切。我根本没想过逗号的事，所以我没有加。

这让我陷入了有些艰难、同时又非常好笑的境地：每次我收到短篇小说集样书的时候都会发现，出版社里那位被称为编校员的先生做的第一件事总是帮我在各处标上逗号。我记得，在我最近一本在马德里付印的短篇集里（还有一本是从布宜诺斯艾利斯寄来的，但是马德里的这本打破了纪录），有一页被加上了三十七个逗号，就在一页纸上！从语法和句法的角度看，编校员绝对有理：这些逗号切分句子，调整句子结构，让内容可以毫无障碍地清楚表达。但我不想这样，我希望内容以另一种方式表述，它需要呈现另一种节奏和韵律，让同样的内容变得不同，让它笼罩在那种氛围、那种内外灯光的交相辉映之中，这样就能赋予文章我所理解的那种音乐性。我不得不在那页纸上标满箭头，划去三十七个逗号，再把它寄回去。这就把那份校样变成了某种类似于象形文字稿的东西，印第安人在描述战争的时候，就会这样在纸上画满箭头。毫无疑问，这会让专业人士惊讶不已，因为他们清楚地知道哪里该加上逗号，哪里加分号甚至比加逗号更好。问题在于，我使用逗号的方式不太一样，不是因为我不知道在这类文章中哪里应该加上逗号，而是因为就像其他很多内在的改变一样，不加逗号——这一点很难解释清楚——是我对写作时所感受到的某种搏动与节奏的顺从，它让那些句子以不可阻挡之势骤然涌向我，我完全无法抵抗。我不得不让它以这种方式流泻出来，因为这正是我逐渐接近我想说的东西的方式，也是我所能及的说出它们的唯一方式。

我觉得这样能够阐明大家可能会混淆的两个关于音乐性的概念，一种仅仅被理解成对声音和音乐和声的模仿，另一种指的则是文章中出现的音乐元素，它在本质上是一种韵律，而不是旋律或和声。当我创作短篇小说并且渐至尾声的时候，在那个一切如同浪花般腾起、即将破碎、随之便是终点的时刻，在那最后时刻，我让自己正在表达的东西倾泻而出，我不思考我写下了什么，因为它们被裹挟在音乐的搏动中到来。我很清楚这一点，因为我完全无法改动任何一个词，也不能用同义词替换——尽管同义词表达的差不多是同一个意思，但长度不同，节奏就会改变，某种东西就会被破坏，正如在我没加逗号的地方加上逗号，也会有东西被破坏一样。这让我开始相信，那类接受甚至主动寻求遵循与句法毫无关系的韵律、节奏与搏动的文章，正是我尤其喜爱的一类作家的作品，它完成了并不总能被察觉的双重职能。第一重职能是它在文学散文中的特定职能：传达内容，讲述故事，描绘情境；但与此同时，它还建立了一种特别的联系，读者可能对此毫无察觉，却被唤起了一种古老的感觉，那是我们所有人都有的一种韵律感，是它让我们接受了某些节奏、力量和搏动。我们阅读这种文章的时候，正如聆听某种音乐会使我们彻底陷入某种洪流之中，它将我们从自身中抽离出来，把我们置于别处。根据我的理解，一篇富有音乐性的散文能够完美地传达它的内容（它也没有理由无法传达，内容绝不会因为具有这些音乐价值而折损），此外，它还与读者建立了另一种联系。读者接收了它包含的信息，还在阅读时产生了一种直觉，这种感受与内容毫无关系：它基于内在的节奏，基于对某些深层韵律的顺从。

我知道理解这一切并不容易，对我来说也是一样，但我可以举反面例子来略作说明。我想列举的情况出现在别人翻译我作品的时候：当我的短篇小说被译成我看得懂的语言时，我常常发现译文完美无瑕，所有的内容都被翻译出来了，什么也没少，但它并不是我所体验并用西班牙语写下的故事，因为它缺少那种搏动，那种读者能感受到的搏动，因为我们能敏锐感受到的往往是深层的直觉，是非理性的东西；尽管我们的理智时常摆出防守架势，禁止我们、拒绝让我们踏入这些领域，但我们还是能够感受到它们。血液、肉体和自然的巨大搏动绕过理智，没有任何逻辑的力量能够阻挡它们。如果译者没有接收到这个信息，没有用另一种语言同等地表现这种搏动、这种音乐特质，我觉得这样的短篇小说是失败的，而我很难跟一些译者解释这一点，因为他们会非常惊讶。"没错，但是这翻得很好呀！你写了这句话，这里也是这么译的：完全一样啊。""没错，是完全一样，但是少了点什么。"散文也完全如此，译文传递了信息，但是缺少那种气韵，那种光芒，那种深层的声音——那不是听觉意义上的声音，而是内部的韵律，源自西班牙语散文的某种写作方式。

为了不在音乐这个话题上停留太久，我就再说一点。有一些作家，他们是令人敬仰的语言大师，却对这种音乐的搏动置若罔闻，甚至连音乐这门艺术都不喜欢；还有一些作家，音乐对他们来说是作品中无法克制、难以抗拒的存在。我多次和令人敬仰的伟大作家马里奥·巴尔加斯·略萨讨论过这个问题。他对音乐视若无睹：他不喜欢，不感兴趣，对他来说，音乐并不存在。他的文章美妙无比，传达了他想表达的一切内容，但是，对我们这些怀有不同理念的人来说，这种文章没有包含那一种震动，那一种传达了某些音乐价值的内在结构。这并不是说巴尔加斯·略萨的风格逊于某位对音乐敏感的作家的风格，它们只不过是文学的不同表现形式而已。

我是自身天赋的受害者，因为事实上，我生来是要成为音乐家的，但是在我身上发生了一件很残忍的事：大家知道那些在刚出生的婴儿的摇篮边祝福和施咒的仙女吧，有一位仙女认定我可以成为音乐家，但是另一位仙女决定我永远不能出色地演奏乐器，而且也无法拥有音乐家创作旋律与和声的能力。我非常热爱音乐，但只不过是作为听众而已。我是个十足的音乐迷，从小就听过许许多多的音乐，却没能成为音乐家。有一回，一位记者问了我那个著名的问题："如果你不得不独自待在荒岛上，你会带上什么呢？"我说："我的答案会让你吃惊的。我不会带书，而会带上唱片，因为如果我要独自待在荒岛上，我更想要的是音乐，而不是文学。"一个作家说出这样的话似乎让人大跌眼镜，但这是大实话。我觉得自己是个受挫的音乐家。哪怕我不能成为创作音乐的人，我也一直想要成为一名伟大的演奏者；这种"伟大"指的是幸福，和听众没有任何关系，而是意味着真正精通一件乐器，并像钢琴家或单簧管手演奏乐器时那样享受它。拜那位讨厌的仙女所赐,我没有这样的天赋,但是,对于欣赏别人的音乐,我倒是相当有才能。

我从大概十岁、十一岁的时候开始写作。那时候,我接连不断地听音乐。那种韵律感和旋律,以及音乐一直以来带给我的所有启发,都体现在了我的作品中。在我还是个孩子时,我就会天真地在自己写下的文字中寻找同样质朴的音乐形式。我试图在写作中模仿音乐旋律,我让自己的感情全然流露;我用美丽的词语,用抑扬顿挫的语调,想找到直接从音乐中提取出的韵律。当然,后来我变了,我开始用其他方式感受那种音乐性,但这一点并没有改变,它永远都在。我经历了深爱音乐的人所经历的所有阶段:起初,我尤其喜爱歌剧——那时候,听歌剧的人比现在要多得多——接着是伟大的交响乐,然后是室内乐。后来,我开始接触流行音乐和民间音乐:探戈,在我那一代阿根廷人看来它不是很体面的音乐,因为大家认为它很低俗。我接触到了探戈,激动得不行。(顺便说一句,这是题外话了,就是探戈大大增进了我对民间用语,以及大众自己的诗意表达的了解。有时候,卡洛斯·加德尔的一支探戈曲能比阿索林的文章教给我更多的语言技巧。)然后有一天,我突然发现了爵士乐,这对你们来说已经不是什么新奇事了,因为你们非常清楚,在我写的许多作品里,爵士都作为主题出现,从《追寻者》到《跳房子》里的长篇章节,以及在其他一些作品里,爵士都是作品的中心。爵士乐对我产生了巨大的影响，因为我觉得它拥有一个那些根据乐谱演奏的音乐并不具备的因素：持续不断的即兴创作所带来的不可思议的自由。爵士音乐家从某个给定的旋律或是一系列和弦出发，一边演绎，一边创作。一个伟大的爵士音乐家绝不会即兴创作重复的旋律，他总会另辟蹊径，因为这是让他感到快乐的源泉。在我看来，爵士乐这种持续的创造力——这种美妙而无尽的创作之流——是可以为文学所借鉴和学习的：我们也可以赋予写作这种自由，这种创造力，既不拘泥于陈规旧矩，也不盲从权威，而是冒着犯错的风险不断探寻新事物。爵士音乐家也会有状态不佳的时刻和灵感钝滞的阶段，但他能够再次挣脱出来，因为他的演奏处于一种彻彻底底的自由氛围中。

为了给音乐这个话题收尾，我打算给大家读一篇很短的文章，它可以解释我刚刚说的话，而且在一定程度上反映了我作为一名作家对音乐的个人爱好，以及它对我的所有意义。文章里只提到了几位钢琴家；因为年龄和世代的原因，你们可能对其中大多数名字都不熟悉。他们是我青年时代的钢琴家，但文章结尾提到了仍然在世的一位，他跻身最伟大的爵士钢琴家之列，名叫厄尔·海恩斯。我知道在现在的年轻一代中，他并没有获得应有的名气，但是对于我这个年纪的人来说，厄尔·海恩斯在整整五十年间创作出了顶级的爵士乐作品。这篇为这个话题作结的短文叫……叫……我找找……这篇短文被收录在《某个卢卡斯》里，我们以后会再聊这本书。这个叫卢卡斯的人物谈论了许多话题，而这篇短文叫作《卢卡斯的钢琴家》：

这名单很长，像键盘一样长——琴键有白有黑，有象牙的，有乌木的；有全音和半音、延音和弱音的一生。就像小猫跳上键盘，三十年代的粗俗消遣，他的回忆出自些许偶然以及在各处之间跳跃的音乐，一些遥远的昨天和几个从这个早晨开始的今天（如此确定是因为，在卢卡斯写东西的时候，一位钢琴师正在唱片里为他演奏，唱片吱嘎作响，凹凸不平，仿佛很不情愿跨越四十年，回荡在当年它录下《单手三度音蓝调》时还未存在的时空中）。

这名单很长，杰利·罗尔·莫顿和威廉·巴克豪斯，莫妮克·哈斯和阿图尔·鲁宾斯坦，巴德·鲍威尔和迪努·李帕蒂。亚历山大·布莱洛夫斯基的手巨大而放肆，克拉拉·哈斯基尔的一双小手楚楚动人，玛格丽特·费尔南德斯倾听自己音乐时的独特姿态，弗里德里希·古尔达华美演绎四十年代布宜诺斯艾利斯的万种风情，瓦尔特·吉泽金，乔治斯·阿尔瓦尼塔斯，坎帕拉一个酒吧里的无名钢琴师，堂塞巴斯蒂安·皮亚纳和他的米隆加舞曲，毛利齐奥·波里尼与玛丽安·麦克帕特兰，在不可原谅的遗忘和急于敲定这串已经长得让人心生倦意的名单的理性思考之外，还应该有施纳贝尔，英格丽·海布勒，还有所罗门之夜，伦敦城的罗尼·斯科特爵士乐俱乐部，在那里，有个人在准备回钢琴旁演奏时差点儿把啤酒打翻在卢卡斯太太头上，这个人就是塞隆尼斯，塞隆尼斯·斯费尔，塞隆尼斯·斯费尔·孟克。

等到死亡降临的那一天，如果时间还来得及，头脑也足够清醒的话，卢卡斯会要求听两段曲子：莫扎特最后那首五重奏和《我孤身一人》的某个指定的钢琴独奏版本。倘若他觉得时间来不及的话，他会只要求听钢琴唱片。这名单很长，可他已做出抉择。时间深处，会陪伴着他的恐怕还是厄尔·海因斯。

跟大家谈论幽默这个话题让我有些不安，因为没有比严肃地谈论幽默更可怕的事了。可是，幽默地谈论幽默又很难，因为幽默会想方设法地让人说出他原本并不想说的话。首先，没人知道幽默究竟是什么，此外，就跟文学中的音乐那个话题一样，人们通常很容易混淆幽默和单纯的滑稽。有些东西很滑稽，但是它们并不包含那种难以表达、无法定义的东西，那只存在于真正的幽默之中。我们举个简单的电影界的例子吧：当今有两位非常著名的演员，在我看来，像杰瑞·刘易斯那样的人是喜剧演员，像伍迪·艾伦那样的人则是幽默家。区别在于，像杰瑞·刘易斯那样的人只是单纯地想制造供人一时消遣的笑料，并没有深远的意义；它们最后变成了玩笑，形成封闭的、短暂的体系，尽管它们可能是非常美妙的，它们的存在本身也是一种幸运，但是我认为在文学中，它们并没有什么重要的影响。相反，伍迪·艾伦在他的巅峰时期实现的各种喜剧效果具有比玩笑和喜剧情境本身深远得多的意义：它们包含了批判、讽刺或是极具戏剧色彩的暗喻，正如我们在他最近的几部电影中看到的那样。

或许这个粗浅的例子能够帮助我们区分滑稽和幽默，让我们怀着对杰瑞·刘易斯的歉意，把滑稽搁置一边，将关注点更多地放在幽默上，因为我觉得我们已经掌握了一点点了，我们还可以对它了解得更多。在思考文学中的幽默时，如果对某个包含幽默元素的片段加以分析，我们就会发现它的意图往往是为了将某样东西拉下神坛，消除它们的神圣性，剥夺它们的重要性和权威性，使其失去支撑。幽默在所有的基石、所有的卖弄、所有被视为权威的话语下面，一刻不停地挥舞着镰刀。幽默能够去神圣化；我指的不是宗教意义上的，因为我们说的并不是宗教的神圣性：幽默是世俗意义上的去神圣化。那些被视为理所应当，而且通常被人们尊重的价值观念，幽默家常常会通过使用文字游戏或者开玩笑的方式将它们摧毁。这并不是说他真的把它们摧毁了，但在某一刻他把它们拉下了神坛，并且把它们置于另一种情境之中；这些事物的重要性被消解或是被削弱了，正因如此，幽默在文学中有着非同寻常的价值，因为它是许多作家所使用且运作得极为出色的手法。借助幽默，他们不仅减少了只是看似重要的东西，同时还展现了各种事物真正重要的特质，那些原本被表象、角色、面具遮住和隐藏的特质。

幽默可以是一个伟大的毁灭者，但通过毁灭，它才能创造。这就好比我们在修一条隧道：隧道是一种建设，但是为了建造它，必须先摧毁土地，必须要摧毁一大片土地才能挖出一个洞来；我们通过这种毁灭来建造隧道。幽默差不多也是这样运作的：它推倒普遍的价值观和等级划分，颠覆它们，展示它们的另外一面，猝然揭示那些在日常生活中我们看不见或看不清的东西，那些我们在普通日常的基础之上接受的事物。

大家都知道，幽默几乎算是英语文学、特别是十八世纪以来古英文学的直接产物。世界其他地区的文学自然也包含幽默元素，因为从古希腊和古罗马时代开始，伟大的幽默家层出不穷，但是是英语作家从十七、十八世纪开始系统地使用幽默元素并逐渐向现代文学证明，幽默并不是只能被当作点缀的次要元素，恰恰相反，它能在作品最关键、最重要的时刻发挥作用，充当一种反击，展现作品时而流失的悲剧性深意和戏剧色彩。我在写《跳房子》的时候（我举这个例子，是因为这是我的亲身体验），经历过让我完全无法忍受的时刻，我原本没法像剧作家那样写作，那样直接地写下悲剧、伤感和跌宕起伏的情节；我原本完全没办法做到。

那时，一种黑暗而阴郁的幽默帮助了我，它让我写出了很长的对话，在那些生死攸关的情境下，主人公谈论着琐碎、甚至好笑的事情。比如说，读过《跳房子》的人都知道，在玛伽的孩子死去的那晚，有一段很长的对话就是这样的，因为我无法忍受自己讲述那段情节。奥利维拉和玛伽之间还有一段很长的争吵对话，我在里面也加上了黑色幽默。在这两个例子中，我都是凭借使用幽默才坚持写到了最后。

在阿根廷和拉丁美洲的大部分国家，作家们很晚才开始展现幽默感：要是有人读过十六、十七、十八，以及十九世纪大部分作家的作品，就会发现幽默只是偶尔出现。当时也有所谓的"幽默家"，但那是另一回事，他们是只写幽默作品的职业幽默家；那并不是我们现在讨论的话题，我们现在讨论的是非幽默文学中的幽默元素，它在拉丁美洲出现得相当晚。我费了很多的精力才进入幽默的领域，因为我小时候看的那些书里没有任何幽默可言。那些文章也许非常好，但是没有任何幽默元素，或者几乎没有。然后有一天，当时我大概十八或二十岁，我开始读外国文学，突然发现在我身边存在着一种非常隐秘的幽默，它在一些作家（比如马塞多尼奥·费尔南德斯）的作品里藏得很深，但是非常有效。

马塞多尼奥·费尔南德斯到今天依然不为人所知，他几乎是个仅供专家研究的作家，在某种程度上，他这么不出名是我们所有人和大学学术圈的过错，因为他的作品尽管篇幅短小，内涵却极其丰富。正是在他的书里，我了解到了幽默能够强化那些极为严肃深刻的东西。马塞多尼奥·费尔南德斯的职业是哲学家，他写了很多包含极其复杂的哲学理论和哲学论述的文章，它们也是他最著名的作品。他能够出色地运用幽默感来展示一切、探索一切、丰富一切，这种幽默感不时隐现在短小的警句和短语里，让情节迅疾反转。比如，马塞多尼奥·费尔南德斯的一句警句是这样的："许多人缺席了洛佩斯小姐的钢琴演奏会，要是再有一个人缺席的话，场地就不够了。"这是一句反语：它把可怕的空无转换成了一种彻底的否定的圆满。

在马塞多尼奥的个人生活中，他也说过些很有意思的话。他有一种情结：他个头很小，一般来说，小个子的男人就像高个子的女人一样，他们在某些情况下会觉得不太自在，而且不太喜欢别人提起这种事。他的朋友很清楚，不能跟他谈论他的身高，因为他会生气。有一天，一位对此并不知情的女士在聚会上问他："您多高呀，马塞多尼奥先生？"马塞多尼奥回答说："女士，我的身高足够让我够到地面了。"他在自己写的很多作品里都运用了这样的幽默，他教给当时我们这批年轻人，如果我们能够吸收并使用这种幽默，我们也能让幽默变成一名作家所能获得的最有价值、最有效用的文学武器，而不仅仅是辅助工具。

如果大家愿意的话，我们先休息一会儿，然后我们读几篇文章，但愿你们觉得它们是幽默的。

这篇短文属于《指南手册》系列，里面记录了做许多事情的指南。这篇是《爬楼梯指南》：

所有人大概都观察到了，地面经常发生折叠，一部分抬起，与地面垂直，然后其相邻部分与地面平行，引向另一个垂直平面的出现，呈螺旋式或折线式不断重复，高度极其多样。弯腰，把左手放在其中一个垂直的平面上，右手放在相应的水平平面上，暂时地拥有一级台阶或称阶梯。显然，每一级台阶都由两个部分组成，并且比之前的一级台阶更高、更靠前，正是这种规律为楼梯定义，因为其他任何一种组合或许能形成更美丽、更有诗情画意的形态，却无法把人从一楼转移到二楼。

应保持楼梯在面前，因为如果背对或是侧对楼梯，人会感到非常不适。最为自然的姿势是保持站立，双臂自然下垂，头部抬起，但不能过度，以免眼睛无法看见即将踏上的更高一级台阶，同时，缓慢均匀地呼吸。爬楼梯从抬起位于身体右下方的部分开始，这个部分几乎总是被皮革包裹，除特殊情况之外，台阶都能恰到好处地容纳它。把该部分（简便起见，我们将其称作脚）放到第一级台阶上，然后抬起左边相同的部分（同样称作脚，但不能与之前提到的脚相混淆），把它抬到与脚一样的高度，并让它继续抬高，直到放在第二级台阶上，因此脚将停放在第二级台阶，同时脚将停放在第一级台阶。（前几级台阶总是最难的，直到掌握了必要的协调能力。脚和脚碰巧相同的名字给解释带来了困难。请特别注意，不要把脚和脚同时抬起。）

以这种方式到达第二级台阶之后，只须交替重复这些动作，便能到达楼梯的尽头。很容易就能离开楼梯，用脚跟轻轻一踩，把台阶固定在原处，确保在下楼之前，它都不会从那里挪开。

我觉得，如果说这里有任何幽默元素的话，那是一种自身便能成立的幽默，但与此同时，我也知道在写这篇小说的时候，我想给读者制造一种陌生感，就好比突然有人向我们解释类似于爬楼梯这种我们已经无比熟悉、无须思考就能做的事时所产生的感觉。把这类过程分解成不同阶段的几个步骤，这就是我写这篇小说的意图，因为它可以用来表现比楼梯复杂得多、也重要得多的东西。在这个意义上说，这篇文章和我接下来要读的几篇文章都没有刻意追求什么意义——它们只是想让大家与我们惯常的状态稍微拉开一点儿距离而已，而由此，在某些时刻，在爬楼梯的时候，我们会想到其他许多我们未经思考怎么做、为什么做就做了的事情。这些文章没有任何的道德教化、伦理或社会学意图：只是文本游戏而已。这和一篇叫作《划算的投资》的小故事有点类似，这则故事展现了偶然是如何引发意想不到的后果的，同时还体现了幽默是如何反映更深刻的内涵的。

划算的投资

　　戈麦斯是一个知足而卑微的人，他只求生活赐予他阳光下的一小块地、登有头条新闻的报纸和加了少许盐、抹上许多黄油（对这一点他还是有要求的）的煮玉米。一旦到了差不多的年纪，攒到了足够的钱，他就会搬到乡下去，找一处山景秀丽、民风朴实的地方，买一平米土地，好让自己有种，像人们常说的那样，在家一样的感觉。对此，没人会觉得奇怪。但在正常的情况下来看，买一平米地可能挺奇怪的，不过戈麦斯和利特里奥情况有些特殊。由于戈麦斯只想要一小块地来安放他的绿色躺椅，让他可以坐着读报纸，用普里莫斯炉煮玉米，他很难找到愿意卖给他一平米地的人，因为事实上，没人会只拥有一平米的地，要有的话都是好多平米；更何况，在另外那些平米的中间或者边缘卖出一平米地会引发很多问题，比如土地登记问题、共处问题和税收问题；而且，这事太荒谬了，就没人这么干过，这叫什么事啊。正当戈麦斯带着他的躺椅、普里莫斯炉和玉米走遍了绝大部分地区的山谷和丘陵，开始感到气馁时，他发现利特里奥的两块田地之间正好有一小块地，面积恰好是一平米。虽然它看起来只不过是一片草地，长着一棵朝北的刺菜蓟，但是由于位处两块购买于不同时期的建筑工地中间，它拥有一种独特的气质。公证员和利特里奥签字的时候都快笑掉大牙了，但两天后，戈麦斯已经在他的地里安顿了下来，他整天都在那里看报纸、吃玉米，等到黄昏的时候就回宾馆，他在那里租了一间很不错的房，因为尽管戈麦斯或许有点儿疯狂，但他并不傻，连利特里奥和公证员也很快地发现了这一点。山谷里的夏天十分惬意，偶尔会有游客听说这件事，前来瞧一瞧坐在躺椅上看报纸的戈麦斯。一天晚上，一个委内瑞拉游客鼓起勇气，问戈麦斯为什么只买了一平米的土地，以及这块地除了用来摆放躺椅之外还有什么用处，这个委内瑞拉游客和旅馆里其他惊讶的客人听见他如此回答："您似乎不知道，一块土地的所有权可是从土地表面一直延伸到地球中心的。您好好算算吧！"没人会去计算，但是每个人都在脑海里看见了一口方井，它向下、向下、再向下，一直到没人知道的地方，不知怎的，这似乎比拥有十三公顷的土地还要重要，那样大家就得想象一个等面积的洞，一直不断地向下、向下、再向下。因此，三周后，等到工程师来这儿的时候，大家发现，那个委内瑞拉人并没有相信戈麦斯的话，他怀疑戈麦斯有秘密，也就是说，这个地区应该有石油。利特里奥是第一个允许他们破坏自己种满苜蓿和向日葵的田地的人，他们疯狂地钻井，以致空气里都弥漫着有毒的烟雾。其他的土地所有者也不分日夜地到处钻井，一名可怜的女士甚至不得不泪水涟涟地挪走自己那张被三代老实农民睡过的床，因为工程师在她卧室的正中间发现了一片关键地带。戈麦斯从远处观察施工，虽然机器的噪音打扰了他阅读报纸新闻，但他并不怎么在意。当然了，没人说起他那块地的事，他也不是个有好奇心的人，他只在别人向他提问的时候回答。所以，当委内瑞拉石油财团的代理人承认自己的失败，去找戈麦斯买他那一平米地的时候，戈麦斯回答说不行。代理人收到了不计任何代价买地的指示，开始每隔一分钟就把价格提高五千美元。三个小时之后，戈麦斯折起了躺椅，把普里莫斯炉和玉米收进小行李箱，签署了一份文件，只要在他的地里挖到石油，他就会变成全国最有钱的人。正好一周之后，他的地里喷出了油柱，把利特里奥一家和附近地区里所有的母鸡都淋透了。戈麦斯吃惊极了，他回到他出生的城市，买下了一座摩天大楼里的顶层公寓，那里有一个露台，他可以在充足的阳光下看报纸、煮玉米棒，而阴险的委内瑞拉人还有那些跑来跑去、因被原油淋湿而总是表现得气冲冲的黑色母鸡再也不会打扰到他了。

有时候，恰恰相反，幽默会带有一种刻意的目的性。我这里有一篇影射典型的阿根廷式问题的短文，这些问题是我作为阿根廷人这辈子一直都与之和睦共处且了解颇深的。这和我们国家人民的心理状态有关：我们无法完全向世界敞开心扉，这很可悲，也很让人心酸（我这里说的是整体情况，并不是个体经验），我们倾向于把腰带系得紧紧的——不仅是皮腰带，还有精神和心理上的腰带——倾向于紧锁自己的内心深处，这让我们天生开朗外向的巴西邻居总觉得我们像是某种奇怪的虫子，他们总是问我们："你怎么了？你很难过吗？"我在布宜诺斯艾利斯的巴西朋友过去总会问我是不是很难过，是不是出什么事了；我没事，我很高兴，但是我没法像他们那样表现出来。阿根廷人的这种性格并不是缺点，但会造成很多行为模式上的问题。长久以来，我们一直都有某种沟通上的困难，好在新一代的年轻人已经解决了这些问题；这些问题有时候挺蠢的，但它们是很重要的。我在一篇名为《严肃的阿根廷式难题：亲爱的朋友，尊敬的朋友，还是干脆只写名字呢》的短文里探讨了这个问题：

　　　　您或许会笑，但这是最难解决的阿根廷式问题之一。由于我们性格的原因（这一回，我们把这个关键问题留给社会学家吧），信的抬头称呼带来了至今无法解决的难题。具体来说，每当一位作家要给他并非私交的同行写信，而他得在保持坦诚的同时加上十足的礼貌时，他会很久都下不了笔。您要是长篇小说家，得写信给另一位长篇小说家；您要是诗人，得写信给另一位诗人；您要是短篇小说家，也同样如此。您选了一张美丽的信纸，写上："奥斯卡·弗洛门托先生，加拉巴托路 1787 号，布宜诺斯艾利斯。"您空了几行（排版宽松的信是最优雅的），准备开始动笔。您并不信任弗洛门托，也不是弗洛门托的好友；他是长篇小说家，您也是长篇小说家。事实上，您是比他更出色的长篇小说家，但毫无疑问，他的想法恰恰相反。如果这位先生只是您的同行，而不是您的朋友，那么您不能称呼他为"亲爱的弗洛门托"。您不能这么写，原因很简单，因为您与弗洛门托并不亲近。称呼他为"亲爱的"甚至有点下流，无论如何，这是一句谎话，而弗洛门托会带着僵硬的笑容接受它。在这种情况下，最好的阿根廷式解决方案似乎是写："尊敬的弗洛门托。"这样更疏远、更客观，还表达了一种真诚的态度和对于某些价值的认可。但是，如果您写信给弗洛门托是为了告诉他，您将邮寄给他您最近的一本书，而且您在献词里还提到了对他的仰慕之情（这是献词中最常见的内容），那么您怎么能在信里称他为"尊敬的"

呢？"尊敬的"这个词透露出冷漠、办公室谈话、年度结算表、逐客令、关系破裂、煤气账单和裁缝费。您绝望地思考着还有没有其他选项，但您并没有找到：在阿根廷，大家要么是"亲爱的"，要么是"尊敬的"，此外再没别的。曾经有一段时间（当时我还很年轻，总戴着一顶草帽），有很多信在写完地点和日期之后就直入主题了；前几天我找到了一封这样的信，这张可怜的信纸已经泛黄，就像个怪物，讨厌极了。如果不先写明他的身份（弗洛门托），然后对他进行评定（亲爱的／尊敬的），那么我们怎么能给弗洛门托写信呢？难怪这种直入主题的通信体系要么已经被废弃，要么只被用在特定的信里，比如那些以"你这样的卑鄙小人"或"我给您三天时间缴清房租"之类的话开头的信。您越仔细想，就越会发现在"亲爱的"和"尊敬的"之间并不存在第三个选项，必须得用上点什么来称呼他，可"亲爱的"太过，"尊敬的"又太冷漠。

像"崇敬的"或"尊贵的"之类的变相说法太傻太矫情了，我们是不会用的。要是我们叫弗洛门托"大师"，他可能会觉得我们在嘲笑他。我们越是深想，就越会觉得还是"亲爱的"或者"尊敬的"比较好。嘿，我们就不能想出点别的玩意吗？我们阿根廷人需要放下面子，需要有人教我们无拘无束地写作，"弗洛门托老兄，谢谢你最近出版的那本书"，或者充满感情地写下，"伙计，你给我寄的长篇小说写得真不赖"，或者克制但真诚地说，"兄弟，之前水果业可是相当红火"，这些开场白既真实又坦诚。但这么做会很困难，因为我们大家要么是"尊敬的"，要么是"亲爱的"，就是这么回事。

当然了，这篇文章——我很高兴它把你们逗乐了，因为我写它的时候也乐得不行——没有任何严肃的目的，但实际上，它产生了让我感到意外的效果，因为许多年来，在我与每一位作家都会收到的来自拉美读者的信中，有许多都在开头犯了难，这些读者不知道该称我为"亲爱的"还是"尊敬的"。他们开始和这个难题玩起了游戏。"我不知道该怎么称呼您，我不能叫您'亲爱的'，因为这个那个的缘故，我也不能叫您'尊敬的'……"结果是我给许多曾经习惯于不加思索就写下称呼的人制造了一个难题。这篇文章并没有什么重要意义，但是它表现了幽默在一些情况下是如何起作用的。

有时候，幽默能够掩饰事物更为严肃、悲情的一面。我已经提过我在《跳房子》中的一些戏剧性时刻是如何使用幽默的；我想说一说另一个片段，书里的主人公参加了一场钢琴演奏会，那是一段极为痛苦、荒谬而又可悲的情节，原因有很多，大家看了书就会明白。我只找到了一种方式来呈现这个场景，把它处理好，那就是不断地使用幽默；如果我当时极力渲染所发生的一切是可耻的、可怕的，那么我可能会写出一段现实主义小说里极为耸动的章节，但是我并不想这样，于是幽默帮助了我。

我这里还有另一篇文章，叫作《小小天堂》。你们立马就能看出这篇文章的意图；我不需要做任何评论，因为它的主旨显而易见。《小小天堂》是这么写的：

幸福的形式有许多种，因此，如果你们听说，在奥朗古将军的领导下，从血液里充满了小金鱼的那一天起，国民们都觉得自己过上了幸福生活，各位千万不要大惊小怪。

其实，那些小鱼并非用黄金打造，只是颜色金黄，然而，只要看上一眼它们那亮闪闪的跃动，人们就会立即产生一种强烈的占有欲。政府十分清楚这点，当时有一位博物学家捉住了第一批标本，它们通过恰当的人工饲养迅速繁殖起来。它们的学名叫 Z-8，个头很小，如果你能想象一只母鸡只有苍蝇那么大，这种小金鱼就和那只母鸡缩小的程度差不多。因此，在那个年代给年满十八岁的居民注射金鱼并不费事；法律规定了这一年龄限制及相关技术流程。

正因如此，这个国家中的所有年轻人都迫不及待地盼着轮到自己进入某家植入中心的那一天，陪他一同前来的家人都像过节一样兴高采烈。会有一根管子把一个装满生理盐水的玻璃瓶和他手臂上的静脉血管连在一起，只等时间一到，便会把二十条小金鱼输入他体内。受益者本人和他的家人有的是时间欣赏玻璃瓶子里的小金鱼如何跳跃、转动，直到一条接一条地被管子吸进去，一动不动、也许还会有点惊慌失措地随水流淌，就像其他无数个亮晶晶的小水滴一样，最终消失在静脉血管中。半小时后，这位公民体内有了足量的小金鱼，便会回家去长久地庆祝自己终于抵达了幸福彼岸。

仔细想来，居民们的幸福更多来自自己的想象，而非与现实的直接接触。尽管他们不能再亲眼看见它们，但他们知道小金鱼在自己庞大的静动脉树状网络中游动，每天入睡前，在眼皮的凹陷下，他们仿佛看见小亮点往来穿梭，在它们游弋其中的血红河道背景下显得无比耀眼。一想到这二十条小金鱼会很快繁殖，他们就开心不已，他们想象着会有数不清的小金鱼，在各处闪耀发光，在额头下滑行，抵达指尖和趾头，在粗大的股动脉或颈静脉聚集，或是灵巧地钻进最狭窄最隐秘的区域。这种对自身体内的审视最精彩的部分是它们会周期性通过心脏，在那里小金鱼们会碰见跳板、湖泊甚至是瀑布供它们嬉戏聚会，它们一定会在这个喧闹的港口互相辨认、挑选，最终配对成双。小伙子们和姑娘们相爱的时候，也坚信不疑，在他们的心脏里，一定有某条小金鱼找到了自己的伴侣。甚至有时候身上什么地方痒痒，也会被归结于有几条小金鱼挤在了一块儿。生命的基本节奏就这样内外沟通，很难想象还会有比这更和谐的幸福场景。

这幅画面里唯一的麻烦是每过一段时间就会有一条小金鱼死掉。它们寿命挺长，但总有一天某一条会死去，它的尸体被血流裹挟着，最终会堵住某条动脉通往静脉或静脉通向毛细血管的通道。国民们对此类症状都很了解，其实也很简单：会有点呼吸困难，有时会感觉眩晕。这时，人们就用得上家家户户都储存着的一种注射液。只需几分钟，这种药就会让小金鱼的尸体分解干净，血液便又能正常流通了。根据官方预测，政府号召每个居民每个月使用两到三瓶注射液，考虑到小金鱼的繁殖速度很快，随着时间的推移，它们的死亡频率也会不断上升。

奥朗古将军的政府给出了一个定价，每瓶注射液价值二十美元，这意味着每年会有几百万美元的进账；外国观察员们或许会认为这是一笔沉重的赋税，但居民们不这么看，因为每一瓶注射液都能重新给他们带来幸福，为此付点儿钱也理所当然。有些家庭资金不足，这是常有的事儿，政府会把注射液用分期付款的法子卖给他们，价钱自然要比一次付清翻上一番。如果这样还有人买不起注射液，那也总能找到一处生意兴隆的黑市，这是善解人意又有慈悲心肠的政府为了它的人民和几位上校的福祉默许的。贫困又算得了什么？

毕竟，大家都知道每个人都有自己的小金鱼，下一代人接受馈赠的日子也很快就会到来，他们将举办聚会，载歌载舞地庆祝。

我认为，要透彻地解释幽默这件事，理解幽默本身比试图使用总是不太牢靠的理论更有效果，所以我们将用一篇文章来结束这堂课。这篇文章没有任何除幽默以外的意图，也就是说，在这里，幽默真正被赋予了完全的自由。这篇文章也是《某个卢卡斯》里的，题目是《卢卡斯在医院里》：

卢卡斯住的是一家五星级医院，在这里，病人就是上帝，如果拒绝了他们的荒唐要求，护士们就会有大麻烦，她们一个比一个亲切，几乎永远都在说好，原因如前所述。

当然，对12号病房那位胖先生提出的要求，是没法做出让步的，他肝硬化到了那种地步，还每三个小时就要一瓶杜松子酒，可是，当卢卡斯走到走廊里好让人给他的病房通风，在候诊室里发现了一束雏菊而他几乎是不好意思地问可不可以拿上一支到他的病房，使房间里能有点儿生气的时候，女孩子们都非常乐意，忙不迭地说可以，当然可以，太可以了。

卢卡斯把花平放在床头柜上，然后按响了呼唤铃，他要了一杯水，好把花摆得更好看。护士们拿来了水杯，刚把花插好，卢卡斯又发现床头柜上满满当当的全是各种小瓶、杂志、香烟和明信片，所以呢，也许可以在床尾放一张小桌子，这样他就不用在床头柜上一大堆乱七八糟的东西中去找那雏菊，连脖子都不用转动，一眼就可以看见它。

护士立刻就拿来了他要的东西，并把插着雏菊的水杯放在他最方便看到的角度，卢卡斯表示了感谢，又顺便告诉她，来探望他的朋友很多，椅子不够用，要是能趁着有张小桌子在这里，再摆上两三把舒适的安乐椅，营造出一个更适宜交谈的氛围，那就再好不过了。

几位护士刚把椅子端来，卢卡斯又对她们说，他很感激朋友们曾花许多时间陪自己畅饮，因此，小桌子最好能弄得漂亮一点，先铺上块小小的台布，上面再放两三瓶威士忌和半打酒杯，如果可以，玻璃杯最好是带棱的那种，当然，不用说，还得有只冰桶和几瓶苏打水。

姑娘们分头去找来了各种用品，又不失艺术品位地把它们安顿在小桌上，这时，卢卡斯又指出，酒瓶酒杯一放上去，雏菊被淹没其中，美感大打折扣，其实解决的办法很简单，因为在这间病房里，真正缺的是一个柜子，好把堆在过道上柜子里的鞋子衣服放进去，然后再把插着雏菊的水杯放到柜顶，这朵花会活跃整个房间的氛围，并赋予其某种有些神秘的魔力，一切康复的关键就在于此。

姑娘们理解不了这一连串要求，但坚决执行医院的规定，她们费了好大劲搬来一个大柜子，那朵雏菊终于高高地盘踞在柜顶上，像一只略含惊讶而充满慈悲的眼睛。护士们还爬上柜子，给水杯里加了点儿清水，这时，卢卡斯闭上了双眼，说现在一切都妥当了，他想睡一小会儿。她们一把门关上，他便一跃而起，把雏菊从水杯里拿出来，扔到了窗外，因为这不是一朵他特别喜欢的花。

今天我本来打算并且希望时间能变得长一些，好让我们聊一聊克罗诺皮奥和他们的朋友或冤家，但我们还是留到下次再聊吧，因为我们只剩一点时间了，我不想这个话题讲到一半就被打断。对我，以及对你们来说，更好的选择或许是让我回答或者补充一些你们还有疑惑的问题，不过我觉得差不多所有的内容都不太好懂。好的，没问题……

学生：到目前为止，您都还没谈到在更富政治色彩的作品中的幽默问题，比如说，《曼努埃尔之书》。我希望您能稍稍讲一讲。

事实是，我们会在接下来的一堂课里专门讨论《曼努埃尔之书》，所以我不太想提前谈论这个话题，因为我得先介绍一下这本书才能解释这个问题，但我们现在没有时间了。所以，如果您不介意的话，我们就等到谈论《曼努埃尔之书》的时候再讲这个问题吧。

好了，我们已经聊了许多关于幽默的话题，但愿大家没有心情不好 ①，因为你们太安静了。

学生：您对拉蒙·戈麦斯·德拉·塞尔纳 ② 在他的杂感或者其他短小的文章中运用的幽默有什么看法呢？

我非常敬佩拉蒙·戈麦斯·德拉·塞尔纳，不管是在西班牙还是在拉丁美洲，他的作品都应该被更多人读到。拉蒙·戈麦斯·德拉·塞尔纳的绝大部分作品——或者说，他最重要的作品——都是在西班牙创作的，在西班牙内战期间，他移民到了阿根廷。他和我们一起生活在布宜诺斯艾利斯，我记得他也是在那里去世的（或许是在某个内陆城市，我不太确定）。我认为拉蒙——他喜欢大家对他直呼其名——是我们当代最伟大的幽默家之一。他创作了一些短小的警句，有些像是简短的诗歌，和日本

---

① 在西班牙语中，humor 既可以表示幽默，也可以表示情绪。"estar de mal humor" 的意思是情绪不好。
② 拉蒙·戈麦斯·德拉·塞尔纳（Ramón Gómez de la Serna, 1888—1963），西班牙作家、剧作家、诗人。

的俳句差不多，他管它们叫杂感，把任何主题都写成富有诗意或幽默（有时两者兼有）的瞬间。在他的作品中，他率先开启了超现实主义的先河；早在人们开始谈论超现实主义之前，他就已经写了一部名为《格格不入的古斯塔沃》的长篇小说。这并不是一部优秀的作品（他的长篇小说非常杂乱，但是这无关紧要），但是它营造了一种特别的氛围，各种情节在这种氛围中呈现出一种真正的超现实主义精神，令人时不时想起达利的画或者安德烈·布勒东的诗。在一个章节里，主人公在海滩上散步，海滩上铺满的是玻璃镇纸，而不是石头或贝壳。拉蒙对镇纸情有独钟，他拥有大量的收藏。他所有的朋友都送他镇纸，就像这里的一位朋友——准确地说是女性朋友——刚刚送给我一只独角兽，因为她知道我很喜欢虚构的动物。里尔克有一首非常动人的诗，里面有一只独角兽，它描述自己说"我是不存在的动物"，也就是说，它把自己定义成虚构的动物。总而言之，对拉蒙来说则是镇纸，而拉蒙那部长篇小说中浓厚的超现实主义氛围在他后来的许多作品中都有所体现。

　　我对拉蒙的崇拜一方面是因为他的创作天赋，另一方面是因为他的评论天赋。他是一个非常没有条理的评论家，从来没有写出过任何评论方面的论文杰作或是正儿八经的书籍，但是他的自由体评论中充满了非凡的美感和直觉。他给夏尔·波德莱尔的散文诗集西文版写了引言，那绝对是一篇杰作。文章题目是《破碎的波德莱尔》，我从来没有读过任何可以与这名西班牙诗人视角下的波德莱尔相提并论的法语作品。他还给奥斯卡·王尔德作品的西语版写了出色的引言，而当时奥斯卡·王尔德在西班牙和拉丁美洲的知名度相当低。总之，他撰写了一系列评论作品，其中的许多内容极富预见性，还具有非凡的洞察力和美感。

我很高兴能回答这个问题，前几天也有人提到了他（我记得是……我不确定……是您吧！），我跟他说了在一次讲座上发生的轶事：有一回，拉蒙正在布宜诺斯艾利斯举办一场关于菲利普二世和埃斯科里亚尔修道院修建时期的讲座；讲座渐至尾声，他说到了菲利普二世的最后一场病和他的临终时刻。就在此时，他看见有个人撑着伞进来，身上湿透了，他这才意识到街上正下着倾盆大雨。于是，他中断了演讲，对听众说："好吧，既然雨下得这么大，我们也不想现在就出去把自己淋湿，所以我将把菲利普二世的临终时刻再延长十五分钟。"他继续讲着，增加了很多细节，结果美妙极了，因为讲座结束的时候已经不下雨了，听众对他十分感激。

在拉蒙那个时代的西班牙，他是一位格外令人称奇的人物，尽管那时有许多作家也是出色的幽默家，比如佩雷斯·德·阿亚拉的作品中就有不容忽视的幽默元素，但拉蒙拥有独一无二的特质。要是有人问我拉蒙是不是一位伟大的作家（我不喜欢这样的等级评价），我会说他是拉蒙，他在我心中占据着一个独特的位置，一个现代文学中极其出众的位置。

学生：您同时谈到了音乐和幽默，我想知道鲍里斯·维昂①对您写作的影响。

今天是属于好问题的日子，至少对我来说是如此。你们先问起了拉蒙，现在又问到另一位我很喜爱的作家，鲍里斯·维昂。我直接回答您吧：我认为那不能说是影响；开始读鲍里斯·维昂的时候，我认为我已经非常清楚自己要走的路了，所以没法说那是影响，但我确实觉得我和他有许多共同之处，令人遗憾的是，命运从来没有让我遇见过他。或许我们曾经在大街上擦身而过，或是曾经一起搭乘过二十多趟地铁，但隔着一定距离，没能认出彼此。

不幸的是，他在很年轻的时候就去世了，当时正值他的创作高峰。在很长一段时间里，没人把他当一回事；这样的情况在幽默家身上很常见：人们倾向于不把他们当一回事，直到最终有一天他们发现，实际上，一些幽默家对问题的讨论比许多自诩严肃的作家要严肃得多。鲍里斯·维昂最初是那个时代的文学运动中的反叛者，是超现实主义者的亲密朋友，因此，他跟那些年轻的

---

① 鲍里斯·维昂（Boris Vian, 1920—1959），法国小说家、诗人、音乐家。

超现实主义者一样，参与了一系列疯狂的冒险，引起了当时文学圈中的严肃批评家的不满。随后，他开始展示自己的真实一面：一方面，他开始写戏剧剧本（有几部写得棒极了，比如《将军们的聚会》），另一方面，他在写诗的同时又着手创作长篇小说。他写了五六部，这些作品深受音乐的影响（我明白您提问的意思），尤其是爵士乐。

他曾经是一名爵士音乐家，吹小号，他和那个时代的一群巴黎小年轻一起吹小号，录了张唱片，你们要是去找的话，应该能找到；他的确吹得非常好，属于传统风格，也就是迪克西兰爵士乐。他是位出色的即兴演奏者，虽然他不是一流的音乐家，但他演奏得相当好。他热爱爵士乐，热爱那些开始每年频繁来访法国的美国爵士音乐家。他会去码头或者机场接他们，让他们住在自己家里，还成了许多音乐家的密友，比如路易斯·阿姆斯特朗，他曾经在自己的作品中多次提到他。总之，他生活在一种自由、无序、放浪不羁的氛围当中，那正是爵士音乐家巴黎夜生活的氛围。那个时代被称为圣日耳曼德佩时代，是年轻作家寻找新出路的时代，其中一些人——比如他——找到了；他的新出路是一部坚实有力的作品，一部留存史册的作品。

现在，人们撰写关于鲍里斯·维昂的论文，在他那个时代，这样的事情是会让他捧腹大笑的，因为他绝对不敢相信自己竟然会成为论文的主题。在这个意义上，我觉得自己与他很亲近，我常常重读他的作品。幸运的是，我记得有一本他的书我还没读过，我还能有福气再读一本他的书。

学生：他对您没有影响吗？

我觉得没有，但是作家不必关心影响的事，因为他几乎不可能意识到这一点。作家知道自己何时在模仿，没错：模仿者总是觉得良心不安。所有的小博尔赫斯、小罗亚·巴斯托斯、小萨巴托都有些缩头缩脑地生活，因为他们清楚自己是在模仿，他们这么做是因为他们相信，无论如何，总有一天这种模仿会带来好的作品。（一般来说，这并不会发生。）影响和模仿是截然不同的：影响是潜移默化的，只有评论家才能发现一位作家真正受到过的影响。或许有一天，某位评论家能完美地论证鲍里斯·维昂对我的影响。

学生：您吹什么类型的小号呢？

我什么类型的小号都不吹，我以前是吹着玩儿的。

学生：有几个朋友跟我说您吹小号。

那是他们希望我吹小号吧，但在很多年前，因为工作的关系，甚至是出于非常实际的原因，我不再吹小号了，因为在巴黎，只要一吹小号，警察就会出现。所有的邻居马上就会开始抱怨！小号这种乐器是藏不住的，所以它只能成为我的回忆。况且我总是吹得很糟糕，仅仅是为了自娱自乐。我一直处于非常非常业余的水平。

学生：您和我们谈到了阿根廷幽默作家的先驱马塞多尼奥·费尔南德斯。我觉得帕伊罗也值得一提。

罗贝尔托·J.帕伊罗吗？是他吧？没错，我只提到马塞多尼奥·费尔南德斯是先驱，却没有提到帕伊罗，这可能不太公平。的确，罗贝尔托·J.帕伊罗写了一些以田园生活为主题的短篇小说，他写得很好，极富地方色彩，用了很多反语，还经常使用大量的幽默元素。在我的印象里——但是我可能说得不对——他在阿根廷并没有很大的影响力；在他出书的那几年，他很受欢迎，但后来豪尔赫·路易斯·博尔赫斯那代人出现了，而这些新作家的出现十分引人瞩目，帕伊罗很快就成为过去时，成了阿根廷文学祖父式的人物，他地位崇高，但我认为他并没有什么特别重大的影响力。无论如何，我十分享受读《帕戈·奇科的故事》。他创造了一方小天地，可以说是那个时代的马孔多吧，那里的人物经历了许多冒险。我已经不记得那些人物了，但是作者详细地描绘了阿根廷大草原上一座小村庄里的生活，有村长、职业政治家、赌徒、商贩，讲述了他们的小故事、他们的冒险。帕伊罗的问题在于他从来没有去进行深入的探讨，他永远浮于相对肤浅的表面；他的作品本可以揭露当时在阿根廷发生的许多严重的事，但他并没有这么做。他是个情愿停留在讽刺、美学层面的人，这一点他也确实做得很出色。

啊，你们应该挺想走了。除非还有别的问题……没了吗？那我们周四再见。

第六课　文学中的游戏性与《跳房子》的创作历程

　　我有一个小小的民主式任务要完成，这和你们正在写的作业有关，作业的主题我已经跟你们当中绝大部分人单独商议过了。我知道大家想知道这些作业要什么时候上交，我跟大家说明一下，我在这儿的最后一堂课是在十一月二十号，所以，在同一天，也就是十一月二十号，所有的作业都务必交到系里的秘书处。就是这些。在我们谈论好玩的事情之前讲这些事真挺傻的……

　　前几天我们讲了音乐和幽默，以及它们和文学的关系——当然了，不仅仅是我的文学作品——时间勉强够用。正当我们要进入第三阶段，谈论游戏性以及它与文学的联系时，我们没时间了，所以我们今天将用这堂课的前半部分时间——在我们应得的课间休息时间之前——来谈一谈游戏性，因为我一直特别想在作品中运用它，我之所以这么做，是基于一种许多作家都排斥的观念：游戏的观念。尤其是在拉丁美洲（我估计在欧洲和美国也是如此），许多作家都极其严肃，以至于连人们可以在他们的作品里指出游戏元素的想法都会冒犯到他们，甚至——既然我们之前已经谈论过幽默了——直到近年，在拉美，要是给某个作家贴上幽默家的标签，那就意味着他在审美上被认为比作家、长篇小说家、短篇小说家或者诗人更低级。幽默家是一个非常明确的定义，会将这位作家归类于某个特定的主题线之中，再无其他可能；而文学中的游戏性长期以来也遭遇了同样的情况。我认为这些分类和标签正在迅速地衰落，不仅作家明白这一点，读者也同样知道。现在，读者在文学中寻求的是免于被标签化的元素，这些元素让他们不安，使他们激动，将他们置于一个游戏或幽默的世界，这在某种程度上丰富了他们周遭的一切，强化了他们对现实的领悟和欣赏能力。

在以往几十年里，最宽泛意义上的游戏在文学界并不被人认可。通过各类书籍和文学论述很容易就能证实这一点，但如今在拉美——对此我感到特别高兴——游戏开始成为我们丰富表达的一部分，成为一种文学的表现手法。跟幽默的情况一样，我们也得小心：不要把"游戏性"的概念和没有意义的普通游戏相混淆。你们大概还记得，前几天，我们试图明确地区分幽默和滑稽；同样地，当我们谈论文学中的游戏元素时，我们谈论的不是普通的、肤浅的内容，而是许多作家面对自己的作品和处理某些主题时会有的态度，这种态度就可被称为"游戏性"。

首先，作家玩文字游戏的时候是非常认真的。他在游戏中支配着一门语言无穷无尽的可能性，他得搭建结构、筛选、排除，最终把不同的语言元素组合起来，好让他想表达和试图传达的一切以最准确、最有效的方式呈现出来，并在读者心中产生深远的影响。如果你们还记得自己的童年的话——我相信大家都记得，虽然我们在记忆中些许改变了它的原貌，但是无论如何，我们都记得自己的童年——我敢肯定，你们都清楚地记得自己在玩游戏的时候是非常认真的。游戏是一种消遣，这是自然的，但对于我们来说，它是极具深度和意义的消遣。我不知道我有没有在课上说过，但无论如何，我想再重复一遍，我清楚地记得，在我还是个孩子的时候，如果有人由于某些原因突然打断了我的单人游戏或是我跟朋友们玩的游戏，我会觉得受到了冒犯和侮辱，因为我觉得他们并没有意识到我和朋友们玩的游戏对我们来说有着非常重要的意义。这是一套完整的规则，完整的体系，一个完整的小型世界：足球场或网球场的世界，象棋比赛的世界，纸牌游戏或弹珠游戏的世界。不论是最复杂还是最简单的游戏，我们在玩的时候就已经进入了专属于我们的领地，只要游戏还在继续，这个领地就极其重要。

即使是人们随后进入了文学领域，这一点也会延续下去；对我来说便是如此：我一直觉得，文学中存在着一种非常重要的游戏元素，就像我们谈论幽默时说的那样，当游戏的概念被运用于写作、主题，以及文字内容的理解方式时，它便能赋予创作表达一种动力、一种力量，那是严肃和正式的文字——即使它写得很好、设计得很妙——所无法传递给读者的，因为在某种意义上，所有的读者都是玩游戏的人。于是就会出现一种辩证关系，人们接触并接受了这些观念准则。

在五十年代，经历了一段时期之后（过会儿我将给大家概括一下），我写了一系列短文，它们后来被发表在一本叫作《克罗诺皮奥和法玛的故事》的书里。到那时为止，我已经写了一两部长篇小说和一系列幻想短篇小说；我写的所有作品都可以被归为"严肃文学"（得加上双引号），也就是说，即便作品中有游戏元素——我清楚地知道它们确实存在——它们也被隐藏在沉重的情节与对深邃价值的探索之下。事实上，当我让最亲近的朋友阅读那些克罗诺皮奥与法玛的故事时，他们的第一反应都是趋于否定的。他们会对我说："你怎么能浪费时间写这些文字游戏呢？你这是在玩儿呀！为什么要浪费时间做这种事呢？"我进行了反思，并且坚信（我现在依然坚信）我没有浪费时间，我只是在寻找（有时也能找到）一种表达我对现实的直觉的新方法。我持续创作这种小短文，直至它们最终集结成一本书。这本书出版之后，我非常高兴，因为在拉丁美洲，有许许多多的读者也懂得怎么玩游戏。就像一首古老童谣唱的那样，"他们知道如何打开大门出去玩游戏"（这是阿根廷的孩子们从小唱的歌）：读者们知道怎么打开大门，他们在游戏里得到的并不是琐碎或肤浅的东西，而是别样的意义；能不能找到这种意义取决于他们自己，但无论如何，所有读者都会立马意识到，这些文章可以是非常轻盈活泼的，它们本身没有任何意义，但是它们所蕴含的游戏的概念是一则信息——它们传达了我想传达的某些内容，且这种内容被接收了。

对我来说，克罗诺皮奥与法玛的故事的发端是一个谜，我从来不知道自己是怎么开始的。事情始于某一天，我在巴黎的一家剧院里，音乐会前后两场中间有一段休息时间，我当时一个人，心不在焉的，可能是在思考什么，但也可能什么都没在思考，就在这个时候，我看见——当然了，是在我的脑海中看见的——几只在空气中漫游着的生物，长得像绿气球。我把他们当成了绿气球，但他们长着耳朵，身形有点像人类，可又并不完全是人类。与此同时，我的脑海里浮现了这些生物的名字：克罗诺皮奥。（后来，评论家研究了克罗诺皮奥这个词是否和时间有关，因为时间之神就叫克洛诺斯。不，完全无关：它和时间没有任何关系。我想出了克罗诺皮奥这个词，就和这些年来我想象出来的其他许多词一样，它和那些飘浮在空气中的非常可爱的生物联系了起来。直到音乐会下半场开始，我才把它忘记。）在我回到家后的几天里，他们又一次出现在我的眼前；紧接着出现了某种分解：我不知道克罗诺皮奥究竟是什么，也不知道他们是怎么样的，我什么都不清楚，可是某种分解发生了，因为出现了克罗诺皮奥的冤家，我把他们叫作法玛。（法玛这个词也是我那样想出来的。在西班牙语中，它的意思是名气、名声、名誉；显然，这里有一点讽刺的意味，因为我总会想象法玛们伸长脖子、打着好几条领带、戴着帽子、显得自己十分重要的样子。）这种分解自然而然地发生了：我感觉到了克罗诺皮奥们的真正模样，与法玛们截然相反，他们是非常自由、混乱、疯狂的生物，他们干得出最糟糕的蠢事，同时又很机灵，很有幽默感，颇有本领；而在我看来，法玛们则是良好行为、秩序，以及必须完美运行的各种事物的代表，因为如果他们不这么做的话，就会受到制裁和惩罚。分解发生的时候，我以为事情已经结束了，这只不过是我的幻想而已，但是突然出现了第三类人物，他们既不是克罗诺皮奥也不是法玛，我立即称他们为埃斯贝兰萨。（我永远不会知道自己为什么把他们叫作埃斯贝兰萨，这个词就这样出现在我的脑海里。）这类人物差不多介于两者之间，因为他们有一些克罗诺皮奥的特点，主要体现在他们有时候表现得相当愚蠢：他们很天真，无忧无虑，会从阳台和树上掉下来；与此同时，和克罗诺皮奥完全相反，他们非常尊敬法玛。在几则故事中，我把埃斯贝兰萨刻画为雌性形象，但其实这

个词包含了阳性和阴性意义①，克罗诺皮奥也同样如此：我写的是
克罗诺皮奥这个词，但也可能存在着克罗诺皮娅和克罗诺皮奥，
尽管我在写作的时候从来没有用过这个词的阴性形式。埃斯贝兰
萨一方面很欣赏克罗诺皮奥，但也很害怕他们，因为克罗诺皮奥
净干蠢事，而埃斯贝兰萨很害怕这一点，因为他们知道法玛们会
生气。

　　这个小世界——你们已经知道了这个游戏的世界是怎么样
的——在一系列小故事中被构建起来。如果你们手头有这本书
的话，你们会发现前几页里的内容十分令人困惑，因为我自己
也不清楚法玛和克罗诺皮奥究竟是怎么样的。起初，法玛有一
些克罗诺皮奥的特点，但后来事情变得明晰起来，从第四五篇
故事开始，他们就已经是我想要描绘成的样子了。在理论层面
上，关于我的克罗诺皮奥和他们的朋友们，我认为我并没有什
么可说的，因为我自己也知道得不多；我已经把自己知道的一切
都写下来了，而且，我觉得有他们出场的文本很好地描绘、展示
了他们，所以我打算给大家读几则有关克罗诺皮奥和法玛的故事，
它们很短，能给大家展现他们不同的态度和反应。比如，我这儿

---

① 在西班牙语中，以"a"结尾的名词一般是阴性名词，以"o"结尾的名词一般是阳
性名词。埃斯贝兰萨（Esperanza）这个词以 a 结尾，所以科塔萨尔在这里有这种说
法。他的意思是，埃斯贝兰萨这个词虽然是阴性的，但这类生物不仅有雌性的，还有
雄性的。同理，下文提到的克罗诺皮奥（Cronopio）为雄性，克罗诺皮娅（Cronopia）
则是雌性。

有一篇叫作《旅行》的短文，是这么开头的：

　　法玛出门旅行时，习惯这样在城市里过夜：一只法玛前往酒店，谨慎地调查价格、床单的质量和地毯的颜色；第二只法玛前往警察局，撰写文书，申报他们三人的动产、不动产，列出手提箱内的物品清单；第三只法玛前往医院，抄下值班医生的名单和他们的专长。

　　完成这些事务之后，旅行者们会在城市里最大的广场上集合，互相交流他们的考察所得，然后走进咖啡馆喝一杯开胃饮料。但在此之前，他们牵起手跳一支圆圈舞。这种舞被称作"法玛的喜悦"。

　　克罗诺皮奥出门旅行时，酒店已经满员，火车已经开走，天上下起暴雨，出租车要么拒载，要么向他们收取高昂的费用。克罗诺皮奥们并不感到沮丧，因为他们坚信大家都会遇到这样的事。睡觉的时候，他们对彼此说："多美丽的城市，最美丽的城市。"他们整夜都梦见城里举行盛大的派对，而他们被邀请参加。第二天他们兴高采烈地起床。克罗诺皮奥就是这样旅行的。

　　埃斯贝兰萨是定居者，任由别人到他们那里旅行，而他们就像是雕像，人们得自己走过去瞧，因为他们怕麻烦。

回忆的保存方式

为了保存回忆，法玛们用以下方法对其进行防腐处理：用毛发和标记将回忆固定，然后用黑色床单从头到脚地把它包裹起来，在大厅里靠墙放好，贴上一个小标签，上面写着："前往基尔梅斯的远足"或者"弗兰克·辛纳屈"。

相反，克罗诺皮奥们，这些没有条理、半心半意的家伙，他们任由回忆散落在家里，散落在快乐的叫喊之间，他们在家中穿行，当一个回忆奔跑着经过，就温柔地爱抚它，对它说"小心受伤"或者"当心台阶"。因此，法玛们的房子有序而安静，克罗诺皮奥们的房子则是吵吵嚷嚷的，房门哐当直响。邻居们总是抱怨克罗诺皮奥们，法玛们深表理解地点点头，接着回去查看标签是否都贴在了正确的位置上。

这篇文章叫作《生意》：

法玛们开办了一家浇水管工厂，聘用了许多克罗诺皮奥来收卷和存放浇水管。克罗诺皮奥们刚到达工作场地，就感到极大的喜悦。浇水管有绿色、红色、蓝色、黄色和紫色，都是透明的，试用的时候，可以看见里面的水流携带着泡沫，有时还能看见一只惊惶的虫子。克罗诺皮奥们发出激动的叫喊，他们想跳特雷瓜，想跳卡塔拉，不想工作。法玛们非常生气，马上执行了内部规章第二十一、二十二和二十三条，旨在避免再次发生类似情况。

法玛们非常粗心大意，于是克罗诺皮奥们等待有利时机，把无数的浇水管装上了一辆卡车。当他们遇见小女孩的时候，就剪下一截蓝色的浇水管送给她，让她可以玩跳绳游戏。就这样，在每个街角都可以看见美妙的透明蓝色泡泡诞生，每个泡泡里都有一个小女孩，就像转笼里的松鼠。小女孩的父母想要抢走浇水管去给花园浇水，但大家都已经知道，狡猾的克罗诺皮奥在浇水管上扎了孔，因此水流从浇水管中四散开来，完全无法使用。最后，父母厌烦了，小女孩来到街角跳呀跳。

克罗诺皮奥们用黄色浇水管装点了许多座纪念碑，用绿色浇水管在玫瑰园里铺设非洲式陷阱，他们想看到埃斯贝兰萨们挨个掉进去。在掉入陷阱的埃斯贝兰萨周围，克罗诺皮奥们跳着特雷瓜，跳着卡塔拉，而埃斯贝兰萨们指责他们的行为，这样说道：

"可怕的克罗诺皮奥真可恨。可恨！"

克罗诺皮奥们并不想伤害埃斯贝兰萨，他们帮助埃斯贝兰萨站起来，还送给他们几截红色的浇水管。这样埃斯贝兰萨们可以回到家里，实现他们最强烈的愿望：用红色的浇水管给绿色的花园浇水。

法玛们关闭了工厂，举办了一场宴会，发表悲惨的演说，服务员在叹息中端上鱼肉。他们一只克罗诺皮奥都没有邀请，只邀请了那些没有掉入玫瑰园陷阱的埃斯贝兰萨，因为其他的埃斯贝兰萨还都留着一截浇水管，让法玛们怒意难平。

接下来这个故事非常非常短，是关于一件某次差点发生在我身上的事：

故事

一只小克罗诺皮奥在床头柜上寻找大门的钥匙，在卧室里寻找床头柜，在房子里寻找卧室，在街上寻找房子。克罗诺皮奥在这里停住了，因为上街需要大门的钥匙。

这篇叫作《考察员》：

三只克罗诺皮奥和一只法玛组成洞穴学考察队，联合探查一眼泉水的地下源头。他们来到了洞穴入口，一只克罗诺皮奥在另外两只的帮助下进入洞穴，背着一袋他最喜爱的三明治（夹奶酪）。另外两只克罗诺皮奥操控绞盘，慢慢地让他下降，而法玛在一个大笔记本上记录考察的细节。很快传来了克罗诺皮奥的第一条消息：他很气愤，因为他们弄错了，给他装的是火腿三明治。他晃动绳子，要求把他拉上去。操控绞盘的两只克罗诺皮奥苦恼地看向对方，意在询问，而法玛挺起他高大的身躯说道：不行。法玛的反应过于强烈，于是两只克罗诺皮奥松开了绳子，上前安抚他。当他们正忙于此事时，另一条消息传来，那只克罗诺皮奥正好落在了泉水的源头处，他从那里通报说，进展太糟糕了，他一边咒骂一边哭泣，所有的三明治都是夹火腿的，不管他怎么翻检，在所有的火腿三明治中间没有一块夹奶酪的。

有时候，埃斯贝兰萨和克罗诺皮奥不得不互发电报，这里有几封，是两三种电报样式的代表：

在拉莫斯·梅希亚和别德马，一只埃斯贝兰萨和她姐姐互通了如下电报：

你忘了金丝雀乌贼骨。蠢货。伊内思。
你才蠢。我有备用。艾玛。

《克罗诺皮奥们的三封电报》。第一封：

意外坐错火车应坐七点十二实坐八点二四现在奇怪地方。邪恶人点邮票。此地超阴森。我不信他们会发出此电报。我可能要病倒。我说过本该带上热水袋。非常沮丧坐在楼梯上等回程火车。阿尔图罗。

克罗诺皮奥的第二封电报：

不。四比索六十分不然不买。如果能便宜就买两双，一双无花，一双条纹。

最后一封电报：

我发现埃斯特姨妈在哭，乌龟生病。也许草根有毒，或者奶酪放坏。乌龟，脆弱动物。有点笨，不会鉴别。不幸。

有一次，我想起了伊索，那个以道德教化为目的、让动物说话的希腊寓言作家，于是写了几则完全不以说教为目的的小寓言，我把它们叫作《自然故事集》，也就是克罗诺皮奥们的自然故事。这一篇叫作《狮子与克罗诺皮奥》：

一只克罗诺皮奥在沙漠里游荡，遇见了一头狮子，于是发生了以下对话：

　　狮子：我要吃了你。

　　克罗诺皮奥（极其痛苦，但很有尊严）：那好吧。

　　狮子：啊，不是这样。殉道者我不接受。你快哭吧，或者反抗，二选一。你这样我不能吃。来吧，我等着。你什么都不说吗？

　　克罗诺皮奥什么都没有说，狮子很困惑，直到他想出了一个主意。

　　狮子：还好我左手有一根刺，让我很恼火。你帮我把这根刺拔出来，我就原谅你。

　　克罗诺皮奥帮他拔出那根刺，狮子离开了，没好气地嘟囔：

　　"谢谢，安德鲁克里斯①。"

　　这里影射了罗马历史……接下来的这个故事有点粗俗，叫作《神鹫与克罗诺皮奥》：

　　一只神鹫如闪电般扑向在蒂诺加斯塔散步的克罗诺皮奥，

----

① 公元2世纪格里马斯所写故事中的一个逃亡奴隶，曾为一头狮子拔出足底刺，后来和这头狮子在竞技场遭遇时，狮子认出了他并拒绝攻击。

它把克罗诺皮奥按在花岗岩墙壁上，狂傲地与他对话：

神鹭：你敢说我不美丽。

克罗诺皮奥：您是我见过最美丽的鸟。

神鹭：继续。

克罗诺皮奥：您比天堂鸟还要美丽。

神鹭：你敢说我飞得不高。

克罗诺皮奥：您飞得太高了，高到让我眩晕，完全超音速，飞在平流层。

神鹭：你敢说我难闻。

克罗诺皮奥：您比整整一升的让-玛丽·法里纳古龙水还好闻。

神鹭：真是个混蛋。一点下嘴的地方也不给我留。

这一篇叫作《花与克罗诺皮奥》：

一只克罗诺皮奥在田野里发现了一朵孤零零的花。起初，他想把花摘下，

但他想到这是一种毫无意义的残忍。

他跪在花的旁边，愉快地和它玩耍，也就是：抚摸它的花瓣，给花吹气让它跳舞，像蜜蜂一样嗡嗡叫，闻一闻它的香味，最后躺在花底下，被宁静环绕，进入了梦乡。

花儿想："他像是一朵花。"

这篇叫作《法玛与桉树》。故事最后提到了在阿根廷非常流行的止咳药，叫巴尔达薄荷片。我不知道这种药片在美国出不出名，但在阿根廷它非常有名。

一只法玛在森林里游荡，尽管不需要柴火，他依然贪婪地盯着所有的树木。树木们非常害怕，因为它们了解法玛们的习惯，担心最糟糕的事情发生。森林里有一棵美丽的桉树，法玛一看见它，就发出快乐的叫喊，围着那棵惊慌的桉树跳起特雷瓜，跳起卡塔拉，口中念叨着：

"抗菌的树叶，健康的冬天，十足的卫生。"

他取出一把斧头，毫不在意地砍向桉树的腹部。桉树发出呻吟，它伤得很重，奄奄一息，其他树木听见它的叹息：

"这白痴明明只需要买些薄荷片。"

最后一则寓言叫作《乌龟与克罗诺皮奥》：

现在有这样一件事：乌龟们很自然地成了速度的狂热崇拜者。

埃斯贝兰萨们知道了，他们并不在意。

法玛们知道了，他们取笑乌龟。

克罗诺皮奥们知道了，每当遇见乌龟，他们就会拿出装满彩色粉笔的盒子，在乌龟圆圆的黑板上画一只燕子。

我想给大家读最后一篇文章，以此结束克罗诺皮奥这个话题，不过我找不到书签了。啊，在这里！题目是《独特性与普遍性》：

一只克罗诺皮奥正要去阳台边刷牙，他看见早晨的太阳和天空中流动的美丽的云朵，感到由衷的快乐，他用力一挤牙膏管，挤出了一条长长的粉色丝带。他在牙刷上涂上了如同小山一般的牙膏之后，发现牙膏还多出一些，于是他开始在窗前摇晃牙膏管，粉色的牙膏块从阳台落到了大街上，几只法玛正聚在那里讨论市政新闻。粉色的牙膏块落在了法玛们的帽子上，与此同时，那只克罗诺皮奥在楼上高兴地唱歌刷牙。法玛们对克罗诺皮奥这种不可思议的粗心大意感到出离愤怒，他们决定任命一支代表队，立马前去谴责那只克罗诺皮奥。这支由三只法玛组成的代表队上楼来到克罗诺皮奥家斥责他，对他说道：

"克罗诺皮奥，你弄坏了我们的帽子，你得赔钱。"

然后，他们更加威严地说道：

"克罗诺皮奥，你不该这么浪费牙膏！"

我觉得，我挑选的这几则克罗诺皮奥和法玛的小故事展现了我是如何理解文学中的游戏元素的，而这种游戏性有时候会比游戏本身、比玩笑本身的魅力更有意义。如果大家还想知道什么有关克罗诺皮奥的有意思的事，就让我们趁现在来讨论吧，之后我们会过渡到另一个非常不同的话题。

学生：我有一个问题：您还在创作这种风格的作品吗？还是说您只在某一段时间里进行这样的创作？

这只持续了一段时间，因为在我写完这一系列小故事之后——我记得我一共写了十五或二十天——它们就变得过于容易了，因为克罗诺皮奥、法玛和埃斯贝兰萨的形象可能会变得刻板，成为某种东西的象征，这样很危险。一旦事情变得容易，我总是会对继续做这件事产生怀疑。我记得，在我很年轻的时候，我读到了法国作家安德烈·纪德的一句话，对我来说，它是一个作家所能给另一个作家最重要的忠告和指示。纪德说："永远不要依赖于已经习得的技能。"这看似不合逻辑，但实际上，如果大家长时间地从事一项工作，并且就此掌握了那项技能，就会产生继续做下去的欲望；这是作家、音乐家和画家都会经历的状况，他们一旦找到了某种方法，就会无限地重复下去，有时会持续一辈子。一名幽默家曾指责法国长篇小说家弗朗索瓦·莫里亚克，说他把同一部长篇小说写了六十遍。事情发生了一点儿变化……阿莱霍·卡彭铁尔在他那部精彩绝伦的小说《巴洛克音乐会》里（我真心推荐给大家，因为里面的幽默运用得出色极了）想象了一场发生在维瓦尔第[1]和斯特拉文斯基[2]之间的对话。他们生活在不同的时代，这场交谈自然是不可能发生的。对话中，斯特拉文斯基嘲笑维瓦尔第，对他说："到头来，您把同一支协奏曲写了六百遍。"（这种说法还是有一点真实性的。）而维瓦尔第回答："没错，但我可没给巴纳姆[3]马戏团里蹦跶的跳蚤写过波尔卡。"斯特拉文斯基的确收过钱写了这么一首……

说回到"重复"这个概念上来，有一段时间，克罗诺皮奥们很轻易就能出现在我的身边，于是我说："好了，够了。"我在其他的文章里也用了"克罗诺皮奥"这个词，还用克罗诺皮奥来做比喻；我经常说"某某是克罗诺皮奥或是有克罗诺皮奥那样的行为"，但我再也没有写过有关克罗诺皮奥的故事了。我听从了纪德的建议，他们的故事到此为止了。

---

[1] 安东尼奥·维瓦尔第（Antonio Vivaldi，1678—1741），意大利巴洛克音乐作曲家。
[2] 伊戈尔·菲德洛维奇·斯特拉文斯基（Igor Fedorovitch Stravinsky，1882—1971），美籍俄国作曲家、钢琴家和指挥家。
[3] 指美国马戏团经纪人、演出者费尼尔斯·泰勒·巴纳姆（Phineas Taylor Barnum，1810—1891）。

学生：这些刻板的人物形象与您提到的自己的历史阶段有关吗？还是说，它们完全不相关呢？

没有什么关系，因为要离婚①的话，得先结婚呀……它们连订婚都没订过。我和你们讲过，克罗诺皮奥们是我抵达法国后不久，在巴黎的一家剧院里想到的——应该是在一九五二年——但几乎所有这些故事都是我次年在意大利工作时写的。

学生：这些故事对当时拉丁美洲的年轻人起到了什么作用呢？或者说，对于如今正在重建祖国的尼加拉瓜人来说，读这些故事能有什么价值和重要意义呢？这是我提问的本意。

正如我刚才说的那样，我写这些故事不是为了让它们有任何历史意义。事实是，文学作品有时候会拥有非常奇怪的命运和路途，完全脱离了作者的掌控。为了直接回答您的问题，我举个例子。显然，对于正在经历拉丁美洲政治和历史剧变（一般都很悲惨）的人来说，这些克罗诺皮奥的故事没有任何意义，他也不可能对它们感兴趣。但这正是偶然性与游戏性发挥作用的时候，因

---

① 上文学生提问里的"不相关"，用的词是 divorciado，这个词也有离婚的意思。

为那些斗士、那些数次面对死亡的人在休息放松的时候会寻找游戏元素，因为他们需要它，而他们也经常读书，听一些与当前任务毫无关系的音乐。切·格瓦拉在他的外套口袋里放着杰克·伦敦的小说，而那些故事准确说来并不是军事故事：它们是阿拉斯加的冒险，丛林的冒险，是人们与死亡、动物、猛兽斗争的故事。他随身带着这些故事，一如他也可能这样带着一本诗集：它们是他工作间隙放松时的补偿。我很高兴您提出了这个问题，因为如果您不问的话，我是绝对不会跟大家说这些的。这样很好，因为我很喜欢受到启发，就像我也试图启发你们那样。

我在古巴的时候，有一天晚上，一个我非常信任的朋友来找我，对我说："有一群人想跟你谈谈。"我说："好啊。"我怀疑那群人只是路过而已——这件事发生在古巴革命初期，也就是一九六四或六五年——所以我觉得他们应该不是古巴人，而是路过那里，不能透露自己的姓名。"太好了，如果他们想跟我谈的话，那就带我去吧。"这个朋友把我带到一座房子跟前，对我说："是这样的，你会在黑暗里和这群人会面，个中原因你懂的。"我说："当然了，我完全能理解。如果他们想见我，他们将没法看见我的样子，但是他们能听见我，我也能听见他们。"我们走进那座房子，穿过几条走廊，来到了一间漆黑的房间。通过声音，我分辨出那里有五个男孩和两个女孩，他们都很年轻，带有属于某个拉美国家的口音，但国家的名字我不能说。那几个年轻人告诉我：

"我们想见您，想跟您聊一会儿，是想告诉您，我们在工作（基于那次会面的私密性，我能想象出他们是做什么的）的休息间隙中很喜欢读您写的克罗诺皮奥的故事。我们当中总会有人在口袋里揣着这本书。"此外，其中一个女孩也告诉我："我们之前不小心把这本书弄丢了，后来找到的时候，发现它被狗啃坏了一大半；如今书只剩下了十五页，我们每个人都在口袋里放了一页。"我不知道这是否回答了您的问题，但是我很高兴能讲这个故事。

学生：您能谈一谈您作品中的游戏结构所体现的诗歌元素吗？

诗歌元素是一个内容繁多、十分复杂的话题，因为诗歌显然在本质上与散文有所不同，它能够包含、也经常包含游戏元素：许多诗歌都包含了游戏元素，甚至可以说，在某些非常精准的诗歌形式中（比如十四行诗），形式本身就是一种游戏，因为这种游戏的规则是，诗人务必在不容例外的限定框架下，阐述一种思想、一种观念，也就是诗人想说的话。这和网球比赛的道理是一样的，绝对不能违反比赛规则；必须遵守它们，否则选手就会被淘汰。不遵守游戏规则的十四行诗作者会被他的读者淘汰；如果他的哪一行诗有十二个而不是十个音节，那么这首十四行诗就永远地失败了。

诗歌中的游戏元素常常体现在形式之中；诗人以作十四行诗为乐，最精彩的例子便是一位西班牙诗人的杰作，他写了一首解释该如何写十四行诗的十四行诗：

> 比奥兰特命我作一首十四行诗，
>
> 我这辈子从没陷入如此窘境。
>
> 人说十四行诗句不就成了首十四行诗：
>
> 不知不觉已有三行写完。

作者以解释自己已经写完了前三行为第一节四行诗作结。你们已经看到了，这多么好玩呀；我想象不出比这更好玩的了。洛佩·德·维加在写这些十四行诗的时候，肯定快活得像个孩子吧，事实上，他的确是个才华横溢的孩子。在贡戈拉[①]和克维多[②]的许多十四行诗中，除了十四行诗或其他格律形式（十行诗、八行体诗，等等）的结构外，诗人还能在行间韵上做文章。我们就举个美国的经典例子吧，《乌鸦》，埃德加·爱伦·坡的一首伟大的诗歌，它有两套韵律体系：经典的尾韵与每行诗句中的中间韵，爱伦·坡肯定在这些行间韵上花费了大量功夫，最后他出色地完成

---

① 路易斯·德·贡戈拉·伊·阿尔戈特（Luis de Góngora y Argote, 1561—1627），西班牙诗人。

② 弗朗西斯科·德·克维多·伊·比列加斯（Francisco de Quevedo y Villegas, 1580—1645），西班牙诗人、贵族。

了，因为这是一首充满魅力的诗，是一首能把读者迷住的诗，因此它是最适合大声朗读的诗歌：行间韵与尾韵互相呼应，形成诗行的游戏，它制造出一种催眠的氛围，强化诗歌出色的戏剧效果。您发现了吧，在很多情况下，游戏性也是诗人的同谋。

学生：说到那些不太受重视的文学形式，我听说法国有一股完全用漫画来写小说的新潮流，就像连环画那样。您认为这种文学形式能走得长远吗？

我很愿意回答您的问题，但前提是我得读过这些小说，可我一本都没有读过。这几年，法国也出现了很多包含了游戏元素的小说，但在我看来，这种元素是比较消极的（这并不是您说的那种情况，我指的是另一种）。举个例子，有位极其聪明、手法老练的作家名叫乔治·佩雷克，他写了一部名为《消失》的长篇小说。当你开始读这本书的时候，《消失》这个标题就会引起你的注意，因为很显然，谁都没有消失，但接着往下读你就会注意到文字风格有点奇怪：它非常流畅，把想表达的一切都说清楚了，它讲述了一个长达好几个章节的故事，而一直到结尾都没有人消失，但正是在这个时候，你意识到，没错，消失的东西是元音 e。书里从头到尾都没有出现一个 e。就像法国人说的那句 "il faut le faire!"[①]——必须这么做，真的，因为我能想象佩雷克费力地为拼凑出一个个没有字母 e 的句子而度过的不眠之夜，而且他的姓是佩雷克，里面有两个 e[②]……也许正是这个原因，他把它们从书里去掉了。

我不想太过苛刻地谈论这个问题，因为它很复杂，但我注意到，在近几年的法国虚构文学中，真实的深度被对妙趣和辞藻的追求替代了，就像我们刚刚谈到的那个例子一样。您刚刚提到，在一些小说中，作者并没有什么可说的，而他自己也明白这一点。正是因为他知道自己没有什么了不起的经验可传授，所以他绝望地在游戏元素上押宝，并创造出一种机制："我要用这种方式来创作这部小说"，"我想这样或者那样做"。在技术层面上，这么做能够创造出很美妙的东西，甚至能带来具有实验性质的作品，不过，作为一种文学产出，我个人很少对这类噱头感到满意。

学生：您在《八十世界环游一天》里谈到了小说《天堂》中的一个人物。莱萨马·利马也会使用游戏元素。您能稍稍谈一谈莱萨马·利马和贡戈拉吗？您认识莱萨马·利马吗？

是的，当然认识……

---

① 意为"真有他的"。
② 佩雷克写作 Perec。

学生：您能再多谈谈有关他的事吗？

我当然能聊聊莱萨马·利马，但这得花上好几天的时间。

学生：主要是谈谈那个人物，他走在大街上，望着玻璃橱窗，创造的意象都变成了幻灯片……

我记得在之前的一堂课上我们已经谈论过莱萨马了。我记得，我们说到过我认识他，我们是很好的朋友，他经常笑，因为我管他叫"宇宙大胖"。莱萨马很胖，我之所以叫他"宇宙大胖"，是因为他的世界包含了宇宙，而不仅仅是当下的现实。他很喜欢我这么叫他；这并不是不尊重他，实际上正好相反。

游戏元素在莱萨马·利马的作品中是很重要的。具体来说，他在《天堂》中使用的许多意象都非常精致，富有内涵，极具幽默色彩。很遗憾，我记得的并不多；我模糊地记得有这么一个意象，他通过使用幽默元素来达到一种批判的效果，这是非常了不起的。他谈到的是一个德国女人，他说："著名的（人名是我编的，但意象是同一个）赫特鲁迪斯·威登斯坦是当年最著名的瓦格纳风格女歌手，在已然功成名就之后，她决定隐退，奔赴中国，在人生暮年成为皇帝的情人。"我觉得这个意象非常出彩，因为它体现出这个女人虚伪的谦虚，将成为中国皇帝的女情人谦称为凑合。这种意象有很多。举个例子，莱萨马·利马用佛教的涅槃概念——一种极其安详的状态（我猜是这样的，我不是佛教徒，对佛教懂得也不多）——来形容一个在派对上玩得很不开心的人，他写道："他无聊得就像一只涅槃中的旱獭。"这类意象证明了他对游戏元素的感受力，而莱萨马·利马说话时——我好像已经说过了——跟他写作的时候一模一样。很多人谴责他的文字矫揉造作；他的文字一点也不矫揉造作：他说话就那样。他的智慧浩渺无边（那同时也是一种纯真的智慧，因为其中包含着极度的天真）他会和任何人交谈，比如，站在街角的警察，而才刚说了两三句话后，他就会开始谈到赫拉克利特、伏尔泰，然后提到他脑海中游荡着的其他人物。当然了，这位警察会目瞪口呆地看着他，因为他觉得这是个疯子。莱萨马说话的这种方式——不断地使用隐喻——自然而然地进入了他的书里。

我本来不想再说一遍的，因为那天我们谈到他的时候，我已经跟大家讲了那个朋友在他犯哮喘时去看望他的故事。（这是为了说明莱萨马说话的方式跟他写作时一模一样：隐喻就那样出现了。）一个朋友去看望他；他当时喘得厉害，朋友见他筋疲力尽，胸部嗡嗡作响（哮喘得厉害的时候就会这样），而且还有嘶嘶声。街上有几个工人正敲着榔头，噪声震耳欲聋。莱萨马躺在那里，朋友问他："大作家，您怎么样了？"莱萨马说："你指望我怎么样呢？你看，外面是瓦格纳的巨响，而我在这里穿着我的莫扎特马甲。"那真是一幅宏伟的景象，因为屋里是莫扎特的长笛和小提琴，而屋外则是瓦格纳……这是《天堂》里的人物会说的话。莱萨马是我们当代文学最出众的人物之一，我指的不仅是在拉丁美洲，而是全世界。

学生：我不知道这是不是真的，但是菲德尔·卡斯特罗政府似乎曾经在古巴当地把《天堂》封为禁书。您能谈谈这个话题吗？这是怎么一回事，以及为什么呢？

你提的问题非常好……这是很有启发性的好问题。我们都同意"菲德尔·卡斯特罗政府"——菲德尔的政府也好，其他人的政府也好——是由许多人构成的组织吧，其中有一些人头脑清醒、能认清道路，还有一些是官僚和宗派分子，当然了，肯定还有全世界所有政府都盛产的傻瓜。古巴作家协会出版《天堂》的时候，某位官员（没人知道他是谁，如果他还活着的话，他会特别希望这件事不要败露，因为他肯定羞愧得要命）指控它是一本色情小说。这件事和古巴当时的国情有关，在许多年里，在与性有关的议题上，古巴社会毫不宽容，而且宗派主义极其盛行，这种相当艰难的境况留下了许多创伤。当时，古巴政府大范围地迫害同性恋。在许多情况下，政府认为工作——给同性恋者安排大量的工作——能够治好那些官员们声称的"疾病"。（你们很清楚，这是个不该这样讨论的问题，我只是在交待事情大致的背景。）正是在这一时期，《天堂》问世了，那位官员说，这是一本淫秽、色情的读物；很多人都吓坏了，包括书商，他们将这本书下了架。莱萨马一句话也没说，他安静地待在家里，对此闭口不谈。紧接着——这是我提到菲德尔·卡斯特罗政府的原因——发生了一件事，而我是直接的知情者：一天晚上，菲德尔·卡斯特罗前往大学和学生们交谈——他会时不时地突然造访，走到大学的石阶上，学生们就会一两个小时地围着他，激烈地讨论，提出自己的疑问，他会认真倾听、回答。那天晚上，正当他们交谈时，一名学生问他："嘿，菲德尔，为什么我们买不到《天堂》呢？他们听说书店不卖这本书了，我们买不到了。"菲德尔的回答如下，我敢保证这个答案是真实的，因为我知道实际情况的确如此。①

好，有人示意时间已经不早了……我们今天相当有游戏精神，现在已经是下午三点半了。我们利用剩下的一点时间先让晚到的学生进来吧。

好了，说实话，接下来我们要讨论的话题看起来跨度有点大，因为我们是如此迅速地讲完了前几个主题，但实际上并没有

---

① 录音在此中断，菲德尔·卡斯特罗的回答无法重现。——编者注

那么大：在今天我们剩下的时间里，以及下周的课上，我们要讲一讲那本叫《跳房子》的书，说真的，关于这本书，我不知道自己能跟大家说些什么；我完全不知道，因为《跳房子》的问题在于，它之所以成为一部小说，或是评论家们所称的反小说、非小说——他们创造了许多词来定义它——是出于一系列我个人的与文学方面的原因。虽然我清楚地知道自己想做的是什么、想怎么去做，以及在多大程度上我完成了自己制订的计划，但是我记得，由于这本书自身的结构——我不会用"复杂"这个词，因为它不是一本复杂的书——它稍稍脱离了我的掌控。有人说这本小说很难读，但我不这么认为；的确，它不是给十二岁小孩读的书，但它也不像詹姆斯·乔伊斯的《尤利西斯》那么难懂。《尤利西斯》是一次深入的语言实验，每句话都抛出了理解与诠释的难题。《跳房子》的难度体现在另一个层面。为了让大家能走近它的世界，我最好还是给你们讲讲当时发生在我身上的事、我为什么要写这本书，以及我写作时的经历。

读过《跳房子》的人知道，这本书不是以线性方式呈现的。（我们待会儿再具体谈这一点。）读者可以在一定程度上按线性顺序阅读，从开始读到某个部分，然后舍弃剩下的部分；或者也可以使用第二种阅读体系：参照阅读说明上的顺序，从某一章节跳转到前后不同章节。这种做法让书本的结构变得不易理解，但它反映了两件事：作者写作与构思的背景，以及作者的意图。背景是这样的，五十年代初，我离开阿根廷，定居巴黎，在这三到五年的时间里，我深陷于当时人们所说的"存在性"体验当中，因为经由萨特和一定程度上的加缪的影响，存在主义成了当时非常流行的哲学思潮；我沉迷于一种非常私人的体验之中，我任由自己接受巴黎给予我或拒绝我的一切，我努力吸收它给予我的一切，试着深刻认识它在人际关系、知识和音乐领域所赋予我的东西，而这些是阿根廷不曾给予我的（它赠予了我其他东西，但不是这些）。在一九五二到一九五五年（或者一九五六年）间，我只写短篇小说，但在不同的情形下，在不同的地方，我在纸页间写满了脑海中一闪而过的画面、回忆，有时还有一些想象的内容，所有这些文字都如实地描绘了我在这座城市、在法国（具体来说是在巴黎）的日常经验。我没有想过有一天这些纸页会集结成书：它们待在那儿，就好比我们随手放着的纸张，每当有想法在我们脑海中一闪而过时，我们就把它记录下来，虽然不知道为什么，但我们会把它保留下来，于是它们不断地累积。这些纸页越攒越多，但我没有再读过它们。

　　大约在一九五六年，我写了《追寻者》，但我没有意识到——当时我不可能意识到这一点——其实自己正在给后来的《跳房子》写草稿。一位评论家（我记得是安赫尔·拉马）称《追寻者》为"小《跳房子》"；他管它叫"小《跳房子》"是非常有道理的，因为后来，我写完《跳房子》的时候回想了一下，我发现《追寻者》

已经初步草拟了一系列忧虑、追寻与尝试，而它们在《跳房子》里找到了更开阔、更丰富的路径。事实上，你们可以比较两篇文本的轴心，也就是核心人物：《追寻者》的主人公乔尼·卡特深陷于痛苦和焦虑之中，而《跳房子》的主角奥拉西奥·奥利维拉也经受着同样的痛苦与焦虑。从这个意义上说，在我当时完成的这篇《追寻者》里，我通过人物第一次提出了我的质询与疑问。

与此同时，我刚才提到的那些小纸条仍在不断地累积。当时我并没有把它们放在心上，但是有一天，在我身上发生了一件事，我写短篇小说的时候总会发生这种事（我在讲座刚开始的时候就解释过这一点）：突然，我的脑海中出现了一幅场景，它无法被写成短篇小说，而是需要深入展开的东西，我看见了两位男性人物和一位女性人物，他们正面临着一种极其荒谬的情形。我看到的这幅场景发生在布宜诺斯艾利斯，我的城市，在一条极窄的街道上，那里的房子两侧都有窗户；其中一个人物站在窗边，另一个站在街对面的窗户旁边。等我回过神来，我发现自己正在写一件极其荒谬的事，他们在两扇窗户之间搭了一块木板，这样一来，那个女人——她也是人物之一——就能借助搭在四层楼上的木板从一扇窗户爬到对面的那扇，也就是说，她冒着生命危险，是为了给另一个人物送几颗钉子和一些马黛叶，钉子是他干活用的，马黛叶是用来泡茶喝的。这个场景一点儿也不真实，我想不出比这更荒谬、更不合逻辑的情景了。但它就这样出现在我的脑海里，我不得不把它写下来，我需要把它写下来，我不知道这些人是谁，我给他们起了名字：奥拉西奥·奥利维拉有名字了，他的朋友特拉维勒有名字了，那个女人塔丽姐也有名字了。他们出现在那个荒谬的场景里，用爬木板的方式送钉子和马黛叶。我写了好几天，因为——如果大家记得的话——那是一个很长很长的章节，差不多有三四十页，里面记录了一场没完没了的对话，他们争论着看似荒谬肤浅的话题，但实际上暗地里涌动着一股戏剧性的力量，确切地说，两个男人因为那位女性角色而产生了某种敌意，当时这种敌意在三人之间还不是很明显，因为连我自己都没有发现：我对他们并不熟悉，对我来说，那完全是件模糊的事情，但我还是一口气写完了这个章节；现在我把它叫作章节，但在那个时候，它连章节都不是，它只是一篇很长的文章，写完以后，我觉得必须继续写下去。

续写时，我意识到——这一点能解释后来《跳房子》里的许多事——主人公奥拉西奥·奥利维拉看待事物的方式是一个在欧洲久居、历经坎坷之后又回到阿根廷的人所有的，跟我自己有点像，我住在巴黎的时候，每次回布宜诺斯艾利斯都会有像他那样的感受。于是，我发现不能继续这样写下去，而是应该先把这个章节（或者说是文章）放一放，开始写一写这位奥利维拉的事，我得通过他在巴黎的经历认识了解他；就在这个时候，那些成百上千的小纸条和笔记出现了。在许多年里，我记录并积攒了数量众多的纸条，我本来并不打算把它们集结成书。它们每一张都反映了我个人经历的某些时刻，呈现了一个身处法国的阿根廷人不同的生活视角。这一切在我脑海中自动拼凑起来，像马赛克图纹，也像拼布：一瞬间，我觉得必须把每一个片段都组织起来，让人物的中心线把它们串联起来。于是，我开始动笔了。

这本书的结构本身就很奇怪：中间的章节已经先写好了。这个章节就留在那儿，然后我回到开头，写了一系列巴黎故事，一直写到中间那一章——这花了我两年时间——在这之后，我才继续写了下去。我认为这一点可以初步解释为什么《跳房子》不是按照精准的文学结构构思的，它只有大致的结构，并通过不同的角度、不同的方向，逐渐找到自己的形式。

在我写《跳房子》的时候——这持续了好几年——我依然坚持读书、读报，我不断地搜寻让我联想到我正在写的东西的句子、参考资料，甚至报纸广告：这些内容与我的作品有某种关联，我会把它们剪下来或抄下来，然后保存起来。等我写完这部小说时，我已经积攒了一大堆辅助材料，文学摘抄、诗歌片段、报纸广告、警方通报，应有尽有。在这本书快要成型的时候，也就是我检查完毕、坐在打字机前准备清稿的时候，我对自己说："现在我该怎么做呢？这本书的结构该是怎么样的呢？所有这些积攒的材料对我来说都有意义，在某种程度上说，它们都是书的一部分，但是我不能把它们作为附录放在最后，因为我们都知道附录的境遇——要么没有人读它们，要么读的人很少，而且兴趣寥寥。"（附录就好比序言。一个西班牙人曾经说过，序言是最后写成的东西，被放在了最前面，但不管是在开头还是在结尾，都没人读。附录也常常遭遇这样的事。）我意识到，唯一可行的方法就是把这些材料穿插进小说的叙事中。对于某些读者而言，这种方式可能有些刻意，于是我突发奇想："我要做一件非常疯狂的事（我是真的觉得很疯狂）：我要提议两种阅读这本书的方式。我得到了五个不同的文本，因为这本书我采用了不同的写法；因此，我有权向我的读者提议至少两种阅读方式。"这也是为什么在《跳房子》的第一页上写着，这本书本身可以是许多本不同的书，但它主要可以被视作两本书，可以用两种不同的方式阅读：第一种很简单，就和任何读物一样，只不过读者只须读到某一个章节，我记不清了，可能是第六十章，这之后所有的内容都没必要读；所以，对于那些想要像阅读其他小说那样以线性的方式读这本书的人来说，他可以从头读到那一个章节，舍弃剩下的部分，因为如果他继续往下读的话，就会一头雾水，因为那都是些看似不连贯、松散的东西，彼此之间并无明显的关联。第二种阅读方式是按照书里的指示不断地跳读，从一个章节跳到某行诗句或另一个章节，有时是从一个章节跳到一则报纸新闻，从报纸新闻又跳回另一个章节，然后从这个章节又跳到某行诗句或某个诗歌片段；这是第二种读法，这种方式涵盖了整本书的内容，它不再是线性的，而更像是我们摊开了一副纸牌，再把牌收起来，所有的牌都被打乱了。

许多评论家花了很长时间来分析我究竟用了什么样的技巧把章节打乱，然后用毫无规律的顺序来呈现它们。我用的技巧和评论家们想象的不一样：我的方法是，我去一位朋友①家里，他有一间巨大的工作室，就像这个教室这么大，我把所有章节都放在地上（每个章节上都别着别针，系在一起），然后我开始在章节之间来回走动，在每个章节之间留下一条条小路，任由自己被这些路线牵引：如果某个章节的结尾能够和某个片段——比如说奥克塔维奥·帕斯的诗歌（引用一首他的诗）——建立紧密的联系，我就会马上记下这一对数字，把它们连在一起，集成我几乎不会再改动的组合。我觉得，偶然性——那种被人们叫作偶然性的东西——在帮助我，我得让它发挥点作用：我的眼睛能够看到一米远的东西，但没法看清两米外的东西，只有我往前走了之后，才能够看到它。我认为我没出错；我得修改两三个章节，因为它们的情节是向后发展而非向前推进，但在绝大多数情况下，这种在不同层面上的排序让我非常满意，于是这本书就以这样的形式出版了。

这就是《跳房子》的整个创作过程。现在，对我来说，最大的难题在于我究竟为什么写了这本书，不过我觉得我们今天不会有很多时间来解答这个问题。这本书的创作背景与《追寻者》相

---

① 爱德华多·洪基埃雷斯（Eduardo Jonquières, 1918—2000），阿根廷画家。

同，也就是说，当时我正在进行一系列的自我探寻，这种探寻让我感到痛苦和困扰，但是，当我动笔之后，还出现了其他东西。稍稍简化而又不过分简单地说，它们可以被总结为三个要点。我之所以写《跳房子》有三个根本的理由，还有一些次要的理由，但这三个是最重要的：第一个理由最为基本。读者在听到人物的独白和对话，在读到某个叫作莫莱里的人物——他是我杜撰的作家，我把他安排在几个片段当中——阐述自己关于文学、哲学和历史（虽然他说得不多，但时常会提到）的思考时，就会对此有所察觉。读者能在主要人物和这位有些神秘的莫莱里穿插全书的言语、思想中发现《跳房子》的第一层理由和写作意图。这类内容属于我在第一堂课上提到的"形而上学"范畴，那天我们才刚认识，我就给大家讲了我作家生涯中的这个阶段：本质上的、形而上学式的忧虑。实际上，《跳房子》通过一个男人的思想，甚至他的行为，对人类的境况进行了长久的反思，它深入思考了在书中的社会里、在人类发展的这一时刻，人的本质是什么：在《跳房子》里，一切都以个人为中心，这一点很容易就能发现。奥利维拉只想着自己，他很少走出自我，很少从个人的"我"出发去理解"你"，更别提从单个的"你"想到"你们"了；他一直都保持一种根本的个人主义态度，以此看待他的周遭环境，并试图回答他一直向自己提出的问题，而那些问题一直折磨着他，困扰着他。在前几章里，我们几乎立马就能看出，奥利维拉是那种拒不接受一个预先设定好的世界的人：他不得不在这种环境中生活，承受他所处的社会的重量，但是在他的内心深处，他在不断地批判，甚至不断地反抗。他会立马质疑朋友们在大多数情况下不假思索就接受的东西，因为他不仅在审视自己，还在自己身上认出了那无穷无尽的历史文化链条上的最后一环，而那条链环的起点是阿尔塔米拉洞窟，是石器时代，是文明的滥觞。奥利维拉的首次反抗具有一种颇为天真的特质，他自问："好吧，人类需要成千上万年的时间才能进化成我今天这副模样，成就我身处的周遭环境，可我觉得自己不尽如人意，并不完美，整体来说非常糟糕，这又是怎么回事呢？为什么进化只朝这个方向行进，而不朝其他可能的方向推进呢？"他开始质疑所谓的犹太基督文明，也即主要源自亚里士多德和托马斯·阿奎那、最终演变为现代科学和哲学的文明。奥利维拉想，在行进中的某个时刻，可能有人走错了一步，但他身后的所有人却依然继续向前走，而不是停下脚步，进行评判，然后改变方向，换另一条路走。他对东方哲学非常感兴趣（当时，我对东方哲学的兴趣很浓），他拥有足够的聪明才智，能够意识到人类的心智在西方和东方正沿着两条迥然不同的道路发展，形成了两种截然不同的视角与对世界的认知。存在这两种世界观的事实让他思考，是否有存在十四种、十五种，或是十七种世界观的可能。"为什么我们如此肯定我们西方的文明就是最好的？为什么我们对进步深信不疑？"你们每个人都能提出一系列这样的问题，因为提出它们并继续深入下去并不是什么难事：一旦否定了某样东西，就很可能会继续否定一连串的东西，这恰恰就是奥利维拉做的事。

我插一句，有件很重要的事情：任何读过这本书的人都知道，奥利维拉绝不是什么天才；相反，他是一个极其平凡的人，他自己也明白这一点。他没有康德、黑格尔或是让－保罗·萨特那样的聪明才智。《追寻者》里的音乐家也是如此，他是一个普通人，只不过他觉得周围有些东西不太对劲，甚至比他聪明得多的人都接受了那些东西，但他不愿去接受，他拒绝承认日常生活所呈现的现实。我在写这本书的时候，给奥利维拉设定了这样的性格特点，他并非智力超群，而是一个智商平平的人——就和这本书的作者一样——这时常让我想起一本在三四十年代被广泛阅读的书，它是一部独特的杰作，立场态度与《跳房子》截然不同：我指的正是托马斯·曼的《魔山》，一本充满深邃哲思的书，这本书里的人物——他们的确拥有超凡的智识，和托马斯·曼一样——讨论那个时代里所有的问题，并试图找到解决方案。事实上，《魔山》一直在试图给出答案；而在《跳房子》这本书里，不论是奥利维拉还是描绘奥利维拉的作者，他们的目的从来不是给出答案，相反，他们所拥有的是提出问题的能力。《跳房子》是一部充满疑问的作品，书里不断抛出问题，询问为什么这件事是这样而不是那样的，为什么这件事明明可以用其他方式呈现，而人们却接受它以这种方式呈现。

　　也许，正是《跳房子》这种不断提出质疑却不给出任何答案的方式，决定了这本书在出版的时候，它的大部分读者是来自拉丁美洲的年轻人。我非常吃惊，因为我以为自己这本书是写给同龄人的；通常，一个人受限于自己的生理年龄和心理年龄，会觉得自己是在给同代人写作。但与我同代的阿根廷人和其他拉美国家的人一开始就没有读懂《跳房子》，他们非常抗拒这本书，起初还掀起了很大的风波。与此同时，十七到二十五六岁之间的年轻人立马开始热情地阅读它。我是从来信里意识到这点的：我开始收到来信时，那些真正有趣的、那些对我而言富有意义的信，都来自年轻人。为什么？因为《跳房子》里没有任何深奥的教诲，相反，书里的许多问题回应了年轻人常常会有的忧虑，他们正对现实提出质询——他们正在其中成长，不得不在其中生活，以及常常讨论、挑战和质疑的现实。年轻人们来信说，他们觉得书里没有老师，没有谆谆善诱的托马斯·曼；书里有的是另一个人，这个人运用自己普通的智力与能力，让他们接触到一种对现实更具批判性与质疑精神的视角。

　　这就是这本书的第一个层次，也是我写它时非常在意的一点：尽可能地描述人物自身的痛苦，并试图以最坦诚直白的方式将其表达出来，由此，这些痛苦，这种哲学的渴望——哲学总是这样的，它是对抵达事物另一端的一种渴望——将直抵读者内心。我想，我们还是把接下来的内容留到下次再讲吧。这会儿不能讲完让我觉得有点遗憾，但是它有点长；我只打算简单说明一下：这本书的第二个层次其实是老生常谈。刚开始人们一般看不出来，但是渐渐地，那些深入研读这本书的读者就会发现它——如果一本书要质疑许多被认为理所应当、约定俗成的事情，那么作者应该怎么做呢？显然，他得写作，他唯一的工具就是语言，但是，他该用什么样的语言呢？这就是问题所在，因为如果他使用了他正在攻击的那个世界的语言，那么这种语言将会背叛他。他怎么能够用服务于敌人的工具——也就是那约定俗成、界限森严，为权威及其追捧者所用的语言——来指控他们呢？因此，《跳房子》的第二个层次是语言，我们下次会就这个话题讲得更具体一些。此外还有第三个层次，讲完之后我们就能玩跳房子游戏了。

第七课　关于《跳房子》《曼努埃尔之书》和
《方托马斯大战跨国吸血鬼》

前几天，我们在谈论《跳房子》的时候，只讲了一半就没时间了，所以我今天想用前半节课把这个话题讲完，用后半节课讲另一个话题。我最好还是简单地概括一下上次课因为时间不够被打断时要讲的内容吧。

尽管将一本想要尽可能消除任何划分的书——至少是传统的划分方法——划分为不同章节是一种虚伪的做法，我发现，就整体而言，《跳房子》呈现了三个不同的层次。本质上，它只有一层意图（今天这堂课结束的时候，大家就会明白这一点），但我们可以从三个写作层次去理解这本书，作者有意无意地做出了这样的安排。这种事情写作者只有在写完书之后才会明白。你们当中的一些人已经有过写作经历，写过短篇小说、诗歌，甚至可能写过长篇小说，这些人肯定明白，只有等到后来——有时会在很久之后——回过头重读自己的作品时，才会发现某些元素的存在、某些潜在的划分方式，而作者在写这本书的时候，这些对他来说并不重要，或者说，他至少没有这样的设计意图。因此，绝对不能把《跳房子》的三个层次视为作者的明确意图，绝对不行：我没有任何明确的意图。我记得在上一堂课里，我给大家讲过首先诞生的是这本书的中间部分，然后我把中间部分先放着，回到开头，开始写发生在很久以前的事，一直写到已经写好的中间部分，再接着写，于是，这本书到最后就像纸牌那样被打乱了顺序，给出了至少两种阅读方式；也就是说，我并没有意识到那三个层次，但它们以另一种方式存在，非常重要，必不可少。我今天想告诉大家的就是这种体验，因为说真的，这是我唯一能告诉大家的关于这本书的事情。

批评家们已经写了许许多多关于《跳房子》的评论，他们能给大家提供所有我给不了的信息，但是关于这三个层次，我还是可以说些什么的。关于第一个层次，我们已经谈论了一些内容：正是这个层次使《跳房子》成为一开始就被我归类为"形而上学式"的书；我记得上次我们谈论过这一点。我跟大家讲了，主人公和他周围的人物（至少其中一些人）为个体性问题感到深切的忧虑，而这些问题也涉及本体论和形而上学。它们有关人性本质、人类命运和生命的意义，都属于哲学范畴，在我这本书里，我处理它们的方式非常业余——因为我没有任何哲学素养，所以我的人物就更没有了——充满着存在主义色彩，完全基于我的个人观点和生活经验。就主人公来说，他在日常生活中遇到的问题让他不断地进行形而上学式的思考：他的恋爱苦恼和道德困境使他产生了深刻的疑惑，他开始质疑周遭世界，甚至由此质疑所谓的西方文明的整个历程。我觉得，这一点在《跳房子》中表现得非常明显，我没必要再重复解释了，因为不仅情节本身体现了这一点，书中有关虚构作家莫莱里的理论性附注片段也突出了这一点，他就像是在写一部关于这本小说的小说，或是在内部对这本书做出评论。这第一个层次可以说是我写作时一次很有野心的尝试，但它立马引发了一个问题（这是所有作家都会经历的），而这个问题也决定了第二个层次：也就是我该如何阐述第一层次中的所有内容，该用何种表达方式来搭建连接读者的桥梁。当时，读者还不存在，但是——就像所有作家都知道的那样——在这本书编辑、出版、发行的那天，他们会出现在书的另一边。我该如何传达这种体验呢？

我在写《跳房子》的时候，这第二个层次对我来说非常重要，它使我面临非常复杂的个人境况。它有关表达、有关语言，具体来说，就是写作的层次：奥拉西奥·奥利维拉质疑他看到的一切，听到的一切，读到的一切，被灌输的一切，因为他觉得不该不假思索地接受别人灌输的想法和成规，必须先用自己看待世界的方式审视它们，然后再决定接受或拒绝它们。我该如何向读者传达这一点呢？

作家最直接的表达方式是语言，对我来说，是西班牙语。但当我们想要传达的一系列经验和直觉与历史和既定的价值相悖，与所有人在大体上都或多或少接受的体制相悖时，西班牙语——或者说卡斯蒂利亚语，如果大家想用这个词的话——又意味着什么呢？当作家坐在打字机前，面对着自己唯一的武器——也就是写作和语言本身——的时候，他所面临的是怎样的困境呢？第二层次也在试图进行批判：如果说第一层次是对现实、对我们经由历史和传统的灌输所接收到的现实进行了批判，那么第二层次则是在批判表述和传达这种现实的方式。读过《跳房子》的人都明白，不论是莫莱里（那个喜欢大谈理论的作家）还是奥利维拉（那个时而自言自语，时而与其他人物交谈的男人），他们都对表达事物的既定方式持有不屈不挠的、本能的怀疑。奥利维拉不信任语言，有时会咒骂它们；我重读（因为有时候你会忘记自己写的东西）这本书的时候，发现在《跳房子》的好几个章节里，奥利维拉都在奋力抨击标准化语言，也就是我们从学校和传统文学那里接收到的语言。有时他甚至咒骂语言，骂它们是"黑母狗"，是"婊子"，他给它们起了一连串充满贬义色彩的名字。书里有一段他说的话："还有什么办法呢？它们就在那里，语言就在那里，它是一个伟大的奇迹，是它成就了我们人类，但是，要小心！在使用它之前，必须注意，它可能会欺骗我们，也就是说，我们以为自己在独立思考，但实际上，语言正通过自古以来形成的成规和陈词滥调替我们思考，而它们可能是腐朽的，在我们的时代，对我们当前的生存方式而言，它们可能没有任何意义。"

这本书的第二个层次并不是以学术性、正式的方式呈现的，而主要通过幽默感来传达，因为幽默是奥利维拉质疑语言最有效的方式之一，他利用幽默与语言保持距离，直到接受他认为确凿无误的内容为止。在某几个段落里，奥利维拉听着自己自言自语，突然发现自己正在使用一种非常老套的语言，使用所有人都会在某些名词前添加的形容词，比如人们总是说"古老的印度"或者"永恒的罗马"，就好像不存在其他像印度那样古老的文明似的……不知道为什么，古老的永远都是可怜的印度，而罗马则是永恒的，就好像其他古文明在我们的记忆中都不永恒似的：在历史的记忆里，巴比伦跟罗马一样永恒，但是似乎只有罗马有被称为"永恒"的权利，而印度则有被称为"古老"的权利……奥利维拉拒绝的就是这类东西，因为他很怕语言会欺骗自己，他害怕思考和批判的不是他，害怕语言替他思考，迫使他使用陈词滥调，使用那些我们每天早上打开报纸都会读到的固化表达。（大家都很清楚新闻和电讯使用的是哪种语言，这甚至很可笑，因为你可以列出一堆人们重复使用的表达套路，它们通过新闻口耳相传，人们总是用同样的方式描述事物——实际上，他们并没有在描述它们，因为并不存在两件相同的东西，因此，如果他们使用同一种表达方式来概括多种不同的事物，那么，他们其实是在歪曲它们。）奥利维拉充分意识到了这一点。当他发现自己在使用一种浮夸的语言时，他吃了一惊，并拿他自己寻开心：他给那些浮夸的词前面多加了个"h"，在写的时候也多写了个"h"，把它们变成荒谬的词。举个例子，他在"可恨的、浮夸的奥利维拉"这个词组里加了三个"h"①；当《跳房子》的读者看到这些词被写成这样时，他们会发笑，因为他们意识到语言的面具已经被揭下了。只需加上单词里原本并不存在的字母，这个词就彻底坍塌了，失去了它的修辞价值和表面的优雅。在《跳房子》的一个短章节里，奥利维拉正回忆他在布宜诺斯艾利斯的过去，开始思念自己的故乡；他在镜子前刮胡子，一边思考，一边看着镜子里的自己，回想起往事。他用来表达思乡之情的语言是满怀深情的，但是渐渐地，这种语言变得矫饰而傲慢，并最终变成了他自己做的一次演讲，突然——这部分是用斜体写的——他停了下来，打断自己，在镜子上糊了一团肥皂，遮住了他在镜子里的脸，以此来取笑自己，他意识到自己正被一种虚假的语言支配，感到吃惊。

---

① 在西班牙语中，字母"h"不发音。所以如果给"可恨的（odioso）""奥利维拉（Oliveira）"和"浮夸的（ampuloso）"这三个词前面加上字母 h，写法会发生改变（分别变为 hodioso, Holiveira, hampuloso），但发音不变。

读者能够敏锐地觉察到这本书的第二个层次，我们可以把它叫作"语义层次"。通过读者们的反馈，我得知他们深切感受到了我对语言的攻击，因为他们意识到我没有设置那种很简单的把戏，也就是在提议从根本上改变人性或提出重要问题的同时，依旧使用一种传统、封闭的语言文字，这种语言会剥夺作者真正想要传达的内容的力量和真实性。

　　当然，在我看来，《跳房子》中的语言所传达的东西对我们当下的现实有非常重要的意义：显然，现在有很多社会团体想要采取革命性的态度来改变社会结构，但是他们很少能清楚地意识到语言层面的革命意义，因此他们使用了毫无革命色彩的语言来表述、呈现他们的革命宣言和标语，很不幸的是，他们甚至用这种语言来进行思考。这是一种非常传统的语言，他们在意识形态上的对手也同样使用这种语言。右派领袖和左派领袖的演讲在语言层面上常常是毫无区别的：都使用同样的措辞，同样没完没了地重复陈词滥调；演讲中总是会出现"古老的印度"之类，结果就是革命性信息并没有以应有的方式传达出去。我记得，在我头几回去古巴的时候，我曾经和几个非常有革命精神的朋友就语言方面进行过友好但激烈的辩论。他们一张嘴就会像十九世纪的作家那样表达；他们甚至会过分拘谨地对待语言，害怕使用新词或强烈而准确的虚构意象。最具革命精神的内容在转换成语言后被扼杀了，因为他们表达的方式和学校里那些给孩子们讲授滑铁卢战役或诸如此类内容的老师如出一辙。在我看来，那些辩论——我们相当频繁地辩论——产生了某种作用，并不是因为我说的话有什么影响力，而是因为我不是唯一这么做的人：许多拉美作家指出了同样的问题。

要革命就得在各个层面上进行（我们正好在讲一本小说的三个层面），没错，我们得在事实层面、在外部现实层面实现革命；但我们也得在革命的历经者和受益者的精神层面上实现革命。要是我们大意了，语言就会变成等待我们的最可怕的牢笼之一。在某种程度上说，我们会变成我们思想的囚徒，这些思想无法被自由地表达，它们的表达方式也是受限的、被压制的，因为句法规则的存在迫使我们以特定的方式去表达思想，而且，即便我们之后改变了这些准则，我们依旧会将这种表达方式传承下来。

在我看来，最典型的案例发生在俄国十月革命时期。十月革命之初，出现了像马雅可夫斯基这样的诗人，他摧毁了诗歌和散文的语言，创造了一种全新的语言体系，这种语言并不简单，很难被立即理解，而且它还包含了许多朦胧难懂的意象。但是，事实证明，他的同胞们理解并热爱这种语言，因为马雅可夫斯基是十月革命初期最受爱戴的诗人。随着时间的流逝，语言不再进化，而是开始慢慢地退化：再也没有出现第二个马雅可夫斯基，反倒出现了另一种诗歌，它或许充满着强烈的革命精神，但呈现它的语言还是传统的，充斥着陈词滥调，不再拥有马雅可夫斯基第一声呐喊之中的爆发力和振聋发聩的力量（我以他作为重要示例，但这个例子也适用于每一个改变现实的进程）。出于这些原因，我在写这本书的时候面临着一个难题，也就是如何说出我想说的话，如何表达我的感受。这个难题让我在写作之前就成为语言的敌人。奥利维拉说，他不信任词语，他会把每个词像一件物品那样抓在手里，仔细地观察它们，必要时还会给它们梳理除尘。只有在他认为非用不可的时候，他才会使用这些词。这不仅是一种文学比喻，更是一种精神洁癖。我认为，不论是在革命历程中，还是在纯粹的文学进程中，这种精神洁癖都是必不可少的。对于想要传播新信息、分享非同寻常的经验的人来说，这是基本的机制。

前两个层次必然会导致第三个层次的出现，而第三个层次是读者，因为小说中的人物通过那极具批判性的语言所感受到的、经历过的，以及表达的一切，都是传达给桥梁另一端的受众的，也就是那些无名的读者。我无法知道他们是谁，也不知道他们的人数，但无论如何，他们就在那里，就像作家在写作时，他们总在那里一样。《跳房子》的第三层次直接指向读者，由此衍生出了书中的一个概念，叫作——在我们这几堂课刚开始的时候，我稍稍提过这一点——"同谋读者"：《跳房子》的作者需要的是同谋读者；他不想要被动的读者，他们读完一本书，只会觉得它好或是不好，他们的批评鉴赏能力无法深入，仅限于此，他们只会享用这本书给予他们的东西，要是他们不喜欢这本书，他们就会表现得漠不关心，他们并不会更积极地参与到书本的情节发展中去。

我明白，我正在尝试的事情有一点儿孤注一掷的意味；我明白，在阅读一本书的过程里做到沉浸其中，以至于与书中人物产生共情、并通过自己的评判参与到书本中去，是一件很难的事。我知道这很难，但我也知道，《跳房子》的许多读者曾经是、现在依然是同谋读者。我很清楚这一点，因为有一些人完全不喜欢这本书，还把它扔出了窗外，我觉得这样做好极了：因为我也曾经把几百本书扔出窗外，所以我觉得他们扔了我的书完全没问题，这是读者的权利。还有些读者没有把书扔出窗外，但是他们激烈地批判了它，而他们在批判这本书的时候，也是在批判自己。他们依据读到的内容审视自己的观点，在读者和书本之间创造了一种非常积极、非常重要的辩证关系。《跳房子》的意图是尽可能地消除阅读中的被动性，让读者持续不断地参与到每一页、每一个章节当中。为了实现这个目标，我唯一能做的就是我刚才解释过的所有内容，也就是说，一方面是质疑现实，另一方面是质疑语言，然后是第三点，赋予读者阅读此书的极大灵活性。这解释了我为什么要提出两种阅读方法，很多人不理解，觉得这是轻浮或自命不凡的表现。为什么要自寻烦恼呢？为什么要有两种阅读方法呢？为什么可以读到这本书的某个章节，然后就能舍弃剩下的内容呢？为什么还可以用另一种方法读完所有内容呢？甚至还有其他读法，因为有人尝试了其他的组合方式，从结尾开始阅读，最后读到开头……有很多读者不接受这样的设置，因为他们不想成为同谋读者。这类读者情愿被文学的魅力催眠，情愿毫无互动地阅读，只会在读完的时候说一句"啊，真是部美好的小说！"或是"真是部愚蠢的小说！"。他们只会做出这种概论性的总结，而不会像我所寻求并期许的读者那样参与到书中去。

现在已经过去了很多年，每当别人问起这本书的时候，我都有些不情愿地想起它。当然了，我经常总结的那三个层次让我能够从两个不同的方面来看待这本书：我觉得既存在积极的一面，也存在消极的一面，我想尽可能客观地谈一谈这两个方面，因为我已经多次强调要质疑一切，如果我连自己的书都不质疑的话，那就太说不过去了。（这是最基本的做法，我喜欢这样对待我写过的每一部作品。）在我看来，《跳房子》的积极方面在于，我试着探索人物的存在性体验并推至极致，他面对现实，面对生活，不接受它得以呈现的既定模样，用法国人经常提到的说法就是，他不接受它的"卖相"。他不接受任何既定的事物，不管是词语、物品，还是生命存在，他都会在做出选择之前，在继续行进之前，细致地观察它们，掂量它们。这本书的积极一面在于，它让人们开始质疑一切，整本书提出了无数问题，但没有给出任何解答；它之所以没有给出解答，是因为作者觉得自己无力解答，他觉得自己善于提问，但并不善于解答。而且，作者也莫名地认为，提问这件事本身对读者来说是有价值的，它给读者提供了必要的选项，好让他们寻找答案。

前几天我跟大家谈到，《跳房子》在某种程度上是一部反托马斯·曼的作品。我无意冒犯托马斯·曼，但他的作品都像是答疑解惑的书，他在书里讨论问题，并试着给出解答，他不需要读者给出自己的观点：一切都在书里，读者并不重要，他们要做的就只是阅读，然后找到问题和答案。而我站在提问的这一边，读者在问题和答案的另一边。在我看来，《跳房子》的大部分读者之所以都是年轻人，原因很简单，因为年轻读者在青春期到刚成年的那段时间里，在面对现实的时候会感到焦虑，他们觉得自己被逐渐强加于身上的制度所胁迫，弱者会下意识地接受这种制度，但是强者不会轻易妥协，他们会质疑它。年轻的读者常常问一些自己还没有完全想清楚的问题，这本书则不断地为这类问题提供参照点，于是，他们便会突然在书里找到这些问题。事实上，这些年轻人——具体来说是拉丁美洲的年轻人，但是后来这本书被译成了不同语言，每个国家的年轻人的反应几乎都是一致的——在这本书里常常读到让他们感到愤怒的内容，这些内容甚至让他们憎恶这本书，大声抗议这本书。而与此同时，他们对这本书产生了归属感，感到自己是书中的一分子，在更理想的情况下，他们有些人甚至尝试寻找连我本人都没有找到的东西。奥利维拉没有看到的东西，许多读者都试图去看，我敢肯定，很多人也已经看到了。我没法知道这一点，在大多数情况下，读者都是无名的存在，我有时也许能和他们建立某种联系，但那只是很少数人，从不会是大量的读者群体。

　　有关《跳房子》积极一面的内容我就讲到这里，在讲它的消极一面之前，我想多提一句，那就是书中最让读者印象深刻的是几个疯子写的文章。我在这本书里加入了两三名精神病患者的文章，他们被临床诊断为精神病患者，可直到今天也没人知道精神病患者究竟是什么样的，以及谁才是真正的疯子。（目前的精神病学很难诊断一个人有没有发疯。在十九世纪，这可不是什么难事：只要有人拒绝接受社会的指令，就会立马被关起来，被判定为疯子，然后就万事大吉了。现在，情况要困难得多。能自由走动的"疯子"——要加上引号——比被关在精神病院的"疯子"要多出数百万倍。如今，精神错乱和疯癫的概念非常灵活。文学、音乐和诗歌领域的评论家们非常清楚，这些所谓的疯狂为艺术和文学做出了多大贡献。）我在写《跳房子》的时候，偶然读到了几篇所谓的疯子的手艺，我觉得这些文章非常有意思，因为从理性的标准看，它们显然是疯子的手笔，但是，如果你更深入地挖掘和分析它们就会发现，疯狂与不疯狂之间的区别常常取决于个人观点，而不是医学诊断。这点对于许多读者的判断来说十分重要，因为我在《跳房子》里收录的最长的文章是一个叫作[①]塞费里诺·皮里斯（我不知道他是否还活着，我不认识他，我

[①] 科塔萨尔在这里把"叫作"读作过去式 se llamaba，潜在含义是他已经经过世了，因此才有括号中的说法。

们还是用现在时的"叫作"吧，我希望他还活着，但已经过去很久了……）的乌拉圭人写的。这个乌拉圭人来自蒙得维的亚，曾经向联合国教科文组织的一本西语杂志在巴黎举办的散文比赛投稿。有人邀请我阅读他们收到的西语稿件，选出最好的几篇。他们收到了许许多多神智正常的人写的文章，而其中一篇则是疯子塞费里诺·皮里斯写的。我当时认为塞费里诺·皮里斯的散文能得一等奖，因为它比神智正常的人写出的散文更有创造力、更加精彩，远超后者。那些还记得这篇散文的人都知道，这个人，这个疯子，向联合国教科文组织提交了一份计划书，他想彻底改变社会结构，认为应该以其他方式构建社会。这种事在精神病患者当中很常见：他们有伟大的计划，想要实现世界和平，废除核武器，消灭疾病；当然了，等他们不得不做出具体阐述的时候，问题就出现了。塞费里诺·皮里斯没能走得太远：他想直接改变一切，彻底改变社会，他提出了另一种构建社会的方式。当我读到他提议的内容时，我发现他似乎是个失智之人，因为他想象了一个国家，它由多个负责具体事务的政府部门构成，就和我们这些神智正常的人组建的社会一样，我们也有许多部门：战争部、卫生部、教育部。而他设立了……色彩的部门：白色部、黑色部、黄色部。白色部负责管理一切白色的事物，他列了一份很长的清单：此部负责管理雪和白色母鸡，而黑色部负责管理黑色母鸡，以及其他等等。这完全是失智的表现：那个世界是依据色彩构建的，每个部门都根据颜色行事。

读到这些内容的时候，我正在创作《跳房子》，像奥利维拉那样质疑一切，我想："为什么不行呢？为什么不行呢？如果我们创建了一个依据色彩而不是以特定标准来划分政府部门的社会，那么从技术的角度来看，世界是完全可以基于色彩分类运行的。"我认为，这种疯狂暗含着一种煽动的意味，唆使人们以另一种方式看待事物：尽管我们肯定不会依据色彩来组织世界，但这个设想的存在本身就已经很美妙了……（但愿大家都能同意，以色彩为依据的组织方式极富诗意的美感，因为还有以大小为依据的组织方式：有大型部和小型部；大型部负责管理摩天大楼、鲸鱼和长颈鹿，小型部负责管理蜜蜂和微生物。一切都按照大小和颜色来组织安排。）当时我想，既然法国人肯定不会颁给他一等奖——他们当然不会给他颁发这个奖；他们把一等奖颁给了一篇很正常、很平庸的散文，因为其他人的神智都很正常，于是他们什么也没有颁给他——我就把那篇文章带回了家，由于当时我正在写《跳房子》，我决定："我要颁给你我的一等奖，我要把你放进我的书里。"于是，我把塞费里诺·皮里斯和他的散文放了进去。很多人觉得，那篇散文是我杜撰的；虽然我非常清楚地解释过，那是他写的，不是我写的，但很多人还是觉得那是我创造的一种文学游戏。（利用这个机会，我想告诉大家不是这样的，我有我的疯狂，但并不是那种关于颜色和大小的疯狂。）有意思的是，当我开始收到有关《跳房子》的来信时，我发现我收录的那些由所谓的疯子写的文章极好地呼应了这本书的一些意图，因为很多读者在读到那个部分的时候，感觉不知所云，但突然之间，他们明白了我试图呈现的东西：人脑是如何连贯而富有逻辑地表达一些本质上是疯狂的事物的。从逻辑的角度上看，我们也能推想，我们社会的组织方式同样是疯狂的表现，只不过没有人站出来告诉我们："你们都彻底疯了。"也许未来有一天，有人会证明我们都是疯子，我们的社会是疯子的社会，但它还有改变的可能；至少我是希望社会能有所改变的，因为我觉得那样会更好。

　　我不打算再跟大家聊《跳房子》了，但是我得把它消极的一面讲完。时隔多年，现在来看，我意识到这是一本彻头彻尾的个人主义小说，它很容易陷入利己自私的境地：中心人物沉浸在自己的思考中，他之所以质疑周围的事物，不是因为事物本身，而是因为它们和他的关系；他是一个无法走出自我的人，他深陷于自己的小宇宙中，而那是一个自私的、自我的宇宙——既自大又自我——他所有的思考、所有的追寻都与他个人有关。现在我认为，在这本书的语境下，这种个人主义是消极的，但同时，我还是很高兴自己写了这本书，因为我觉得，我把对自己的探索和对周围事物的探索书写到了极致。我唯独没有做到的就是从"我"跨越到"你"，从"你"跨越到"我们"。在《跳房子》出版后的几年里，我实现了这种跨越，并在我后来写的几部作品里达到了新的高度。在今天下午剩下的时间里，我要跟大家聊一聊其中一部作品：一部名叫《曼努埃尔之书》的长篇小说。在谈论这本书之前，我要确保没有人还对《跳房子》存有疑问；我们可以相互提问和解答，然后我们休息一会儿，之后再聊《曼努埃尔之书》。

学生：我希望您能稍稍谈一谈哈科沃·费赫曼[1]，因为塞费里诺·皮里斯和色彩部门与他有着非常紧密的联系。他在六十年代有过什么影响吗？

因为年龄的原因，我没有机会认识哈科沃·费赫曼，因为我刚成年的时候，他就已经被关起来了。我经常读到作家在作品里提到他，比如博尔赫斯，比如纳莱·罗斯洛[2]，许多阿根廷作家都认识他，钦佩他。我唯一能说的是——您看到了，我能说的很少——对于博尔赫斯、纳莱·罗斯洛和马塞多尼奥·费尔南德斯那一代的阿根廷人来说，哈科沃·费赫曼就像是瞬间燃烧殆尽的天才，我记得他在短短几年内就凋残了。他几乎没留下什么作品，但是他和认识的人口头讲述的那些话被视作天才般的信息。

---

① 哈科沃·费赫曼（Jacobo Fijman，1898—1970），阿根廷先锋派诗人。1921年罹患精神疾病，1970年在精神病院去世。
② 纳莱·罗斯洛（Nalé Roxlo，1898—1971），阿根廷诗人、作家、记者、剧作家。

后来，他突然陷入了无药可救的妄想之中，人们不得不把他关起来，因为他有被迫害妄想症，变得非常危险。我记得他又活了二十年，变得沉默不语，精神错乱，完全被隔离在妄想和精神分裂的世界之中。这就是我能告诉您的一切；哈科沃·费赫曼没有任何作品，他留下了一些东西，但是……

学生：他留下了一些东西，我总是思考他和《跳房子》的关系，因为费赫曼的诗歌就与根据颜色来划分世界的做法有紧密关联。

事实是，我很希望能读一读那首诗，因为我没读过它。它应该挺有趣的，谢谢您告诉我这个信息。您有什么问题想问吗？

学生：在《跳房子》中的一个片段里，您提到了一个英文词组，一点点麦司卡林。麦司卡林和奥利维拉或者小说之间有什么联系吗？

我提到了什么？

学生：麦司卡林。

我提到了麦司卡林?

　　学生：是的，一点点麦司卡林。

　　是的，好吧……这和哈科沃·费赫曼的情况有点像：我从来没有直接接触过麦司卡林，但是间接了解过，有很多次。在那段时间里，我试图尽可能多地阅读某类文章，它们并不直接与毒品相关，但它们与在药物的催生下，诗人、音乐家和画家进入非同寻常的精神状态有关，它打开了他们的精神世界。我首先读到了伟大的法国诗人亨利·米修的文章。米修在医生的管控下服用了麦司卡林，进行个人实验；我不知道麦司卡林是用来注射的，用卷烟抽的，还是用来喝的，我觉得是用来注射的……总而言之，他服用了麦司卡林，记录了他的幻觉和体验。后来，他还服用了其他药物，写了一本叫作《痛苦的奇迹》的书，讲述了他服用药物后的各种精神探险。他长年累月地充当自己的小白鼠，帮助医生研究药物的效果。某天……

　　学生：可是这几个词是用英文写的……

　　我不记得为什么用英文了，可能我是从什么地方看到的吧……

学生：可能是一首爵士歌曲里的。

我不知道有哪首歌提到了麦司卡林这个词。有许多影射毒品的词，但一般都是在俚语中出现，而麦司卡林……有可能。我已经不记得了。但我知道……

学生：我还以为这可能呼应了人物的精神病症。

不，不，不。我没有这样的想法。我没有，但我会去找一下这段话……

学生：我记不太清原文了，但我记得我见过这段话。

有可能。现在人们对毒品的认识要比当时多许多。在五十年代的巴黎，除了像可卡因、吗啡这样的传统毒品之外，人们对那些更精炼、更高级的新型毒品一点也不了解，而米修的体验则开启了一个极其重要的相关知识领域。此外，还有一个叫莫西里的意大利心理学家也用麦司卡林做了实验；我也读了他的文章，毒品造成的幻觉状态会扭曲现实，这让我着迷。这或许就是它的意义吧，仅此而已。

学生：我有一个问题想问，还想说一个观点：您认为，在《跳房子》中实现了语言创新之后，您还能偶尔回到以前所使用的文学语言吗？

是的，我觉得可以；是的，没错。您先说您的观点吧，然后我再回答这个问题。

学生：我的观点就是，按照我的理解，我认为奥拉西奥·基罗加这个人物质疑⋯⋯

是奥拉西奥·奥利维拉。

学生：抱歉，是奥拉西奥·奥利维拉。他质疑"常识"这个概念，他认为人们接受常识，就仿佛它是人类天生的一部分，而不是某种强加的东西，不是通过规劝而习得的东西，他质疑这一点。《跳房子》的积极一面在于，它向我们证明，人们如果秉持个人主义的态度，就无法解决社会矛盾。

我完全赞同你的观点。我来回答下你的问题，我并没有把《跳房子》里对于语言的批判运用到我后来写的书里；尤其是短篇小说，因为我明白，短篇小说的世界并没有给深入的语言实验提供太多空间：语言实验会给读者造成阅读困难与障碍，会削弱作品想要达到的效果。短篇小说——这是我在写完《跳房子》之后用得最多的文体——的语言颇有我的风格，它脱离了语法规则的限制，尽可能地删去那些陈词滥调，总而言之，这种风格的语言能直接传达思想。我在《曼努埃尔之书》里进行了实验；我在这本书里又做了一些创新，玩了几个语义游戏，因为那几章的内容很适合这样的安排，我甚至必须使用与传统风格迥异的语言才能够引出某些情节。

　　所有的作家都有自己的梦想和终极信念：我很希望自己能有时间再去写一些在语言上有更大突破的作品，但我不想走极端，像某些欧洲国家里正发生的那样，比如在法国就出现了一些流派，像是字母派，他们纯粹根据和声和发音来选出一系列词汇，并试图让这组词传递它们本身并不具有的含义。你们看到了，这是很复杂的做法，不管读者接受与否，他们都得参与到这个游戏当中去。在我看来，这种做法在诗歌中很常见：有一些字母派诗歌是用拟声词写的，它们最终的确传递了某种特定的含义，但是我从未对此感到满意过，因为这些含义太过初级；这种诗歌顶多能传递色情、恐惧、音乐，或悦耳的声音，它的范围十分有限。目前，法国的结构主义正在做其他类型的语言实验，他们试图瓦解句法的规则模式，从而打破思想的限制，已经走得非常远了。他们的意图与我在《跳房子》中想要达到的意图基本一致。

我想，我已经回答了您的问题吧：近几年，我希望我想说的话都能够顺利地传达给读者，不要受到过多语义和语言学上的阻碍。

您请说。

学生：是这样的，玛伽是一个极可爱的人物。您为什么不谈谈她呢？

这是预料之中的问题，因为不知怎的，《跳房子》的所有读者都会向我问起玛伽。关于她，我不知道我能说些什么，能说的一切都已经写进书里了，即便有一些没有被明显地呈现出来，你们也可以通过情节中的空白来推断。在我看来，书中的玛伽就是奥拉西奥·奥利维拉意识的化身。奥利维拉总觉得自己被玛伽揭发和攻击，就是因为玛伽尽管很无知，能力有限，智力也有缺陷，但她能够凭借自己的本能审视一切，比奥利维拉更有洞察力。奥利维拉很难接受这一点；在这个意义上说，他是个根深蒂固的大男子主义者，他会因为过分依赖理性而无法理解某些事情，要是一个女人能更清晰准确地理解那件事的话，他会很不高兴：玛伽只需要一句话就可以精准地指出要害。

在奥利维拉和玛伽的对话中，奥利维拉常常处于守势，因为玛伽总是揭发他、攻击他，摘下他的假面具，她并非有意为之，而是自发使然。我认为，就是这一点赋予了人物力量，让《跳房子》的许多读者——尤其是女性读者——与玛伽这个人物的性格产生了共鸣。她的性格在书中着墨并不多，也没有明显的重要性，但这是整部小说必不可少的基本背景。

学生：为什么有些片段是用英语和法语写的呢？有些读者会看不懂。

我想，纯粹是为了卖弄学识吧，因为我在写《跳房子》的时候，真是倾尽了自己多年以来、甚至一生的文化积累。一开始的时候，我和你们讲过一点我的人生经历，我说过，在我年少的时候，我非常孤独，就在这种孤独当中，我读了一百万本书。（"一百万"是一种表达方式，实际上这是乔瓦尼·帕皮尼的原话，他说："我读了一百万本书。"①）我没有读过一百万本书，但应该读了有上千本，积累了非常非常多的书本知识。我去欧洲生活以后，开始积累另一种体验，那不再是阅读体验，而是直接的生活体验，这是《跳房子》这本书——尤其是前半部分——想要传达的内容。我读过的所有书本内容都留在了我的记忆里，而你们都很熟悉联想游戏是怎么玩的，因为所有人都有过这样的体验：我们都有特

---

① 乔瓦尼·帕皮尼（Giovanni Papini, 1881—1956），意大利作家、评论家、记者。此句引文的原文是意大利语。

定的文化背景，我们在思考一件事情的时候，脑海会突然浮现 T. S. 艾略特的一句诗，或是卡洛斯·加德尔的某支探戈曲的歌词，这类东西让人产生联想，之后在写作的时候就变成一句引用；如果我们懂得不止一门语言，那么我们就会在每种语言的语境中进行联想。我在写《跳房子》和其他文本的时候，总会不断地想起之前读过的书，所以我就开始卖弄学识了，我没法停笔，把它们全都写了下来。《跳房子》里出现了大量的引用，提到了许多名字和绘画，全都是我积累的知识。现在，我觉得这本书过于掉书袋了。

我想，大家应该知道，我已经不再那样写作了，但我也不后悔在《跳房子》里写了那些内容。或许，在您提到的语言层面上，我有些后悔，因为这本书是写给拉丁美洲的读者的，我不应该在里面添加英语或法语片段，有些读者可能会看不懂。我当时没有想到这一点，但我想给自己辩解一句，书里这样的片段并不多。我记得，这类引文大部分是爵士乐曲的歌词；我还引用了一些蓝调歌曲的歌词，因为当时我听了许多蓝调音乐，深受感动，但如果把它们翻译成西班牙语的话，又很荒谬。你们应该清楚把蓝调歌曲的歌词翻译成西班牙语会有什么样的结果：用我们那儿的话说，那就是"连奶奶都不稀罕的破玩意儿"；我只能保留原文，就像我引用几位法国诗人的诗句那样。尤其是诗歌，我只能引用原文，只能交给读者自行理解。我认为，用外语写的片段并没有那么多。

如果你们愿意的话，我们现在先休息一下……

《跳房子》和《曼努埃尔之书》之间相隔大约十二年。我大概在一九七〇年提笔写《曼努埃尔之书》，在一九七一至一九七二年间完成，并于一九七三年初在布宜诺斯艾利斯出版。在那十二年里，我的生活发生了非常剧烈的变化，因为我经历了我刚才提到的事情：那是许多人——也是许多作家——会经历的转变，我走出了美学的、特别是个人主义的世界，开始有了我们称之为"历史性"的意识，它仅仅意味着我们发现自己并不是独自一人，我们组成了我们称之为社会或民族的大团体，这对于一名思想者来说，本身就意味着一种责任。在某些情况下，作家能够通过自己的艺术或文学表现力与读者、听众或观众产生联系，甚至以此对他们产生某些影响。我不成体系地完成了这个从"我"到"你"再到"我们"的艰难过程，我这么做并不是出于道德动机，只是为现实情况所迫。我记得我在第一堂还是第二堂课上说过：如果非要我说出让我萌生这种历史性意识的关键事件的话，我想应该是古巴革命胜利后（也就是一九六一或六二年）我第一次访问那里的经历。当时，我已经写完《跳房子》了。

在接下来的几年里，我经历了一系列非常痛苦、极具戏剧性的事情，主要和我参与了几个国际组织有关，它们负责调研与收集关于拉美国家（尤其是所谓的南锥体国家）普遍现状的证词报告。我在这些组织中担任顾问，因为我了解欧洲人有时不太了解的拉美问题，我也在第二罗素法庭之类的机构里担任陪审员。我参加了许多会议，读了许多相关书籍，积累了许多信息，除此之外，我自己还去了好几趟拉美，拜访了几个我以前没有去过的国家，比如秘鲁、厄瓜多尔，当然还有我每隔两年就回去一次的祖国，以及我时常拜访的智利。我积累了很多经验，与反对南锥体独裁政权的团体也日益联系密切，他们利用政治手段，有时也使用武装力量来对抗那些独裁政权。这段时期持续了十到十一年左右，在此期间，我不仅丰富了个人体验，还不可避免地进行了反省和反思。我将这些思索写进了几篇短篇小说中，还就此发表了我的第一批文章，我从来没有在课上提过它们，因为它们不是文学作品，而是写给法国、英国、西班牙、意大利、拉丁美洲各大报纸和杂志的檄文或新闻稿。

大约在七十年代，这些经历的积累使我的写作欲望达到了顶峰，我并不想写一本专讲政治的书，因为很显然，我没有这方面的天赋，而且我会写得很糟糕，因为我不是政治学家，我想写的是一本在保持文学性的同时能够至少传达我的一点政治经验的书，它对读者来说能够具有一定的实用性，会呈现一些想法，阐述一些评论，权衡一些可能性，分析一些背景。一九七〇年，这个想法在我脑海萦绕许久，但并没有形成具体的方案，在我身上总会发生这样的事，有时候还会持续很长时间。突然，我正在法国时——六个月前我刚从阿根廷回来，当时那里的情况还相对稳定——开始从朋友们那里得到直接的消息，并从报纸和新闻通讯社那里得到间接的消息：在拉努塞将军政府执政期间，阿根廷的暴力事态正在系统化地升级。（"政府"是我们所有人都使用的词，而如果我现在用这个词的话，奥利维拉是会抨击我的，因为我觉得"政府"这个词应该留给那些好的政府；对于那些不好的政府，我们应该不留情面地直指它们的本质：拉丁美洲诸多军事独裁政权之一。）

拉努塞的独裁政权开始使用系统而科学——说出这两个词是多么艰难——的方式来实施恐吓与镇压，对阿根廷的政治犯实施酷刑，这引发了国际社会的第一次大规模调查。我们都非常清楚，酷刑是人类历史上的古老制度，但在阿根廷，这一贯只是种非常偶尔才会使用的方法，而且常常是不正当的滥用，从来没有像在七十年代那样被系统化、法制化地实行。当时出现了第一批刑罚专家，他们不仅在阿根廷，还在其他诸如巴拿马和美国等国家受训，之后他们被分派到好几个拉美国家，尤其是我的国家；几年后，他们在拉普拉塔河的对岸——也就是乌拉圭——永久地定居下来。在第二罗素法庭的罗马和布鲁塞尔会场中，这些新闻成为我数周以来亲耳听闻的证词。酷刑的幸存者、亲历者或实施过酷刑的人，还有那些亲眼见证自己的亲人和同伴受刑的人来到了法庭上，向国际审判团提交了自己的证言。在那里，我第一次实现了巨大的跨越，我倾听男人和女人们现身讲述他们的亲身经历，而我原来只能在新闻电报上读到这样的内容。

我原来只是模糊地觉得，我得写一本书以便通过某种方式来帮助阿根廷和其他拉美国家的人民反抗愈发猖獗的暴政。突然，这个想法变得清晰具体起来，我将写一部很荒谬的长篇小说，而许多读者也的确认为这部小说十分荒谬，它叫作《曼努埃尔之书》。这部长篇小说完全没有提到酷刑，只在附录里涉及了这方面的内容；小说的主体部分完全与酷刑无关。首先，故事的发生地点不是阿根廷，小说讲述的是几个住在欧洲（具体来说是巴黎）的拉美人的一系列故事。整本书的意图看似简单，但是根据我的写作经历来看，这是最难实现的事情之一：我试图让文学与历史交汇，又不能让历史和文学失去它们的本色，也就是说，在我创作的这本书里，这两个元素——现实事实、正在发生的一切、我们知道的正在发生的一切和我们虚构创造的一切——能够融洽地结合在一起，而不失去其现实性和虚构性。

这是含有政治内容的长篇小说的老大难问题；我们最初几堂课上就已经探讨过这一点。比如，在社会主义现实主义时期，许多作家天真地以为，只要写下乌克兰农民的劳动事迹，成书后便足够成为一部文学作品了。结果，这些书整体而言都平庸至极；一篇记录乌克兰农民劳动情况的优秀论文会比它有用得多，里面的事实会更丰富，内容也更能迎合读者的兴趣。而在相同主题的长篇小说里，并没有任何有意义的情节发生，也不存在真正的文学美感，更无法像值得阅读的好书那样帮助读者实现跨越，跳出自我的箱匣。我清楚地意识到这一点，实际上，我惴惴不安，犹豫着是否要写下这本书。

我桌上的电报和新闻剪报越攒越多，内容都是关于一九七〇年头几个月在阿根廷、巴西、玻利维亚和巴拉圭发生的事。与此同时，我开始撰写小说的情节，想象出了一系列的人物，我让他们彼此交谈，让他们围绕我之后将要给你们讲述的小故事活动。突然，我意识到，试图在小说主体中引入政治元素是很愚蠢的做法，因为很显然，这样会削弱直接的戏剧性内容：小说中的人物可以评论现实中正在发生的事，但这不能作为小说的中心，因为——我再重复一遍——如果历史性元素遮盖了文学性元素，那么文学性元素便会失去本色，反之亦然。我想出了一个本质上很幼稚的主意，但我觉得通过这种方法可以让两者融合在一起：我都不用天马行空地想象，我只要想象书中的人物像我一样阅读报纸就可以了，也就是说，一九七〇年三月，当我正在写小说的某个章节时，里面的情节也发生在一九七〇年三月，由此，我可以想象，故事中的人物已经阅读了一九七〇年三月的报纸：我上午读到的内容，书里的人物也能读到。我把自己感兴趣的新闻的复印件收录进了书里。我剪下了新闻和电报，印刷人员负责排版；文字被排在了它们周围。

如果你们有人读过这本书的话，就会知道有时书里会出现从布宜诺斯艾利斯《舆论报》上影印的一整栏新闻，还附有日期和新闻通讯社的名字；接着小说会在第二栏里（有时是一小格，有时是一整页）排好，最后会再有一个更完整、篇幅更长的附录。这本书的读者在翻看的时候，会在某一页的左面看到路透社发布的一则发生在里约热内卢的新闻，宣称所谓的暗杀小组被指控在某个晚上谋杀了某某——我直接引用了报纸上的新闻，把它的复印件收录进了书里——而小说的情节则被安排在旁边一栏里，描绘人物正在阅读和评论这则新闻："你读到那件事了吗？"这位巴西人和关注巴西新闻的人这样说道。这样有利于建立一种共情关系，能让读者和书本产生更直接的联系，因为读者正在与作者和书中的人物一起阅读同一则新闻；这样就建构起一种关联，一种三重联合，在我看来，这样至少在某种程度上解决了如何将历史性和政治性现实融入小说情节的难题。

　　至于小说本身，鉴于历史性元素会以报社新闻的方式被直接明了地呈现，而且我本人也没有做任何评论——是小说人物在评论，当然了，是我创造了他们，但说话的是他们自己——所以我认为，这是一部真正的长篇小说，换句话说，这是一个具有戏剧性情节的故事，其中会发生很多事，人物之间也会面临一些问题。总体来说，我希望写成的小说必须富含幽默元素——即便是黑色幽默也好，而这本书里常常出现黑色幽默——且带有很强的游戏性和荒谬色彩，但不能夸大和煽情，因为夸大与煽情是很可怕的，而且书里与情节相左的所有新闻都已经包含了这些内容，因此，不必过多强调这点。

我创作了一个很有趣的故事，从现实的角度看，这个故事荒谬极了：在巴黎有一群拉美人——一个巴西人和几个阿根廷人，他们还有几个法国朋友，男男女女组成了一支武装小分队，他们打算绑架一个被他们叫作"埃毕普①"（这是阿根廷人的习惯发音，或者说 VIP）的人，这是个非常重要的人物，他们知道他是南锥体地区武装镇压组织的统帅。这个人正带领他的卫队随从们在巴黎协商购买武器一事，想让南锥体政府在法国政府面前留下好印象。他们决定绑架他，以此换取阿根廷和巴西的一些政治犯的自由。你们看到了，这没有任何新意，因为在过去的十五年里，用绑架来换取囚犯自由的做法在许多国家已经变得——我不会说它每天都会发生，但它的确变得非常常见了；区别在于，这场为了营救政治犯而实行的绑架行动并不是以现实主义的方式来讲述的：聪明而敏锐的读者马上就会意识到这是一次游戏，实际上，这场行动并不以成功为目的，他们计划得并不好，在行动过程中出现了由几个主人公的性格问题而引发的一系列内部失误。

让我感兴趣的是研究某些人物面对当下难题时表现出的个

---

① 此为西语"el VIP"的音译。

性，研究他们如何理解这场革命活动，如何评判革命成果，研究他们目前的状况，以及如果他们成功的话，可以对他们寄予的期待，研究他们将来会变成什么样，这一切都被写进了小说的情节里——我再重复一遍——我还加上了相当多的幽默元素和游戏性元素，好让情节能够比较顺畅地发展下去。我在书里描绘了几个我喜欢的人物，他们以某种方式替我说出了我对革命行动的忧虑，他们提出了这样的疑问：如果在某一时刻，游戏突然翻盘，独裁政权分崩离析，被人民政权接替，那么那些曾经的反对派、那些曾经为胜利不断斗争的人发现自己成为掌权者，必须做好决定，领导自己打下的江山，那么，在这个时候，事态会如何发展呢？这本书里记录了很多思考和对话，它们呈现了些许我自己与古巴、阿根廷和智利同伴们的对话和交流；从这个意义上来说，书里描绘的并非一场游戏，它非常严肃地讨论了革命的价值与责任，但小说本身的情节是轻松明快的，因为这样可以更清晰地展现我希望读者看到、读到和深刻感受到的东西。

这本小说陷入了一个很有意思的境地。我在这之前就已经预料到了，书的简短前言里的第一句话就说，《曼努埃尔之书》可能会遭到右翼政治势力和左翼人士的谴责。我认为，一般来说，右翼政治势力——他们可能会关注像我这样的人在虚构作品里写了什么——会觉得受到冒犯，会觉得不痛快，因为我把政治写进了书里，而且我的政治理念和他们的相悖，因此，他们是不会喜欢这本书的：自己原本非常欣赏其才智的一位作家，突然之间相当强硬地表达了与自己截然相反的理念，这绝对不是件愉快的事。与此同时，我也预测到我自己的同伴不会喜欢这本书，原因很简单，他们会觉得这是很严肃、很重要的话题，正如其他重大议题一样，它不能像这本小说那样，被掺杂进玩笑和游戏的成分。因此，我非常清楚，我将遭受双方劈头盖脸的批评，事实也的确如此：相当一部分的阿根廷左翼分子认为这本书不够严肃，其他人则责备我挥霍了自己的文学才能，把政治写进了书里。这是一场值得玩的游戏，我玩了，也很高兴自己这么做了，因为随着时间的流逝，情况逐渐发生了转变，人们对一些问题有了新的看法，从这本书受到的评价和讨论来看，人们开始认为，我想要融合文学与政治的想法并不完全是荒谬的、不切实际的。

在小说的结尾，在所有的情节内容都结束之后，我还加上了一则附录，附录的内容让我觉得十分痛苦，但我又不得不加上它：一共四页，每页被分成了两栏；一栏记录了阿根廷政治犯的证词，他们从一九七〇年开始饱受最可怕的折磨；另一栏摘录了一本书里的片段，由一名叫作马克·莱恩的美国记者所写，他采访了从越南回来的美国士兵和士官，他们向他招供了战争中对越南囚犯实施的骇人听闻的酷刑。在我看来，这是完全正义的做法——尤其是针对那些伪君子和骗子们——在这两栏里，人们可以看到，当邪恶和虐行达到这种程度时，在不同的政治语境中，人性的堕落意味着什么。这些文字让人无法忍受，因为它们以并行的形式出现，太令人感到痛苦了：读者可以从阿根廷的部分转读到美国的部分，再跳转回阿根廷的部分，两栏说的都是同样的内容，同样的事件，同样的过程，都是对人类生命的轻视，都在捍卫本质不知为何的价值观；捍卫它们的人并不知道自己究竟在捍卫什么。我认为，把这部分内容添加进书里是我的责任，因为阿根廷人并不知道马克·莱恩的这本书（能读懂英文并且发现了这本书的人除外），这本书之所以不为人知，是因为美国的新闻通讯社显然不会把这种信息对外公布，同样地，南美的新闻通讯社也不会把另一栏的内容对外公布。我又一次明白了文学能在何种程度上弥补新闻传播的缺失，它能在一本书里展示无法通过其他渠道获取的信息。许多读者都惊讶不已，因为很多心存善意的人向我坦白，他们从来没有想过这种事情会在这两个国家中的任何一个里发生，可眼前的资料触目惊心，它们并不是虚构的故事。

　　基于上述原因，我很高兴自己写下了《曼努埃尔之书》，这是本极其不完美的书，因为我写的时候也很匆忙；我得赶在某个时间点之前把它写完，让它能马上在阿根廷出版，让人们能够读到它，让它能声援反对暴力升级的运动。事实上，我不习惯这样工作，因为我跟大家说过，我很懒，常常要琢磨很久，需要花很多时间来写一部长篇小说。而这本书则是我没日没夜地写完的，就像写新闻稿那样，大家肯定看出来了，看出来了也无所谓。从写作的角度看，这是本非常松散的书，但即便如此，我还是很高兴写了这部作品。

在结束这个话题之前——大家已经发现了，我们早就偏离了文学；我并不后悔，但愿你们也不后悔——我还想说一件事，它再一次证明作家可以为我们拉丁美洲各民族的解放斗争贡献力量。五年前，一位朋友从墨西哥给我寄来了一本漫画——或许我在课上提过这件事——漫画的主角是方托马斯……我记得我说过这件事，但我不确定。方托马斯是一部墨西哥连载漫画里的人物；事实上，方托马斯是法国人，但墨西哥人把他占为己有，将他变成了类似于墨西哥超人般的人物，他每周都会出现在贩卖漫画杂志的报刊亭里，被墨西哥人民广泛阅读。这是一部粗制滥造的漫画，它和其他所有漫画一样，捍卫那一套特定的价值观和道德标准，即善良总会取得胜利，邪恶总会灭亡，但它并没有解释清楚什么是善什么是恶。有人给我寄来了其中一本方托马斯的连载，因为我竟然是里面的一个人物。翻开那本漫画的时候，我吃了一惊，因为我被画进了漫画里，所以我必须好好读读它。

那则故事叫作《火焰中的文化》，属于典型的方托马斯风格，典型的超人风范。在这个故事里，全世界的大型图书馆突然失火了：东京的图书馆着火了，大家以为是场意外，然后伦敦的图书馆也着火了，接着是另一个……但愿伯克利的图书馆没着火……所以大家开始慌了。有一些作家非常绝望，因为他们发现有个疯子正在试图毁灭文化，为了实现这个目的，他在用一种激光来摧毁图书馆，但没人能找到他、逮捕他。后来，华盛顿的国会图书馆也被烧了，所有人都惊恐不已。几个作家非常机智地决定给方托马斯打电话，因为方托马斯，当然得找他了……那么，是哪几个作家要给方托马斯打电话呢？是阿尔贝托·莫拉维亚、伊塔洛·卡尔维诺、苏珊·桑塔格和我，书上还对此加了脚注，说明"某某地方的著名作家"，好让读者知道都是些什么人。（当然了，我们都被画得惟妙惟肖。）我们几个都在给他打电话。奥克塔维奥·帕斯也在打，他说："方托马斯，你赶紧来吧，有人在烧书啊。"我也给他打了电话："方托马斯，你是我们的朋友，快来吧。"漫画里没解释我们为什么是方托马斯的朋友，但他出现了，我们跟他说了情况。他说："别担心。"然后他自然而然地张开翅膀，飞出了窗外。他去了巴黎，做了一系列调查，发现真的有个憎恶文化的疯子，手持一束强大的激光。方托马斯从另一扇窗户钻了进去，消灭了敌人。真高兴啊！文化得救啦！我们都向他表示了感激。这就是这则漫画的结局。

我收到这本漫画后，一边读一边想："好家伙，既然他们没经过我的同意就把我画成了漫画人物——从原则上说，这样不太好——那么我也不需要经过那些编辑的同意就能改编这部漫画，把它写成我自己的版本了吧。"我用剪刀剪下了我喜欢的部分，做成了剪贴画，我写了一些文字，把它们安插在连载漫画的不同页面上，并把我不感兴趣的内容删掉，我完全改变了漫画原本的意义；也就是说，第一部分的内容我全都没改，但是，当方托马斯胜利归来，对奥克塔维奥·帕斯或我说，"我已经消灭了那个恶魔，你们可以继续安心写作"时，我们这些聪明人却告诉他："不，方托马斯，你错了。你以为你消灭了恶魔，但你并没有消灭它：恶魔不止一个。看这个，你读读罗素法庭就拉美种族文化灭绝得出的结论吧。你不知道这些事，墨西哥人也不知道。你读读这几页吧。"然后就是那几页的内容。"读读亚马孙土著文化消亡的事吧。读读墨西哥印第安人在他们生活的土地上的遭遇吧，读读人们干的所有好事吧，他们不需要烧毁国会图书馆就能摧毁整片大陆的文化，杜撰虚假的价值观念。"方托马斯感到羞愧不已，故事的结局非常好，因为他说："亲爱的奥克塔维奥·帕斯，从现在开始，我会拼尽全力与跨国公司斗争，与一切消极形式的帝国主义斗争。"

我坚持要求按照漫画的形式来出版，还要求必须在报刊亭里卖这本书，而这本书在墨西哥卖了几十万册。很多人买了这本书，以为又是一则方托马斯的冒险故事，他们读的时候觉得这本书很有意思，于是一直读到了最后——我知道这件事是因为编辑做了调查——他们得知了许多过去根本不知道的事。我之所以和大家讲这件轶事，是因为我依然觉得，我们拉美作家的使命有时会远远超出写短篇小说和长篇小说的范畴，尽管继续创作短篇小说和长篇小说也是很重要的事。

　　我不知道下周四我们做点什么比较好。我什么都不想做，因为那是最后一堂课、最后一次座谈了，总会有些伤感，所以我们应该找点乐子。你们可能会有很多问题想要问我，可能和最初的几次座谈内容有关。我不想再讲与我作品有关的任何话题了，因为我觉得你们应该也听腻了。还是用提问和回答来填补空白会比较有趣吧。如果你们有其他想要做的事，现在就可以告诉我。我其实很愿意——我也不确定——给大家读一则短篇小说，然后我们可以讨论一下。怎么说呢，我有点迷茫，估计你们也是。有个好办法：我们都别来了。

　　学生们：不——不！

　　好吧，我们还是来吧；我想，不管怎么样，我们还是会来的。好吧，我们一起好好想想。如果我能找到几篇我还没在这里讲过的文章，而且它们够短、适合讨论的话，我就把它们带来给大家读一读。但是请你们也想想有没有想提的问题，别让我走的时候还留有没被满足的好奇心。谢谢大家。

第八课　情色与文学

　　你们或许还记得我们第一第二次聊天的内容吧——也可能是第三第四次，不过这已经不重要了——我给大家读了一篇有关克罗诺皮奥的文章，叫作《旅行》。这篇文章简直与现实如出一辙，因为我又得像克罗诺皮奥那样旅行了：我回法国的船昨天停在了奥克兰；今天就不在了，它昨晚开走了，但我必须乘坐那艘船，因为我和卡罗尔的行李都已经在船上了。我们昨天把它们送上了船，自己却留了下来，因为今天我得和你们道别。所以这节课不会上到四点钟：我们得连续不间断地上课，到了三点半你们就得大方地放我走，因为，就像詹姆斯·邦德的电影里演的那样，我们得从这里跳上一辆送我们去奥克兰机场的车，然后在机场跳上一架前往洛杉矶的飞机，有个朋友会在那里接我们，然后开车送我们坐上那艘已经恭候多时的船……克罗诺皮奥们就是这样旅行的，没错，就是这样的。很不幸，这件事牵扯到另一件很实际的事，你们原本应该在四点以前上交论文的。我不知道秘书处有没有通知你们得在三点半之前上交。我想应该没有人现在还在写论文吧，所以理论上来说，等到三点半我们准时互道"永别"的时候，我最好能手里提着小行李箱离开。

前几天，在上一堂课结束的时候，我已经告诉过大家，我不知道今天做点什么好，但无论如何，这都不会是一堂课。我觉得，这是朋友之间一次美妙的聚会，在这一个半小时的时间里，我们还是可以无拘无束地谈论一些我们可能还没有解决的问题。我承认，这几天我没有时间整理出一份大纲来，但我觉得没有关系。两三天前，我回忆了我们谈论过的所有内容，以及你们问过我的所有问题，我发现，有一个话题，虽然我们曾经粗浅地触及，但我们从来没有专门探讨过。在我看来，它提出了许多严肃的问题，在文学中，特别是在我们如今感兴趣的拉美文学中，这是一个非常重要的话题：情色在文学中的处理。这是一个非常棘手的问题，主要出于历史性因素，我在这里就不多说了，因为我们时间不够。整体而言，我想告诉大家，你们在阅读古典文学的时候，很容易就能证实以下这个事实：在非基督教文学中——也就是基督教统治西方世界之前的文学，主要是古希腊文学、拉丁文学（或者说古罗马文学）——情色从来不是需要被谨慎对待的话题，无须在下笔之前反复斟酌字词用语。在古希腊人和古罗马人看来，人类的情色活动和其他任何活动一样，处于同等地位，都是作为人类完整性的一部分；尽管有些细微的差异，但当时基本上没有任何限制，没有隐晦的表达方式，没有禁忌，没有公开的禁令。只要读读忒奥克里托斯或者阿那克里翁的作品，读读伟大的佩特罗尼乌斯的作品，读读他的《萨蒂利孔》，你们就会发现古希腊人和古罗马人是如何熟稔自如地对待情色这个话题的：他们自然而轻巧地处理这个话题，就像他们处理历史、神话、人类情感与智慧等话题那样。

基督教成为主导力量后，这个人文的时代便终结了，很显然，基督教——我在这里省略了很多内容——强制推行非基督教徒并不奉行的道德准则。在这种道德体系中，灵魂与身体、精神与肉体的概念都被赋予了道德价值。长久以来便形成了一种趋势，即与情色有关的一切，尽管不完全被纳入罪恶的范畴——虽然有时候一些教会的神父会如此认为——但无论如何，这都是个必须被极其谨慎处理的话题，不再可能像古希腊、古罗马人那样随意而无所顾忌地书写与它相关的内容。这种做法在整个中世纪靡然成风，甚至或自觉或不自觉地延续至今：基督教——不管是天主教还是新教都是如此，两者只有细微的差别——制定了一套道德准则体系，它迫使人们在创作与情色这一人类活动有关的内容时，只能隐晦地描写。

还有一些颇为可疑的道德因素也在其中发挥了作用，我一直都在反抗它们；这是非常虚伪的做法，因为所有人都知道——我们这些拉美人都清楚得很——我们在口语表达中会非常随意、毫不掩饰地提及情色话题。我们和朋友在一块儿的时候会提到情色场景，但从来不会想到我们是在违反基本的道德法则；尽管人们的文化水平和惯用词汇不同，情况也会有所不同，但是和朋友一起时，我们总会随心所欲地聊起情色话题。而写作的时候，情况就不一样了：很多创作长篇小说或短篇小说的作家在描写情色场景的时候会有心理障碍，这种障碍源于过去，源于一种禁忌或禁令的概念；从本质上说，源于一种将其视为罪恶的观念。我们只需要想想——而且这件事没过去多久——D. H. 劳伦斯出版他头几部小说时在英国发生的那些事就够了，就因为他在小说里毫无顾忌地使用了情色语言。《查泰莱夫人的情人》出版之后，在英美两国被禁了好多年。就更别提在美国这儿曾发生的另一件事了：亨利·米勒写的《北回归线》和《南回归线》彻底被禁；封禁这本书的那群人会和他们的朋友或亲人毫无顾忌与障碍地交流同样的话题，可到了作家手里，这却成了棘手而危险的领域。

在拉美，文学中的情色问题极富戏剧性，因为直到——我印象中是如此——一九五〇年，长短篇小说中的情色场景都是通过隐喻手法来描绘的，作家会使用非常明确的意象来毫不含糊地呈现自己正在讲述或描写的内容，但无论如何，他们都不得不用一系列的意象或隐喻来掩饰原意。在一九五〇年以前，即便是在思想最自由、最能驾驭这类话题的作家作品中，我们还是能明显地发现，在写到情色段落的时候，作家会觉得别扭；虽然他们努力想要改变这种局面，克服描写或谈论某些事物的恐惧，但我们还是会发现，那些段落和书中其他部分有些不同：他们总是用一种稍显特殊的方式来处理情色场面，这充分地说明过往的禁忌和压抑依然有极大的分量。有趣的是，从一九五〇年开始，情况发生了巨大的转变，我个人觉得这是非常积极的变化。

有些人可能对这个词存有疑问，我想说明一下：我在谈论文学中的情色时，指的绝不是色情。情色和色情之间有一个根本性的区别：在文学中，色情总是消极的、可鄙的，因为在书里、在书的场景中，它们意在营造色情氛围，好让读者兴奋起来，或是激发他们的某种情绪；与之相反，文学中的情色则意味着情色活动与人们的心理、智力和情感活动同样重要。在谈论文学中的情色元素时，我指的是一种与我们深切相关的东西，它与此时教室里在座的每一个人都有所关联；而色情作品则总是以商业性为主导，偏向于引发肉体欲望，这与真正的情色没有任何关系。在我看来，这种区分非常重要，因为电影、戏剧、文学和绘画的审查官常常会把色情与情色弄混。许多年前，我曾经在我的国家见过一本被审查的裸体相册，它被归类为色情作品，但它与色情没有任何关系：里面都是极富美感的裸体照片，拍摄者想要传递的是这种美感，就像菲狄亚斯和普拉克西特列斯的裸体雕像一样，如果有人把这些雕像归入色情作品的范畴，那可真是够虚伪、够愚蠢的。然而，这样的作品常常在我们的国家被审查，在文学领域也是同样的情况：许多长篇和短篇小说被审查，被判定为色情作品，而它们只不过直白地描绘了情色场景，就像处理其他话题一样处理了情色这个话题。请允许我强调一下，在我看来，文学中的情色元素就和其他诸多元素一样，并无多大分别；它没什么特别之处，既不比别的元素高级，也不比它们低级。在长篇小说中，如果某个人物经历了一次情色场景，然后开始反思智力层面的问题，那么这并不意味着一个场景比另一个场景特殊。我们所有人在日常生活中都会做这样的事：由于环境和动机不同，我们会经历不同的阶段，在这些阶段里的某些特定时刻，情色场景变得重要了，而在其他时刻，生活中的其他场景——比如智力活动、学习、工作、旅行——则居于更重要的地位。

一九五〇年左右，拉美作家开始从这种禁忌和困境中解脱出来，这让我觉得非常高兴。在那些年最重要的作品中，我们已经开始感觉到作者能够更加自如地处理情色描写，不再困难重重了。这是一场非常艰难的胜利，我可以告诉大家，对我来说也是如此，而且现在依然如此，因为这一领域的相关规定和禁令已经存在了不知多少年，这导致作者无法直接书写某些场景，无法直接使用某些词汇，因为他们潜意识里觉得它们不该被写出来。我举个自己的例子吧，我在五六十年代写了《跳房子》，里面有不少情色场景，但没有一处是正面描绘。在大多数情况下，当我写到这些场景的时候，我会感到思路受阻，心情忧虑，而且——我知道大家都很了解这本书——在大多数情况下，我都使用了隐喻，一系列读者能够理解的意象，而在书里的非情色场景中，我是无论如何都不会使用那些意象的：在这种时刻，我的语言风格发生了改变，我意识到禁忌的存在，并且接受了它。这让我心烦，让我担忧，让我痛苦，但当时我无法摆脱那种困境。

随着时间的流逝，许多经历相同的作家也都在努力为文学中这个被区别对待的话题正名。等到我写《曼努埃尔之书》的时候，我发现自己同样需要处理情色场面，因为它们是人物生活的一部分，在很多情况下都非常关键，因为它们决定了人物的行为：他们之间的私人情感关系甚至影响了他们的政治行为。我意识到自己又一次面临这个问题，决定不能再这样继续下去，我必须有直面误解的勇气。《曼努埃尔之书》里出现了一些情色场景，它们自然受到了那些"正直的公民"的强烈抨击，先是在我自己的国家，然后是在拉美其他国家，甚至某些译本也遭受批判。他们不愿接受情色场景是必不可少的，因为它们是人物生活的组成部分。我这么做，是为了达到两重目的：一方面，我设置这些场景是因为它们不得不出现，如果我回避它们，那么我就是个虚伪的写作者，我就否认了我无权否认的东西，因为它们是书中每一个人物的心智、精神状态和性欲的一部分；而我的第二层意图——这层意图我表达得很清楚——在《曼努埃尔之书》的几场对话中有所体现，这些对话再次涉及我们在这几次课堂中数次谈及的主题：在谈论民族解放问题时，语言和写作所面临的难题。我们不能继续使用过时的、腐朽的语言，它承受着禁忌的重负，而这一点恰好在情色领域体现得尤为明显。我之所以写那些段落，一方面是因为我不得不写，因为这是人物生活的一部分，而我的第二个目的是想让读者明白，他们也可以在各个维度摆脱思想的禁忌，不仅仅是在政治和历史层面，在最私密、最个人的层面也是如此，因为如果不摆脱那些禁忌，就不会出现拥有崭新面貌的人。

就算以下这些话会变成陈词滥调，我也要再重复一遍：如果变革不是从内向外开展的话，那么，它就可能会从外向内推进，而这样的结果将十分糟糕，因为思想陈腐的人领导的变革是没有任何作用的，他们只会继续推行过时而无力的语言、思想和表达模式。我相信我肯定不是唯一这么想的人；现在我们经常可以读到一些拉美的短篇和长篇小说，它们的作者已经充分意识到，情色元素在故事中呈现的方式与它和前后发生的情节没有任何区别，那部分所叙述的情节和其他方面的情节同样正当合理、同样自然。

《最后一回合》里有一篇文章，我今天没法读，因为它很长，但大家或许会对这篇文章感兴趣，我也希望大家能对它感兴趣，因为不管是对于你们当中那些将要从事写作的人来说（我希望人数能多一些，不过我已经知道有很多人想要写作了；我自有我独特的方法知道），还是对于那些要从事其他行业的人来说，我都觉得这是我们目前为止讲过的最重要的话题之一，因为它与左右翼政治势力的假正经、虚伪和迂腐密切相关，不管是右翼还是左翼都一样，因为他们真的没什么区别。由于传统原因，右翼势力一般都很虚伪，装模作样。他们认可传统，因为如果不认可的话，他们算哪门子右翼呢，但是，既不接受传统也不批判传统的左翼势力同样如此，不管是在生活还是写作中，他们也会像清教徒那样虚伪地认同与性欲和情色有关的禁忌。

现在我们集中关注写作层面吧，这是我想重点批判的领域，因为如果对右翼有偏见的话，是做不出什么了不起的事的，但如果批判左派的话，是可以做成大事的，因为左翼人士完全具备反思的能力，他们能够意识到，当他们批判或丑化被他们误认为是淫秽色情读物的作品时，他们持有的实际上是令人难以置信的极右的、完全反动的态度。这就是为什么我希望你们有机会能读一读《最后一回合》里这篇文章的全文——文章很长——因为它可以补充我今天讲的零零碎碎的内容。这篇文章叫作《/她会开门出去玩游戏》。（这个标题源自阿根廷孩子们唱的一首童谣，这首童谣和我们所有的童谣一样，都是从西班牙传来的，它是这么唱的："米布丁，我想和这个地方的姑娘结婚，她会缝衣服，会绣花，会开门出去玩游戏。"当然了，阿根廷的孩子们很调皮，他们总会按照自己的方式来理解最后两句，但他们的妈妈并不会怀疑这种事。）这篇文章叫作《/她会开门出去玩游戏》，因为这是一个邀请，邀请读者参与伟大的文学游戏，而大门敞开。我给大家读一小段，好让你们能有一个更具体的概念：

殖民、贫困和独裁统治也会损伤我们的审美，如果一个民族连政治主权都无法获得，那么，他们试图主宰情色语言的想法就好比青少年在午睡时间用闲下来的一只手翻看《花花公子》杂志时产生的幻想。然后便是一个有关卫生的问题……

没错，我给大家读的是情色内容。

……一个有关卫生的问题：如果文学能够传达任何一种体验，甚至是最难描述的体验，而且不会在我们的文明城市被时刻警觉、紧跟良好风尚的市政当局抓住把柄，那我们所称的情色语言还有存在的必要吗？那是一种幸运的、皆大欢喜的替代。这难道不比赤裸裸地展示各种事物更有力量吗？答案是：别虚伪了，这完全是两码事。比如说，这本书里有一些短语，比如"你最深处的皮肤"和"岛上的海难"，想要诗意地转述特定的情色场景，或许它们做到了；但是在非自觉的叙事语境中，也就是在非诗意的语境里，为什么只有情色场景非得戴上意象和拐弯抹角的面具呢？或者，让我换个说法，为什么只有它陷入了锁眼般的现实主义当中呢？人们没法想象像塞利纳那样的人……

我指的是法国长篇小说家费迪南·塞利纳，他是情色文学大师。

……人们没法想象像塞利纳那样的人会用不同的表达方式来讲述一段繁杂的过程或一场厨房里的性爱，对于他和亨利·米勒来说，禁（区）是不存在的……

"区"这个词中间加了括号，也就是说被禁止的"区域"是"性爱"①……

……我们欠发达的国情……

现在我讲的是拉丁美洲的情况。

……我们欠发达的国情让我们被迫接受最严苛的禁令，写作停滞不前，而我们说话时却并没有想过要负责任，每个经常

---

① 科塔萨尔在这里玩了文字游戏，他把禁区写作"co(i)to vedados"。在这里，"区域"(coto) 这个词和"性爱"(coito) 只相差了一个字母 i。

参加西班牙或阿根廷的聚会的人在酒过三巡后都会对此深有感触。长久以来，拉丁美洲一直在探寻自己的道路：莱萨马·利马、卡洛斯·富恩特斯、巴尔加斯·略萨，以及另外两三名作家，他们已经开始披荆斩棘、开拓新路。现在，一些年轻作家，尤其是一些不入流的作家（天赋另论），正试图夺走语言的贞洁，但在大多数情况下，他们所做的不过是在猥亵之前勒死语言，作为一种情色行为，这是非常粗鄙的；文学恐怖主义①没有在这一领域产生任何效果，只带来了一阵痉挛，激发了读者的淫虐之心。古巴、哥伦比亚和拉普拉塔河流域的作家的大多数尝试只创造出了许多——恕我冒昧——粗俗的作品。

你们看到了，这篇文章相当强硬，充满了讽刺色彩，是我在大约十年前写下的。我很高兴，如今情色语言在拉丁美洲已经占据了一席之地。现在，女性创作的文学作品令人惊叹：在阿根廷、智利、乌拉圭、哥伦比亚，许许多多出色的女性小说家——她们可能不太有名，但这不重要——已经在创作第四部，甚至第五部作品了。她们在书中描写的情色场面文笔优雅，富有美感，同时

---

① 文学恐怖主义为战后西班牙文坛风行一时的流派，其特点为从存在主义出发，选择日常生活最可怕、诡谲、悲苦的方面加以反映，试图以暴力粗鄙的描写达到一种震慑惊吓的效果。

写法坦率真诚、毫不虚伪，这是以往的文学并不具备的特质，我对此钦佩极了。男性作家也在沿着这条五十年代开辟的道路前行，我认为，我们正在摆脱情色领域的禁忌和许多虚伪的做法。

我想向大家提个请求，你们在阅读我们这些拉美人写的作品时得记住这一点，在读到小说中的某些场景时，不要轻易被激怒，觉得受到冒犯；相反，你们得试着分析这些场景与书中的其他内容是否同样合理一致。如果不一致的话，那就是本色情小说，但如果它们组成了书中的关键部分，如果它们和其他内容一样重要，一样必不可少的话，那么，这就是正当合理的情色内容，而在我看来，这就是我们要继续走的道路。

好了，我觉得松了口气，因为前几天，我发现我们在课上没有讨论过这个话题，如果我没有这么做的话，我会觉得自己很虚伪；如果我过后才想起来的话，我会因此而自责的。

好几个学生提议我讲一些话题，我没有时间了，但大家可能会对其中一个话题感兴趣：有人问我——确切地说，是要求我——能不能谈一谈拉美文学和民俗音乐之间的关系。民俗音乐自然也是文学，因为它们大多数都是被演唱的音乐，也就是说，音乐中包含着歌词，包含着诗歌，它们有好有坏，也有平庸之作，但它们都具有文学的特质。我很重视民俗音乐，所以我觉得这是个有趣的话题，不仅对于美国的同学是如此，对于来自多个拉美国家、和我一同出现在这里的同学也是如此，因为在任何一种文学研究当中，民俗都是不可或缺的元素。

首先，我想告诉大家：要当心那些民俗专家，因为他们是很可怕的生物。当然，我对他们充满敬意，因为他们当中一些人倾尽一生研究阿根廷桑巴音乐或是墨西哥科里多音乐的发展历程，他们藏书极多，博学多识。但是，在这些民俗专家身上有时会发生这样的事：当他们展示和传播民俗音乐的时候，他们缺少了谦卑的吉他手或不识字的歌手所拥有的东西，这些人家里并没有任何图书馆的借书卡，但他们却可以直接传达民俗音乐的力量。有时人们倾向于认为民俗音乐是民族的某种产物，于是把它和民族分开，剖析它，崇拜它；这是另一种危险的做法。我认识一位阿根廷的民俗专家，他冷漠地认为，巴瓜拉——也就是阿根廷北部的一种音乐——胜过贝多芬所有的四重奏。要是你听到这种荒唐的话，那就真的没必要继续谈论下去了。这让我想起了一件关于博尔赫斯的轶事：有一天，一名土著学家——也就是深入研究土著问题的民俗学家——对博尔赫斯说，必须抵制西班牙语，因为这是殖民者和征服者的语言，必须重新使用土著人的语言。于是，博尔赫斯对他说："很好，但您已经写了三本书了；您不该写下来的，您应该用奇普结绳记事才对。"（印加人只会结绳记事。）虽然博尔赫斯的回答很坏心眼，但他明确地回应了那个土著学家，对方的价值观念完全是乱套的。

我认为，拉美的民俗音乐——北美的情况也是如此——就是我们的民族传播某种文化的方式，这种文化几乎没法以小说的形式传播。这并不意味着民俗音乐更重要或是更不重要，它只是一个不同的领域而已：民俗音乐传递了作家并不总能捕捉到的东西。有好几回，与某个外省来的人面对面交谈时，我会长久地思考他们省的音乐，想起巴瓜拉、恰卡雷拉、桑巴或是马兰博，因为正是通过这些民俗音乐，我感受到了那个民族的深层搏动：在这个层面上，它是一种与诗歌、小说拥有同等丰富价值的语言。

　　但是，民俗音乐不止于此。最近几年——可能一直如此，但最近几年尤为明显——民俗音乐变得越来越具有公共政治性；在这个意义上说，民俗音乐能在不丧失内在特性的前提下，向民众传达某种信息，那是连最精雕细琢、或者说最高雅的文学作品都不一定能传达的信息。或许你们听过阿塔瓦尔帕·尤潘基的歌曲，他是来自阿根廷萨尔塔省的歌手，唱出了萨尔塔印第安人的心声。他在歌词中提到了社会反抗、印第安人遭受雇主压迫后意识到的不公正，这些内容被编写成美丽的歌词，他还谱写并演唱了同样优美的音乐。他不是个例，许多阿根廷音乐家都在创作带有意识形态内容的民俗音乐：这是厌倦了无尽不公的民族的心声，人民通过音乐肆意尽情地唱出自己的歌声。

　　在美国这里，诞生于南部的蓝调音乐已经成了常谈的话题。只要听听许多蓝调歌曲的歌词就知道，它们不停地歌唱愤懑之情，歌词中包含着对压迫的反抗，这类内容显然在奴隶制时代最为盛行，后来则停留在经济层面。蓝调是美国的民俗反抗音乐——但现在我认为可能并不是了，不过我也不是这方面的专家。在拉美，每个国家都有表达政治诉求的民俗音乐。我不是墨西哥科里多音乐的专家（我知道在这个教室里有很多人非常了解科里多音乐），但是我听过的足以能让我感受到，墨西哥人民在其中述说他们经历过、体验过的故事，还有他们的抱负、沮丧、失望和期许。因此，民俗音乐是文学的源泉，因为它给我们这些作家提供了既有艺术性又有话题性的素材，让我们可以倾听人民内心深处的声音。

现在，我想把时间留给大家，如果你们有问题的话，可以问我。我本来想给大家读一篇文章，让大家开心一下，但我们可以把它留到最后。我不知道你们有没有想到什么问题。

学生：你为什么不……？

又是你的问题，我已经认识你了。说吧。

学生：你为什么不谈谈赫伯托·帕迪亚①呢？你还记得在第一堂课上曾经提到过他吗？我觉得会很有趣的。

---

① 埃韦尔托·帕迪亚（Heberto Padilla, 1932—2000），古巴诗人，1971年因批评政府入狱，最终被释放。此次事件后来被称作"帕迪亚事件"。

我外婆说过，只要运气好，永远都不晚。是的，没错，你已经跟我提过了，对。我不会说太多，因为还有更有意思的事可以谈……

学生：抱歉，我打断一下，我觉得这个话题很有趣。你写了一首精彩的诗歌回应古巴政府，我觉得这很有意思；你提到了政治批判等等。

是的，小伙子，但是我手头没有这首诗……

学生：你不会背这首诗吗？

不会，我哪儿会啊！我连自己的电话号码都记不住。这是真的，千真万确……我只能告诉你：今天，我们谈论"帕迪亚事件"，就好比有人站起来，极其忧虑地向我打探圣女贞德的消息："那个被关进鲁昂监狱的姑娘怎么样了？她会不会被烧死啊？"没错，这件事已经彻底结束了，它很悲哀，因为它发生在古巴政府内部极其紧张的时期，后来政治学家把这种情形归结于宗派主义。这种说法是准确的：很显然，当时宗派主义盛行，人们互相猜忌，面对时刻威胁古巴革命的外部封锁，国内局势极其紧张。猪湾事件过去没多久，国内情绪使这种形势进一步加剧。

赫伯托·帕迪亚犯了一些错误，我觉得古巴政府也是如此：他使用了各种必要的手段让古巴政府认为他是个叛乱分子，而当时的古巴政府根本无法容许这种情况发生；古巴政府则使用了各种必要的手段把他变成殉道者，但当时完全没有把他关起来的必要。他被关了一个月，出来以后被迫做了自我检讨，这是件荒唐的事，因为这种自我检讨给我们大家都带来了非常痛苦的回忆，自我检讨连"自我"都没有了，谈何"检讨"：远远拿枪指着你进行的自我检讨根本就不是自我检讨。这一切都是时任政府的愚蠢行径，最后，该结束的都结束了：赫伯托·帕迪亚重获自由，恢复工作，人们也不再谈论他的事了。奇特的是，每次我去古巴——分别在这事发生的两年、四年和六年后——我都会意识到"帕迪亚事件"已经完全结束了，但在我生活的欧洲，所有人都问我同样的问题，在某种程度上就像是在问我圣女贞德的事。好了，这就是我能告诉你的全部，我还想说一句，我敢肯定引发"帕迪亚事件"的内部条件在古巴已经不复存在，不会再发生同样的事了。这听起来像是一句预言，而我不是预言家，但约翰·济慈曾经说过："你得先说出预言，然后让预言自己实现。"

学生：我接下来想提出的并不是一个问题，而是我的一个观点，与你周一的讲座有关。文学评论和文学之间的关系十分重要。你提到过，鉴于拉丁美洲的社会、经济和文化背景，拉美作家往往面临着艰难的困境；文学评论也面临着同样的，甚至更棘手的情况：一些中心城市的图书馆、研究院和学校几乎完全没有专业的研究期刊。这造成了一系列问题。我们的经济和文化都依赖于美国，这对文学的发展会有什么影响呢？这是一个问题。另一个问题是，美国的确有很多文学评论，但它们都是生硬机械的评论：大多出自文献学家之手，或是从事文献学工作、阅读最新文学评论的人，而这些文学评论常常也没什么意思。美国有成百上千的人在写文学论文，而这些论文通常不会触及你提到的那些问题，你觉得这类论文对文学创作能有什么影响呢？

如果我没理解错的话，或许你的问题能合并成一个，也就是说：文学评论和文学创作之间的关系是怎么样的，或者说文学评论对文学创作能有多大程度的影响，以及为什么美国能开展文学评论活动而我们的国家就不行。这个问题不仅很好，而且很重要，很关键。我觉得自己还没有足够的能力在短时间内回答这个问题；我只能告诉你，依据我的直觉，我对这件事情的看法是这样的：首先，在拉丁美洲，我们的文学评论相当匮乏。我不知道你是否认同这第一点：我们缺少文学评论家。拉丁美洲有过一些评论大师，而现在，在各个国家或海外，自然也有一些非常有才能的人在从事评论工作，但是与拉美总数巨大的文学输出相比，他们的人数微乎其微。不管是长篇小说、诗歌，还是短篇小说，一个评论家连自己的专业领域都没法应付。拉丁美洲的作家创作和出版了大量作品，我们需要的是评论的平台、杂志、能刊登大篇幅评论文章的报纸，而我们现在有的却是泛泛而谈的介绍文章；也就是说，一名偶尔以评论家自居的人只会说他读了苏珊娜·费尔南德斯小姐的长篇小说，这本小说讲述了什么样的探险故事，发生了什么样的事，写得很好，然后句号，没了——完全没有任何深度的评论。这是小说的介绍，它很有用，因为如果读者读到了它，对文章介绍的书籍感兴趣，是会去买书的，但它距离真正的文学评论还很远，在电影和音乐领域也是同样的情况。

我所理解的评论家是一个能够深度分析文学作品的人，他能够分解它、剖析它，而同时又不会扼杀它，这非常难，因为实际上，虽然我们都反对活体解剖，但唯一容许这么做的领域就是文学评论；我们甚至必须努力做到这一点，因为真正的文学评论家必须要在作品保持活力的情况下剖析作品，而不能像大多数介绍性文章那样死气沉沉地分析、扼杀它们。

这给拉丁美洲带来了双重障碍：首先，读者的消息不灵通；读者常常被自己的直觉牵着走，或是从朋友那里才能得到消息，他们不像法国读者或者英国读者那样能接收到关于文学批评的信息。我相信在美国也是如此，这里有那么多文学评论的期刊。这是第一个问题；第二个问题同样严重，就是作家在继续创作的时候常常得不到真正好评论家的评价。只有当他变得很有名之后——对，这下才有！——评论才会像砖块那样砸向他：所有的评论家都开始写评论，还会撰写论文、著书，在我看来，他们实在是写得太多了。现在，已经有了许多比关于拉美最知名的作家们有趣得多、更值得写的话题，但那些不是很有名的作家还是连一条评论都得不到，许多年来，他们要么听不到任何一位评论家的鼓励，要么没有任何一个会指出他们的缺陷，而这本该也是一种鼓励，因为如果这位作家有能力的话，他肯定能克服缺陷。

关于美国现今的情况，我真的不是很清楚，没有办法回答你的问题；我不知道这里的评论家和作家之间的关系是怎么样的。

学生：据我了解，美国会花费数百万美元来培养一个西班牙语博士。与此同时，这里也有许多母语是西班牙语的人，但他们并不打算花费哪怕一丁点心思来保护这门语言，这是很矛盾的事，所以出现了一些"文学技工"。你刚刚谈到的那些内容非常重要，因为没有评论家、没有有分量的人也没有相关的理论提出过你说的那几个观点。我觉得你说的话对我们来说有如醍醐灌顶。

好的，很感谢你告诉我这些。除了我来这里的教学任务之外，我希望系里能多多提供让大家与作家直接接触的机会，我也不想故作谦虚，我真的认为作家可以传递自己的个人经验，建立起一种充满活力的直觉性联系，通过评论那种间接的方式是没法达到这种效果的。最博学、最专业的评论能够提供非常精彩、出色、珍贵的信息，但它肯定缺少了这种更直接、更亲密的联系。但愿如此吧。好了，很感谢你告诉我这些话，我也认为你说的是对的。

学生：我也想跟您分享一个观点。这里的每个人都会祝贺您在某些具体领域所取得的成就。我也不例外，我要祝贺您诚恳坦率地攻击了社会现实主义。关于这一点我想请您再重申、确认一下您的观点：您如何看待那场针对社会现实主义的攻击呢？

具体是指古巴的例子吗？

学生：不，您已经说过古巴的主要情况了。应该还有很多可以说的吧……

我不太关注苏联文学，近年来，我只读过一些我觉得很出色的作品；当然了，我读的都是译本。我不是很关注它，所以我没有能力回答这个问题。但是，根据比我稍稍更了解苏联文学的朋友的观点，即使是在社会现实主义流派诞生的地方，这个文学流派就算没有被人遗忘，也变成了越来越次要的文学活动。最近几年——我只是重述别人的观点——苏联的诗歌、长篇小说、短篇小说和戏剧中的想象色彩比斯大林时代要浓厚得多，在那个时代，社会现实主义是政府倡导的文学主流。如果连苏联的情况都是如此，那么你也可以想象在没有直接受到苏联影响，或完全不受苏联影响的国家会是什么样的情况。

我认为，目前在拉美并没有可以被归为社会现实主义的作品，只有一些天真质朴的书籍，不过它们自有迷人之处：我常常收到来自危地马拉、萨尔瓦多或者阿根廷的年轻作家寄来的书，这些男孩女孩们直面本国的民族解放问题与民族斗争现状，写下充满美好意图的书，他们在书中讲述自己做好意识形态准备的日常经历，讲述在工作中或是在其他方面遇到的问题和困难，他们写书几乎像是在给家人写信——他们只是传达信息，讲述事实，这让作品带有一种灰色的基调，但并不具有社会现实主义的主要特点，这种风格几乎从来没有盛行过，就像缺少酵母的面包一样，那是一团完全被压扁的面团，平庸乏味。

这对拉美来说并不是危险，完全相反：我们得小心想象力的过度使用，否则我们会全然陷入另一个极端。阿莱霍·卡彭铁尔有一个著名的理论，他认为整个拉丁美洲都是巴洛克式的，有价值的拉美文学也是巴洛克式的。巴洛克是一种浮夸的艺术风格，你们肯定了解绘画、雕刻，尤其是音乐领域的巴洛克风格，充满螺旋形和夸张的线条，它是一种畏惧空虚的艺术，一旦出现空虚，它马上就会用繁复的修饰来填补。巴洛克雕塑和音乐就是这样的，它们侵占、填满空虚。在拉美，这是很危险的，因为我们常常堆砌辞藻，我们写作时依然常常使用俗气花哨的修辞。但这样至少能抵御社会现实主义的入侵，如果只能二选一的话，我会坚持选择巴洛克。

学生：我有一个比较琐碎的问题。作为阿根廷人，您的个头相当高，我想知道您的祖先来自哪里。

没想到在这最后一天，我没和你们待在这里，反倒是去了医务室，而医生做的第一件事就是测量你的身高，询问你的体重。好吧，我来回答你的问题，没错：在我的家族里，高个子占了很大的比例；我没见过我爷爷，但是我知道他个头很高，我见过我父亲——他离家出走的时候我六岁——他比我稍微矮一点，但有一米八五左右，很高，很帅。所以，遗传的东西偷也偷不走。

学生：您的祖先会不会是英国人，英国人一般比较高。

英国人？但我没有任何英国人的基因！我的祖先……（好吧，我们在浪费时间，但我们之前已经说好了，今天要找点乐子；我们不应该太严肃。）和所有的阿根廷人一样，我身上混杂了各种种族的基因，原因我们在课上已经说过了，对吧？墨西哥人是从哪里来的？是从阿兹特克人那里来的。秘鲁人是从哪里来的？是从印加人那里来的。阿根廷人是从哪里来的？是从船上来的。

在我们驶来的船上，最多的是西班牙人，其次是意大利人，还有很多德国人、法国人、乌克兰人、波兰人、英国人、叙利亚－黎巴嫩人、土耳其人、希腊人……各国移民随之繁衍了好几代。我父亲那边的祖先是巴斯克人，西班牙的巴斯克人，据我所知，我父亲那一支的血统在可追溯的范围内非常纯正（虽然并不存在完全纯正的血统）；我母亲那边的祖先有法国人和德国人，但没有英国人。

学生：我是巴西人，我很想知道您是如何看待巴西文学的。

您刚刚提的这个问题让我感到非常愧疚，我很高兴您提了这个问题。我想向这里所有的巴西同学道歉，因为我在讲拉丁美洲的时候，虽然我或许偶然提到过巴西，但从来没有直接谈论过巴西文学。我明白巴西人常常抱怨——但他们抱怨的时候总是表现得善良大方，这就让我觉得更过意不去——我们这些说西班牙语的拉美国家仅仅出于语言原因，就在文化议题上忽略他们。大体上确实如此：我们这些阿根廷人、乌拉圭人、哥伦比亚人不讲葡萄牙语，更不会阅读葡萄牙语的书籍；这造成了非常糟糕的语言隔阂，隔开了两种文化、两种文明。

与此同时，每次我去巴西的时候——我去了好几次，我在巴西有很多朋友——都会发现，巴西人对待我们要比我们对待他们更加慷慨大方，因为每个巴西的大学生——更别说作家、音乐家和评论家了——都能流畅地阅读西班牙语作品；他们读的都是西班牙语原文，虽然他们翻译了很多西语书，但他们不需要译文就能读懂；我记得我有六本书被译成葡萄牙语，在巴西出版了，而且我有很多巴西朋友读过我的西语作品，或是阿斯图里亚斯、加西亚·马尔克斯的西语作品，他们都能读懂，而且阅读体验相当愉快。但我们并没有回报这种慷慨，在做文学分析的时候也没有充分地讲解巴西文学。巴西当然是拉美的一部分，巴西人民的斗争也是我们民族的斗争，我们清楚地知道这一点，尤其是在最近十五年里。

这是一份自我检讨，一次致歉，但是我也希望您明白，在政治层面，当我们在为饱受独裁政权压迫的拉美人民不懈斗争时，我们也一直在关注巴西的状况。在我曾经担任陪审员的罗素法庭上，我们密切关注着巴西的情况，就像我们关注智利、阿根廷和乌拉圭那样。请原谅我们，原谅拉美人。

学生：胡里奥，虽然我能料到你的答案，但我还是希望你能具体地谈一谈：如果美国军队入侵萨尔瓦多或者尼加拉瓜，你会选择什么样的立场呢？看起来这很快就会发生……

你放心，我是不会捧着鲜花等候他们的，当然了，其他的你也能猜到。我认为，不管情况如何，不管萨尔瓦多或者其他国家的形势有多严峻，美国对任何拉美国家的武装干涉绝对是并且完全是不正当的。过去曾有一段时间，西奥多·罗斯福先生把他的海军陆战队派往各地，美国厚颜无耻地武装干涉拉美国家的内政，甚至连说得过去的借口都懒得编，在我们看来，那个时代已经结束了，如果美国出于任何原因想要重蹈覆辙，那么，我认为我现在就知道拉美人民会给出什么样的回应，更重要的是，全世界人民会给出什么样的回应：这将远远超出拉美的范畴。

好了，就问这么多吧。

学生：按照你给自己的作品划分的三种类别——美学、形而上学和历史——你会把我手上这本卡洛斯·富恩特斯写的 *Nuestra tierra*，《我们的土地》，归为哪一类呢？

是 *Terra Nostra*[1]……

---

[1] 卡洛斯·富恩特斯的长篇小说《我们的土地》的标题使用的是拉丁语 Terra Nostra，而学生说的 Nuestra tierra 是西班牙语。

学生：抱歉，是 *Terra Nostra*。您会怎么给这本书分类呢？

首先，我觉得按照我的作品分类来给卡洛斯·富恩特斯的作品分类是错误的做法⋯⋯

学生：对，对，对，我明白这一点⋯⋯

好吧，要是你问我会如何评价富恩特斯这本书的话，我会好好想一想，然后先告诉你——你们当中读过这本书的人应该知道——这本书的内容非常丰富，广博至极，作者做了大量的研究和历史重构工作。这是一部篇幅极长的小说，虚构、现实和历史相互交织，一方面讲述了菲利普二世统治下的西班牙，另一方面讲述了刚被科尔特斯征服的墨西哥。这部小说在展现新世界的自然风光的同时，还揭露了旧世界的衰败和腐化，就好比在埃斯科里亚尔修道院里久久不能咽气的菲利普二世一样。这一切都可称为大师手笔，如果我必须要给这本书分个类的话，我会说，它可以归为阿莱霍·卡彭铁尔所说的巴洛克风格：这是本描绘繁复、辞藻华丽的书。

书中有几个部分的主题是西班牙的异教，各种异教都在小说设定的时代背景中出现——多亏了富恩特斯，我才知道原来有大约五十二种异教组织，我本以为只有两三种——原来天主教会和罗马教廷发现了一大堆想要推翻他们的异教团体。作者用非常生动的方式讲述了这段历史，而不仅仅是一板一眼地罗列事实。他还伴随人物的脚步，用同样生动的方式讲述了墨西哥热带雨林的美丽风光和当地人的生活。这是一部伟大的巴洛克式小说。

学生：那路易斯·布努埃尔呢？您完全没有提过布努埃尔。

是这样的，我没提到的人名就和奥克兰电话簿里的人名一样多。当然了，布努埃尔……我看到最近这几天学校里会放《黄金时代》。

学生：今天晚上会放。

今天晚上？要是我今晚能留在这里就好了，因为这部电影我能再看个十回、二十回。这是我观看次数最多的电影，因为它是有史以来最伟大的几部影片之一。它是布努埃尔的第一部代表作，后来他还拍摄了另外几部经典之作。如果我没记错的话，《黄金时代》是《一条安达鲁狗》之后的作品。《一条安达鲁狗》是他和萨尔瓦多·达利合作的作品，一部很短的电影，灵感源自超现实主义，是一部非常出众的电影，因为其中的隐喻和意象有着极为震撼人心的冲击力和挑逗性。《黄金时代》要更成熟一些，但同样具有挑逗性，有些画面很难理解。我问过布努埃尔："你那个场景到底在表达什么啊？"布努埃尔会盯着我，然后说："呃……"这和莱萨马·利马的情况有点像，我让莱萨马给我解释他的某个隐喻时，他也会说："呃，我想表达的就是你理解的意思。"然后我们就没法再聊这个话题了。

电影的问题在于，由于技术原因，它们很容易过时。《黄金时代》应该是一九二○年左右的作品吧，不知道你是不是布努埃尔的影迷……

学生：是三○年的作品。

不会吧！三○年挺晚的了！是三○年吗，真的啊？啊，好吧。就算是这样，你们想想看，现在是一九八○年：胶片时代已经过去很久了。从技术角度看，这部电影已经过时了，但它是一部如此充满创造力的作品……我认为它孕育了当时最先锋、最具实验性的电影。在我看来，在二三十年代的电影界，有两位伟大的创造者，他们影响了后来所有的艺术和文学流派，他们是苏联的谢尔盖·爱森斯坦和西班牙的路易斯·布努埃尔；正如我们预想的那样，或者说，正如我们希望的那样，他们是伟大的电影创造者，因为有很大一部分电影都只是循规蹈矩，毫无新意。

您已经问过我身高的问题了，现在……

学生：我想问为什么大部分拉美流亡作家都去了欧洲，而不是去往其他的拉美国家。是因为欧洲更舒适吗，还是有别的原因呢？这有点像以前去欧洲接受更好教育的精英阶层，对吧？后来他们很喜欢待在欧洲，于是就留了下来。

根据我最近几年了解到的情况，流亡的人是没有时间考虑教育问题的：他们之所以选择流亡，是因为本国已经或正在发生的事给他们造成了深刻的心理创伤，他们想找到一个避难所。如果可以选择的话，大量的乌拉圭人、阿根廷人和智利人都会选择（他们一直并且仍然在为此努力）去西班牙，原因显而易见，无非是语言相通。他们最想去的欧洲国家是西班牙，而不是法国或者瑞典，而拉美的避难国很少，实际上只有两个可以避难的国家，也就是委内瑞拉和墨西哥，其他国家的名额很少，要么是因为一些国家没有接收更多流亡者的许可，要么是因为一些国家的政府对流亡者的到来不那么情愿。所以——就像我在前几天晚上的演讲里提到的那位英国诗人那样——极少有流亡者可以成为自己灵魂的舵手，也就是说，很少有人能够选择自己的命运：他们在还能够逃走的时候便全力以赴地跳上某架飞机，或是某艘船，因为有时他们连逃跑的时间都没有。

说到时间，现在正好是三点二十分，我和你们说过，我三点半就得走，但是我不想……

学生：科塔萨尔先生……

您问吧。我本来也不打算马上就走，我还想和大家再聊一会儿……

学生：主要是您给我使了个眼色……我的问题是，在《跳房子》和您的一些短篇小说里，您常常提到杰利·罗尔·莫顿、厄尔·海因斯、贝西·史密斯……您还喜欢听那个时代的爵士乐吗？

哎呀，我当然喜欢了。好吧，这位朋友提到了几位传统爵士音乐家的名字。你们还记得我在某一天给大家读的《某个卢卡斯》里的那个章节吗？我在里面特别提到了厄尔·海因斯。在我看来，他是最伟大的黑人爵士钢琴家之一，他现在将近八十岁了，所以说，我指的是一些很久以前的老音乐家，他们当中的许多人已经故去，比如您刚才提到的贝西·史密斯。对我来说，那个时代的爵士乐——也就是初期的爵士乐——是最熟悉亲切的。我会钦佩现代爵士音乐家出色的审美、即兴的才能和高超的技巧，尤其是从查理·帕克开始——他是开山鼻祖——然后是约翰·克特兰，再到埃里克·杜菲，之后的名单就长了，但留在我的心里的——我在说"我的心"时，指的是听音乐时心中涌出的情感——都是您刚才提到的老一辈的音乐家。像贝西·史密斯那样的蓝调歌手（正说到蓝调的时候，灯光就暗下来了，这样挺好的！嘿！），像路易斯·阿姆斯特朗、厄尔·海因斯那样的音乐家，那群卓越的音乐家幸运地把他们的艺术留给了世人，这多亏了一位名叫托马斯·阿尔瓦·爱迪生的先生。前几天晚上，我在某个电视频道上看了一部关于他的纪录片，片子拍得很糟糕，因为制作者没有意识到爱迪生是一个怎样的天才：爱迪生发明了唱片，这是二十世纪最伟大的奇迹。我不知道大家是不是都这么认为，但多亏了唱片，已故艺术家的声音和音乐才能被保存下来。多亏了唱片，我们才能在触手可及的拉斯普丁唱片店里找到那些已故演绎者的爵士乐曲，他们中的一些人已经离世很多年了。

没错，爵士依然是我非常喜爱的音乐；在我看来，探戈也是非常美妙的音乐。

好了，现在我得告诉大家我刚才想说的话：我没觉得自己快要走了；我感觉下周四我们还会再见。不知怎的，我觉得会是这样的，因为我将会和你们当中的许多人相互写信，我知道，你们在创作，或是有创作欲望的时候，肯定会给我写信，把你们的作品寄给我。那些已经开始写作的人——我已经读了几篇非常动人的作品——我希望你们在未来的写作生涯里继续和我保持联系。

至于我呢，我会给大家寄去回信的，由于时间有限，我唯一能写的回信就是我的书，所以，请你们收下我出版的每一本新书吧，就当那是我写给你们每个人的信。我想告诉大家，我深深地感谢你们，因为你们专注地、持之以恒地听完了我给大家讲的所有内容，我觉得这已经不再算是一堂课了，而是一场对话，一种联结。我想，我们大家都是很好的朋友了。我很爱你们，谢谢你们。现在，我真的得走了。

附录

我们当代的拉美文学

　　朋友们，我已经和贵校的一群学生聊了几周的拉美文学了。今天，我很高兴地告诉大家——不管在座的是学生还是大众听众——与你们的每一次课堂交流都完全超出了我来这儿之前的想象。与某些人预想的，甚至仅仅由于学术原因期望的完全相反，我和学生们的交流远远超出了单纯的文学范畴。在其他研究中心，人们只对文绉绉或学术性的书籍感兴趣，只想用与理解伊丽莎白时代的诗歌、德国新古典主义或是法国浪漫主义时同样的准则来理解现代文学。坦白说，一开始我也担心学生会希望我讲类似的内容，但我和他们很快就达成了共识，我们要谈论的是当下的、正在进行的文学，这种文学在我们谈论的时候仍在继续发展，在瞬息万变的历史背景中不断地变化革新。今天我想在这里说的话与拉美文学和拉美现实之间日益密切的联系有关。历史现实和文学创作互相影响、彼此融合，面对这种局面，我作为拉美作家的职责就是强化这种联系，它常常被一些人忽略，那些人依然认为小说和诗歌只是虚构性作品，它们的价值只在于被出版发表、藏录于图书馆之中。这种说法连在论及经典名著的时候都不成立，因为如果对维吉尔、莎士比亚或塞万提斯的细致文本分析丝毫不提他们写作背景和动机的话，那么其作品就只有学术价值而已；我说的不仅仅是个人动机，还有他们所处的时代裹挟着他们的力量，那种力量促使他们成为一个宏大整体中的一分子，并使用自己的才能来书写甚至改变现实，而这只有最高超的文学和艺术创作能够做到。

在最近几十年里，一名有责任感的拉美作家的基本职责就是结合社会与历史背景来谈论自己和同时代作家的作品，因为这些背景正是作品的基础，也是它们存在的最重要的原因。无论如何，如果我只能从审美创作带来的美妙快感出发，将文学视作孤立的存在并谈论它们的话，那么我今天就不会出现在这里。其他人可以讲得比我好得多，而那样也挺好的，且很有必要，因为文学就像一颗多面钻石，每一面都反映了现实的某一个时刻，某一束光——无论是内在还是外在，肉体还是灵魂，政治上还是心理上的。但是，如今，我们这些积极参与周遭世界的写作者——有些人会把这种做法称为文学承诺，其他人则把它叫作意识形态，而我更喜欢称之为民族责任感——不能也不想只谈论书籍，我们还想谈论在创作书籍的前后与当下，我们国家正在发生的事情。如果说没有人是一座孤岛——借用约翰·邓恩的诗句——那么，我们当代的重要作品也不是孤岛，正因如此，它们对读者来说才有意义，读者也很快就能将它们与更传统、更置身事外的文学作品区分开来。因此，今天我想告诉大家我对当代拉美文学的看法。在我看来，书本只不过是我们民族自我表达、自我追问、在无情的历史漩涡中自我找寻的众多方式之一。在这些历史动荡中，欠发达、不独立、受压迫的现状共同压制了在诗歌、乐曲、电影、绘画和小说中此起彼伏的反抗之音。我们很少因为幸福而发声，我们的声音中更多的是呐喊而非歌唱。从这个角度看，谈论我们的文学就是去倾听那些声音，理解它们的含义，以及——至少这是我作为作家的愿望——和它们一起为拉丁美洲的今天和明天而奋斗。

　　当然了，有些人会认为拉近现实与文学之间的距离这种说法是老生常谈，因为从某种意义上说，所有的文学形式都在直接或间接地呈现现实的某一个方面。每本书都是用某种特定的语言写的，这就意味着它属于某个具体的语境，与其他地区的文化形式相区分，书的主题和作者的思想、感情也进一步加深了作品与其周围的现实之间密不可分的关系。然而，在阅读长篇或是短篇小说那样的虚构作品时，读者往往会像观赏或嗅闻鲜花那样拿起书本，而不怎么关心被摘下花朵的那株植物。就算我们关注作者的生平，就算我们对主题所反映的特定环境感兴趣，我们也总是强调虚构的创造力和作者的文风，也就是只强调作品的文学特质。我们阅读是为了获得快感，众所周知，快感无法长久地留存在记忆里，它马上就会被全新的、同样短暂的快乐替代。一般说来，读者翻开一本书，享受它的内容，而不去了解作者写书时正面临的周遭际遇，这完全符合情理。但是，如果读者不仅仅是品味书中的内容，而且能从内容出发，提出超越文学快感的问题，那就是完全不同的情形了。这类读者在拉美国家越来越常见，这呼应了我们当代媒体传播的主要特点。在我们生活的时代，媒体不断地引导我们将关注点延伸至我们自身的语境之外，让我们置身于更复杂、更多样、更符合当前文化现状的环境当中。翻开报纸，打开电视机，人们就进入了向外延展的维度，当下的各个层面被依次呈现，由此，那些看似孤立的事件最终会被纳入一个无限多样的整体当中，让人们能更好地审视并理解它们；如你们所知，这一点在世界政治、经济、国际关系和技术领域表现得非常明显。既然如此，那么文学除了讲述事实本身之外，为什么不能同样涵盖各种事实之间的联系呢？我今天收到的这本书，是五六年前在危地马拉、秘鲁或阿根廷出版的。当然，我在阅读的时候，可以毫不关心促使作者写下这本书的环境与动机。但显然，越来越多的读者认为，文学作品不仅仅是自足的美学产物，同时也是多种力量、张力与环境共同作用的结果，正是这种结合成就了这部作品的独特之处。这类读者在我们的国家越来越多了，他们与其他任何人一样享受小说的文学内容，但与此同时，他们也会带着一种质疑的态度来审视作品：对他们来说，小说永远都是文学作品，但除此之外，它们还是历史的独特映照，就像植株上绽放的花朵，而那株植物不应再被人遗忘，因为它就是土地、国家、民族、存在的意义和命运。

就这样，在最近几十年间，不管是对大部分的拉美作家还是读者来说，文学的概念都有了些许不同。首先，在这几十年里，一种寻根文学开始涌现，它坚定地追寻我们真正的根脉，寻找我们在各个维度的真实身份，包括经济、政治、文化等方方面面。如果虚构依然是虚构，如果小说一如既往地为我们呈现幻想的世界，那么在本世纪下半叶，拉美作家显然在历史层面到达了一个成熟的阶段，而在过去，这是极少数作家才能做到的事。他们没有模仿外国的模式，也没有信奉拿来主义或外来的审美观念，他们当中最出色的那批作家已经逐渐清醒，开始意识到他们周围的现实是他们的现实，而它还未被开垦，富有创造力的语言、文字、诗歌与虚构创作还不曾触及和探索这种现实。他们没有故步自封，而是对世界文化保持开放的态度，他们开始环顾四周，惊奇而恐惧地发现我们拥有的许多东西仍然不属于我们，因为我们还没有用文字真正地呈现、解释、再创造它们。或许，在这件事上，最令人钦佩的就是巴勃罗·聂鲁达，他像同时代的其他诸多诗人那样步入了自己的创作生涯，但后来，他开始细致、执拗、痴迷地探索他周围的一切：大海、石头、树木、声音、云朵、风。由此出发，聂鲁达像自然主义者那样详尽地、有条不紊地研究风景和万物，渐渐地，他的诗歌视线开始投向人，关注被所谓的高雅诗歌忽视的人民，关注上溯至西班牙征服时期之前的民族历史，这一切都促成了他从《大地上的居所》到《漫歌》的重大转变。

在进驻现实领域之前，诗歌讲述的尽是对外国的思恋和刻板的观念。随着诗歌领域的进步，小说家们也不甘落后。可以说，本世纪下半叶出版的最好的作品囊括了拉丁美洲各个领域的现实，从历史、地缘政治冲突到社会进步的历程和习俗情感的变迁，无一不有；对于那些人们有意无意提出的重要问题（我们是什么？我们是谁？我们要走向哪里？），这些作品则想要找到合理的答案。

我一直认为，文学的意义并不在于解答问题——那是科学和哲学的特定任务——而是提出问题，促使人思索，让智力与感官能从新的角度感受现实。但这类问题不仅仅是一个问题，它们还证实了一种缺失，一种填补精神和心理空缺的渴望。很多时候，深刻地体会问题、顺着问题为我们开辟的道路热切地向前走，比找到答案更加重要。从这个角度看，当下的拉美文学处于我们记忆当中最富质疑精神的阶段。你们这些年轻的读者很清楚这一点，你们参加文学会议或者讲座是为了向作者提问的，而不是像前几代人听老师讲课那样，仅仅是为了听作者演讲。

阅读拉美作品几乎总是意味着踏入充满内在焦虑、期望，有时，在面对大量显而易见或不言而喻的问题时，也充满着沮丧的世界。一切都扑面而来，于是我们常常想要穿越到书本纸页的另一边，想要更接近作者试图告诉或呈现给我们的东西。总之，这是我在阅读加西亚·马尔克斯、阿斯图里亚斯、巴尔加斯·略萨、莱萨马·利马、富恩特斯、罗亚·巴斯托斯的作品时的个人感受。很显然，我只提了几个众所周知的名字，但是，我在读不太出名的年轻作家的小说和诗歌时，也有同样的感受。值得庆幸的是，在我们的国家里，这样的作家和作品有很多。

如果连那些生活远离拉丁美洲的读者都越来越多地想要通过我们的文学来更深入地了解我们的方方面面，那么不难想象，作品在自家门口诞生的拉丁美洲读者会多么渴望提问和思考啊。就是在这里，一种全新的理念，或者说一种全新的现实感，在文学领域打开了局面，不管是对作者而言还是对读者而言都是如此，最终，两者变成文字这面镜子里映射出的同一个镜像，建成了沟通两边的美妙而无尽的桥梁。文学和现实、作品与其写作背景之间的联系变得越来越紧密和深入。这带来了极其重要的影响，文学作品在不丧失文化特性和游戏性的前提下，以不断增强的责任感加入到我们民族的地缘政治进程中。换言之，如果说其他时期的文学就像是读者在日常生活中给自己放的假期，那么在今天的拉丁美洲，文学便成了一种探索现实、思索因由的直接方式，来质询我们身边事情发生的原因；而当我们因为环境或者某些消极元素停滞不前的时候，文学常常能帮助我们找到继续前进的道路。

在我们这些国家里，有很长一段时间，政治家都类似于某种专属职业，很少有文学作家对此感兴趣，他们情愿把历史和社会问题委托给专业人士，自己则留在美学和精神的世界里。但在最近几十年间，这种责任的分工发生了变化，尤其是在拉美国家，这在青年群体中体现得尤为明显。每次我给大学生或是普通青年人做演讲的时候，不管是在美国、欧洲，还是某个拉美国家，他们提出的问题总会远远超出纯文学范畴，他们向我问起作家的使命，问起那些饱受独裁政权压迫的知识分子，以及其他各种问题，他们从比文学作品更广阔、更历史悠久的创作背景出发，审视写作和阅读文学作品这件事。我们可以不带讽刺且不失敬意地说：要专门谈论拉美文学，就必须得营造出与手术室类似的氛围，病人躺卧在病床上，专家围在床边，而这个病人就叫作小说或诗歌。每当我不得不以观察者或病人的身份出现在那些外科手术室的时候，我都极其想要走到街上去，去酒吧喝杯酒，或是观赏公交车上的姑娘们。随着日子一天天过去，我越来越觉得，不管是作为作者还是读者，我们都要像奔赴生命中最重要的相遇那样向文学走去，要像奔赴爱情甚至死亡那样向文学走去，这是应有之义，也是势必之行。我们深知，文学、爱情和死亡是一个不可分割的整体，一本书在第一页被写下之前便早已开始，在最后一页被写下之后仍在继续。

我们拉丁美洲的现实如今愈发成为我们当代文学作品的基石，而它——几乎总是激荡而沉痛的，很少会有美好的时刻。拉美的现实中存有各种消极情况，充斥着压迫和耻辱，不公和残忍，整个整个的民族都被迫屈从于无法抵挡的势力，这导致人民目不识丁，国家政治经济极其落后。我现在说的正是那些臭名昭著的政府行为，少数统治者在与一些国家的合谋下——美国很清楚究竟指的是谁——在我们的领土上发现了适用于帝国主义扩张的土地，他们力图欺压多数人，以换取少数人的利益。这是一片沾满鲜血的土地，酷刑、牢狱之灾和吞噬人心的腐化堕落在这片土地上肆意横行，于是我们的文学奋起抗争，就像满怀憧憬的政治家和军事家在其他领域做的那样，他们屡次为理想献身，在许多人看来，他们的理想是乌托邦式的，但事实并非如此，虽人数不多却百折不挠的尼加拉瓜人民前段时间刚刚用令人惊叹的行动证实了这一点，此时此刻正在战斗的萨尔瓦多也是如此，而在不远的将来，美洲大陆上的其他国家也会继续战斗下去。

因此，有一点我必须明确强调：的确，在一些拉美国家中，文学能够幸运地在自由的氛围中发展，甚至能够为统治者最开明的指导方针提供支持；然而，在另一些拉美国家，文学就像是囚徒在牢房里充满愤恨和怀疑的歌声。在这些国家，别说批判性思维，就连想象力都被视为一种罪行，每当读者翻开一本书——无论是由国内还是国外作家所写——他都必须像阅读漂流瓶里一则奇迹般的信息那样读它。作家把漂流瓶扔进海里，好让它们把信息和希望带去尽可能远的地方。如果说文学中包含了现实，那么有些现实则千方百计地驱逐文学；而正是在这个时候，文学，最好的文学——它可不是当下现状的同谋，也不是受益人，更不会为它背书——接受挑战，描绘现实，揭露现实。它的信息最终总能抵达彼岸：漂流瓶被读者拾起，打开，他们不仅能看懂它的内容，往往还会表明自己的立场，对他们来说，文学不仅仅是美学情趣或心灵休憩之所。

眼下，我认为讲一些具体的事例要比继续泛泛而谈要有用得多。实际上，我们只要聊一聊阿根廷的现实和文学，就能够通过这个不幸的个例推断出许多拉美国家的切实情况，比如说，我们阿根廷的几个邻国，也就是所谓的南锥体，智利、乌拉圭、巴拉圭和玻利维亚。从历史事实的角度看，如今我的国家以一种非常模糊的面貌呈现，在政客和服务于邪恶目的的情报机构的操纵下，我国常常被当成正面例子展示，很多时候，这都能够诓骗那些没有充分深入地了解过事实的人。

我来简单地概括一下那段历史吧。在过去那段时间，阿根廷军人执政委员会开展了无情的镇压活动，铲除了诞生于庇隆主义盛行的混乱时期的多个解放阵营；在这段动荡波折的时期结束后，阿根廷进入了一个表面平静的时期。在此期间，政府制定并巩固了一整套经济计划，而这项计划也常常被贴上"阿根廷模式"的标签。看到这个模式取得的惊人成就，许多消息不灵通或是急于利用这一现况的阿根廷人，以及相当一部分的国际舆论，都认为阿根廷的经济和政治进入了一个积极而稳定的时期。一方面，一些调查委员会——比如隶属于美洲国家组织的调查委员会——已经证实了阿根廷的恐怖局势，仅仅是失踪人口就达到一万五千人之多，在五年多的时间里，所有的反对思想和抵御行动都遭到了暴力而野蛮的镇压，残忍得超乎想象。另一方面，在剿灭了大量的反对力量之后——成千上万的阿根廷人在欧洲、在其他拉美国家流亡，死者、失踪者和囚犯的数量难以计量——国家政权开始推行所谓的"阿根廷模式"，从一开始就取得了极具讽刺和象征意味的成功，即世界杯足球赛的成功举办；而现在，重工业与核能领域也相继取得了成功。

　　为了获取巨大的利益，一些国家（比如美国、加拿大、苏联、联邦德国、法国、奥地利等等）毫无道德顾虑地做经济投资，他们为阿根廷提供大量贷款，向阿根廷出口修建水库、核电站和制造汽车的复杂技术，更别提他们还卖给阿根廷武器了。针对阿根廷政府违反基本人权的报告和调查结果丝毫没有改变这些资金的流向，它们要把阿根廷变成美洲大陆上的工业和核能强国。一种迥异而畸形的现实成型了，它像舞台一样被快速地搭建起来，而它的基座则被遮挡着，那基座就是工人阶层的屈从和贫困，是对思想与言论自由的鄙夷，它愤世嫉俗而功利，用爱国主义、沙文主义式的语言发纵指示，而这种语言风格在如此情况下总是卓有成效。

通过上述内容，我们可以更好地理解今天的阿根廷文学，以及同处绝望境况之中的智利文学和乌拉圭文学，它们在流亡与被迫沉默之间徘徊，在距离与死亡之间漂泊。在阿根廷最好的一批作家中，有许多人都在国外生活，但还有一些人甚至没能离开阿根廷，他们或被镇压势力绑架，或被杀害：鲁道夫·沃尔什、哈罗尔多·孔提、弗朗西斯科·乌隆多的名字一直存留在我们的记忆里，他们揭露了国家的现状，而政府却故意把这种现状粉饰为我们民族现今和未来的模范。但是，在这种情况下——无法想象比这更糟糕的状况了——阿根廷的文学创作却依然维持着高产出和高质量；很显然，阿根廷的作家和读者都明白，写作和阅读不仅仅意味着时刻质问和分析现实，它还要求我们作为读者和写作者去发自内心地思索，努力改变现实。所以，那些留在国内写作的人竭尽全力地让自己想要传达的信息从审查和威胁中开辟道路，而我们这些在国外写作、演讲的人也在努力，好让我们的想法——比如我今天在这里讲的话——能通过公开或者秘密的渠道传达给我们的同胞，尽可能地抵御强权的政治鼓吹。

我想，只要说出了这些内容，即便是对此所知甚少的听众也能清楚地意识到流亡对于当今的拉美文学意味着什么，来自阿根廷、智利、乌拉圭、巴拉圭、玻利维亚和萨尔瓦多的成千上万的作家、艺术家和科学家至今流亡海外。你们在阅读这些国家的当代文学作品时，最好先想想自己手中的长篇小说或短篇故事的作者此时正在哪里生活，以及是在什么样的条件下继续写作的。如果你们觉得自己正在阅读的内容很不错，而且对我们的文学始终怀有兴趣的话，那么，你们作为读者的责任就是思考作家创作该作品时所面临的几乎总是消极的环境，作家每天都得与沮丧、漂泊、威胁和渺茫的当下与未来对抗。这样一来，你们就能更好地理解我今天想说的话：拉美文学得以继续发展壮大这一事实——不仅在那些利于它发展的国家，还有其他任何角落，在那里，仇恨和压迫的飓风驱逐了大批作家——可以有力地证明，拉美文学构成了我们当下最深刻的现实的重要组成部分，而最好的文学作品就是作者对那些邪恶势力的积极、有力的回应，那些势力想要镇压这种回应，使它们流亡他乡，或是把它们变成琐碎的消遣，以此掩盖在多个拉美国家里发生的事实。流亡文学并不是非得涵盖政治内容或以意识形态活动的方式呈现，这不是它的义务，也不是强制要求。如果一个负责任的作家能够充分发挥自己的创造才能，那么他写下的一切都将是我们用以日夜艰苦奋战的武器。一首爱情诗歌，一则纯粹的幻想故事，它们都是美丽的证据，能证明没有任何独裁和压迫可以阻碍我们最好的作家与民族现实之间建立起深刻的联系；我们民族的现实需要美的事物，正如它需要真相与公平。

在为这些简单的思考作结之前，我还想强调一件事，希望它在我刚刚讲的这些内容里已经有所显现。我认为，很显然，如今在许多拉美国家，现实和文学之间始终存在的必然联系迫于形势已经发生了深刻的变化。我们的人民开始深切意识到自己的根，开始关注我们的土地和自然环境的真实面貌，这如今发生在拉美国家的一切，就是对邪恶势力的公然抨击，而那些邪恶势力想要做的正是篡改、遏制和腐蚀我们更为真实的存在。在所有的情况下，无论是积极的还是消极的，现实与文学之间的关系最关键的都是通过想象、直觉和建立精神与情感联系的能力来抵达真相，在这个过程中，启示和端倪得以显现，并融入小说或诗歌之中。作家和读者前所未有地意识到，文学是一种历史因素，一种社会力量，而且，存在着一个伟大而美妙的悖论：越是具有文学性的文学作品——如果我可以这么说的话——就越是具有历史视野和社会影响力。因此，我很高兴你们对我们的文学感兴趣，为我们的文学着迷，愿意研究它，审视它，并享受它；我认为，这恰恰证明，虽然在我们这片大陆上的许多地区，文学的创作环境非常艰苦，但文学依然忠于自己的使命——传递美，也忠于自己的义务——展示美背后的真相。

非常感谢大家。

现实与文学，以及必要的价值颠覆

我们曾经经历过一段更幸福，也更单纯的时期，它既遥不可溯，又触手可及，就像在我们短暂的拉美历史上发生的所有事那样，在那段日子里，诗人和小说家走上讲台，只谈文学：没人期望他们谈论别的东西，连他们自己也这么想，只有极少数的作家例外。与此同时，当时的历史学家同样专攻自己的领域，哲学家和社会学家也是如此。今天所谓的交叉科学——也就是不同学科相互渗透、相互融合、相互启发——在当时并不存在，出于权宜与便利的考量，那时的知识界分工很明确。

在某种程度上，我们可以把那个阶段称为人文时期，但随着第二次世界大战渐至尾声，它被日渐严峻、愈发紧迫的混乱和失调的现况搅乱；从那个时候开始，只有严格意义上的学者、同时又极其虚伪之人才会坚持自己的阵地，死守自己的地位和专长。大约在五十年代，这些发生在知识界的惊天动地的变化愈发明确地显现在拉美文学的叙事中。这些变化引人瞩目，作家们不仅更新了作品的形式或风格，甚至还明确了自己在地缘政治上的立场；那些年里，许多拉美作家就像柯勒律治笔下的老水手那样，在觉醒之后变得"更智慧、更忧伤"，这种觉醒召唤他们直接而有意识地对抗拉美各国超越文学之外的现实。

在那十年里，许多作家都是如此，纷纷明确了自己的立场，两位伟大的诗人——塞萨尔·巴列霍和巴勃罗·聂鲁达——在他们的作品中充分地体现了这一点。当我们分析他们不同的作品时，便能明显察觉他们内在的飞跃：从巴列霍的《黑色的使者》到《特里尔塞》和《人类的诗》，从聂鲁达的《大地上的居所》到《漫歌》。在小说领域，这种新的创作维度已经在马里亚诺·阿苏埃拉、西罗·阿莱格里亚、豪尔赫·伊卡萨等作家的作品里有所体现，小说逐渐变成探索拉美现实的美学手段，以一种直觉性的、有所助益的方式追寻我们的根和深层的身份认同。从那时起，就没有任何一位小说家——只要他不是书呆子——走上讲台以后，会像大多法国或者美国作家今天仍能做到的那样，只谈论与文学有关的话题了。当然了，由于显而易见且必不可少的原因，在大学课堂上，专谈文学依旧相对可行（虽然在大学里，各个学科领域也像被打碎了的镜子那样分崩离析），但热爱拉美文学的读者和听众已经无法再接受文学和现实的割裂了，因为他们意识到，文学是定义自我、重获自我过程中不可或缺的一部分，是屡次被掩盖、被伪装的拉美本质的重要部分。

我知道，在这里，我面对的就是这样一群听众，就像我在拉美国家的众多礼堂里所面对的那样；因此，我今天告诉大家的一切都源自一位作家的痛苦、烦恼，以及希望。他的创作基于一种超越文学本身的语境，如果没有这样的背景，那么他的作品——让我们引用一下那句著名的诗句——"就是一个愚人所讲的故事，充满着喧哗和骚动，却找不到一点意义"①。

在拉丁美洲，不论是意识清醒的读者还是作家，他们都感觉到了现实无情的入侵，我几乎不需要指明这种入侵显而易见的表现。此时此刻，在这里，阅读和书写文学作品印证了历史与地缘政治的确切存在，因为阅读和写作正是在这种背景之下实现的；它们见证了无数作家与读者的悲惨流亡；目睹了智利、阿根廷、乌拉圭等许多国家的知识分子、艺术家和科学家几乎全部的重要成果不得不离散在外的困境。我们经历着日常生活中的悖论：我们相当一部分的文学作品都是在斯德哥尔摩、米兰、柏林和纽约诞生的；而在拉美的避难国，比如墨西哥和委内瑞拉，人们几乎每天都能见到许多作品在当地出版，但在正常情况下，这些书本

---

① 此句引自莎士比亚戏剧《麦克白》，朱生豪译本。——编者注

该从布宜诺斯艾利斯、圣地亚哥或亚松森寄来。一整个保障知识安全的体系和基准坍塌了，它被难以预料和掌控的随机游戏取代了。几乎没有人能主宰自己流亡的命运，也无法挑选最适宜继续工作、生活的庇护所。随着时间的流逝，许多文学作品的内容和视角都开始聚焦于作者的写作环境；过去，这是一种选择，在我们的文学传统中常常如此，而现在，它却变成一项必要的责任。眼下，所有这些新元素都愈发势不可挡，每个试图看清自己职业前景的作家都会铭记并重视它们；我们必须谈论与写作背景有关的一切，因为只有这样，我们才是在真正地谈论我们当下的现实和文学。

显然，在流亡发生前后，残忍的政权镇压粉碎了我国和其他许多拉美国家的自由和尊严。加夫列尔·加西亚·马尔克斯曾经宣布，如果皮诺切特不下台，他就不会再发表任何文学作品——幸好他已经开始改变主意了，因为正是为了要让皮诺切特下台，我们才必须继续书写、继续阅读文学作品，而此时此刻，最有影响力的文学恰恰是那些加入到各种精神、道德和政治运动中去的文学，它们同黑暗势力作战，那黑暗势力想让阿里曼再次击败奥姆兹德，实现最高统治①。当我在谈论最有影响力的文学时，我希望大家不要误会，因为我绝对不会偏心承诺文学，的确，在合宜的

----

① 奥姆兹德和阿里曼皆为古代波斯国教琐罗亚斯德教中的神，前者为善，后者为恶。

语境中，"承诺"这个词很准确，也很美好，但它常常包含了很多误解和模棱两可的概念，就和"民主"这个词一样，甚至很多时候，"革命"这个词也是如此。我指的是切合当下的文学作品，一种极富张力和迫切性、富有实验性、大胆且充满冒险精神的文学，而与此同时，书写这类文学的作家也有很强的民族责任感，为自己的民族做出了许多个人努力，他们参与到这场全面而激烈的拉美鏖战之中。我当然知道，在实用主义主导的那些领域中，知识分子的真挚承诺常常不被看好。对这些领域来说，文学就是社会政治的传播工具，充其量只是一种政治宣传的手段。我在写《曼努埃尔之书》的时候，不得不忍受过的最糟糕、最痛苦的攻击，就来自我的战友，在他们看来，用文学手段揭露阿根廷拉努塞将军的血腥政权，并不如他们的宣传手册和檄文来得严肃、详实。我举自己的例子是因为时间——它具体表现在读者身上，他们认同我关于知识分子的真正承诺的观点——终将馈赠历史与文学的融合以意义及存在的价值，正如它也终将馈赠那些既不为美丽而牺牲真实，也不为真实而牺牲美丽的作家的一样。

我们必须坦然地向我们自己，特别是向我们的读者承认，拉美的许多地区都处于内外敌人的剥削和暴力统治之中，许多作家每天都在自己的国家或是在流亡中承受着压力醒来，那是让我们疲惫不堪、心怀自责的现实的重荷。我们见证了许多国家（比如我的国家）目前的情况，目睹了那些被伪装成狂欢节和世界杯足球赛的集中营，一切重要的智性活动看上去都是那么卑微可笑，甚至毫无价值。所有的文学和艺术作品似乎都只是为了与理性和质疑开展旷日持久的斗争，它们是不必要的，是多余的奢侈，是对迫在眉睫的具体责任的逃避。实际上并不是这样的，可我们经常会有这样的感受。我们必须做我们正在做的事，但是，做这种事又会让我们感到很痛苦。对我们许多人来说，在完成我们最真诚的使命时，我们会受到良心的谴责；在许多国家，每个人都有权利和渠道公开表达自己的观点，如果连那些国家的知识分子都有这样的感受，那我们又该如何描绘智利、玻利维亚、乌拉圭或者萨尔瓦多的知识分子的心情呢？他们面对着各种限制和困境，却依旧奋力在国内或流亡中继续写作。

　　和许多作家一样，我在写作的时候也会突然感到沮丧，觉得自己无依无靠，身心都离开了祖国，而正是在这个时候，我的反应无论从哪种角度来看都完全合乎情理。以往我从来没有过那么深刻的感受，直到那一天，我得知我的一本书无法在阿根廷出版（这种事常常发生在流亡作家身上），由此，我痛心地意识到，我和我的同胞之间的桥梁被切断了，而那座无形的桥梁曾跨越时间和距离，把我们连在一起。让人最难以忍受的真正的流亡从那时开始了，读者与作家被迫分离的孤独开始了。就在这时，另一种截然相反的情感却在我的心中占据上风，那是一种冲动，一种召唤，一种几近疯狂的信念：除非我认栽，除非我愚蠢地接受敌人的游戏规则，除非我给自己贴上"长期流亡"的标签，除非我想要改变我生活的方向，否则，这一切都不会成真。我意识到我的责任是要去做完全相反的事，也就是说，我要写出更多的作品，要对自己有更高的写作要求，更重要的是，只要我还有力气，我就会竭尽全力地向我的拉美同胞们展示并提议一种积极的、有意义的流放，这种态度和责任感与那些把我们驱逐出国的人的预期完全相悖，他们不仅想把我们摆到独裁政权的对立面、以此诋毁我们，还想让我们逐渐坠入忧郁和愁苦的陷阱之中，直至完全沉寂，这是他们唯一欣赏我们的一点。

　　我所说的并未远离文学领域，情况恰恰相反。今天，各种文学作品层出不穷，在这种背景下，我想要展现流亡文学能够具有的价值，而不是像敌人希望的那样屈服于文学的流亡。我们要积极地肯定那些被旧观念、甚至是被浪漫主义思想否定的观念，而这种积极的态度、这种决心要求我们向许多陈词滥调提出质疑，要求我们在顾影自怜大行其道的环境中有自我批判的勇气。几天前，有一位先生走到我面前自我介绍说："我是一个流亡的阿根廷人。"我在内心深处觉得很遗憾，因为他首先想到的是自己的流亡状态，我常常遇到这样的情形，而在我看来，这无疑是一种在潜意识中承认自己的失败、接受自己被驱逐出国的表现，在他的陈述中，祖国退居次位。这看起来像是大多数普通人的心理状态，但当它呈现出更复杂的样态时——比如，当它成为一种无法摆脱的文学主题时——情况就有所不同了。在文学领域中，对流亡消极而普遍的态度融入诗歌、乐曲或小说，最终只不过是滋养了自己和他人的怀旧之情。关于流亡，我记得爱德华多·加莱亚诺说过一句话："怀念过去是可以理解的，但是保持希望更好。"在文学中，在生活中，怀旧当然是合理的，因为它是对消逝事物忧伤的忠诚；但在我们生活中缺席的事物并没有消亡，它们离消亡还很远，因此，唯有保持希望才能够改变流亡的意义，赋予它力量和价值，抹去它的消极色彩，我们应当团结一致，奋力争取回我们念念不忘的事物，而不是仅仅沉溺在怀旧的情绪中。

如果有一天我们能做到这一点，如果我们正在一步一步地做到（我觉得今天在国外发表的一部分文学作品已经印证了这一点），那么，这其中的积极影响将为我们的文学发展及我们的民族做出重要的贡献。在各个国家生活或进修所习得的国际文化是一码事，被迫每日都得体验的异国生活则是另一码事，无论这种生活是如意的，还是不幸的，对于流亡者来说，它都会给他们带来心灵的创伤，因为这不是他们基于自由意志的选择。说到这儿，我们可别忘了，各种各样的精神创伤一直是文学存在的主要动因，只有真正的作家能够把创伤转化为富有创造力的作品，从而克服它。在过去的几年里，我目睹了这种突如其来的漂泊与驱逐对在自己国家已经有所成就的男男女女们造成的影响，这种影响有时甚至是毁灭性的。但也有另外一群截然不同的人，他们能够转化这种心理和精神状态，使其强化并丰富自己的创作体验，他们在流亡的悲惨黑夜中沉入海底，但又能重新浮出水面，获得巴黎的休闲之旅或马德里、伦敦的文化进修永远无法带给他们的东西。这一点已经开始在远离故土的作家们创作的作品中有所反映，这是第一场艰巨而美好的胜利。

之所以说它美好，是因为其中的困难时常看似无法克服。我想起了那些四散在美洲和欧洲各个角落的阿根廷同胞，想起了那些作家，他们执着地写作，以写作与死亡抗争，那同样也是我们当中的许多人为了继续前行每日在内心深处进行的抗争，而在我们身边，那些不再写作、不再言说真相的人们正偷偷阅读我们的作品，用影子般的声音同我们说话，他们一边催促我们前行，一边让我们停滞不前，他们恳请我们全力以赴地投入生活和战斗，完成他们本想完成的事，可与此同时，我们也被他们的痛苦和不幸羁绊。我已经不知道该如何像过去那样写作了，不管我将视线投向何方，我都会看见哈罗尔多·孔提的模样、鲁道夫·沃尔什的眼睛、帕科·乌隆多①亲切的微笑、米格尔·安赫尔·布斯托斯②转瞬即逝的身影。我指的不仅仅是精英，让我难以忘怀、无限怀念的并不只有他们，但是作家需要从其他写作者的作品中获取养分，

---

① 即弗朗西斯科·乌隆多。在西语中，帕科是弗朗西斯科的爱称。
② 米格尔·安赫尔·布斯托斯（Miguel Ángel Bustos，1932—1976），阿根廷记者、作家。1976年，他被军事独裁政府绑架，随即"失踪"。

只要这位作家不是住在象牙塔里,只要他不信奉自由主义,不践行智识逃避主义,那么他就一定会感受到,那些不公正的、声名狼藉的死亡就像是挂在他脖子上的信天翁,他会意识到自己必须再次赋予他们生命,肯定他们死亡的价值,不让他们真正地消亡,并在面对巴勃罗·聂鲁达曾经预见的那位"身穿海军将领军服"的死神时,替他们狠狠啐上一口。

如果这一切最终没有在拉美流亡作家的作品中有所反映,那么,魏地拉①们、皮诺切特们和斯特罗斯纳②们将取得超越短暂的物质胜利之外的胜利,尽管有些人对此会不太乐意,而这些人依然认为,要在文化层面上与敌人对抗,就应该使用与对方同样肤浅的词汇,就应该以某种方式与敌人交流,将对方视为可以沟通的对话者,而对话的内容和方式仅限于宣传手册、政治口号,以及主题紧跟政治现状的文章。如果我们无法从根本上改变那些试图围攻我们、镇压我们的邪恶势力,那么我们就无法成功完成自己的任务、实现自己的初衷,我们就只能是从小说和诗歌中获得安慰的流亡作家,只能继续向世界介绍自己是"流亡的阿根廷人"或"流亡的巴拉圭人",以求别人回赠自己以一个同情的微笑或一处庇护所。但我知道,事实并非如此。我所居住的城市每天都能

---

① 豪尔赫·拉斐尔·魏地拉(Jorge Rafaél Videla,1925—2013),阿根廷独裁者。
② 阿尔弗雷多·斯特罗斯纳·马蒂奥达(Alfredo Stroessner Matiauda,1912—2006),巴拉圭独裁者。

收到从其他地区寄来的作品，我知道，等到评论家和学者们开始绘制我们当代拉美文学的全景图时，流亡文学会成为其中别具一格的章节，并与我们的现实紧密相连。这个章节将会呈现各种新力量、各种道路的诞生与发展，讲述我们为增进身份认同感所付出的诸多不懈的努力。这就好比我们那被压迫、暴力与耻辱摧残的国家孕育出了一个全新的精神国度，就好比我们南锥体地区那饱受折磨的母体分娩出了一位继承真理与正义的后代婴儿，他是未来的孩子。正如许多神话和童话故事里写的那样，这个孩子被扔进了兽群，或被丢进了河里，但总有一天，他会回来的，他一定会和自己的人民一同奋斗的，就像历史曾经见证的何塞·马蒂那样，就像我期待我的小曼努埃尔会做的那样。

我坚定地相信，这个独特的拉美国度的文学——也就是流亡国度的文学——将继续为我们创造各种文化产品，这些作品将与那些能够留在本国创作的知识分子的作品一起，推动全世界的读者和作家——也即全世界的民族——共同前进。这种进步将带来最强烈、最大胆的语言创新，通达人们的意识和潜意识，就像妙不可言的酵母那样，丰富和滋养人们的精神与心灵。这是一场朦胧的、无名的行动，但它清晰地体现在所有文明的进程中。正是在这场行动中，那些在艰难条件下诞生的文学，即便其主题或初衷与政治现状无关，也会有巨大的政治价值。正是在这场行动中，那些从痛苦、愤怒和伤痛中诞生的文学向我们传达了作家的体验，让我们沿着那条流亡作家曾踽踽独行的路，与他们一同前行，那是通往我们内心深处的身份认同之路，这种身份最终会向我们展示拉美大陆的历史命运，我们这些说着同一门语言的人的历史命运，我们这些具有"友好的相似性"的——引用保尔·瓦莱里的诗句——多样民族的历史命运。

从这个意义上说，在最近几十年中，国内外最清醒的文学都在以散文、小说和诗歌等形式表明，即便拉美中最自由的国家也远没有实现真正的自由，几乎所有的拉美作家——不管是否身处国内——都是流亡作家。但让我感到惊讶的是，在我们这些知识分子当中，仍然有一些人对自己依凭而立的地缘政治感到绝对地安心，或者认为自己所处的政治环境相对更加稳定，因为其他地区此刻混乱不堪，山崩地裂。对这类知识分子来说，读者只有在涉及销售量或文学奖项时才是一种积极的因素，自己的作品有人编辑和评论这件事本身就已经充分证明他们完成了自己的任务。从拉美大陆现实的角度出发——尤其是南锥体地区，不过这在许多拉美国家同样适用——我们知识分子依然是缺乏稳定和保障的群体。权力或用野蛮的方式，或利用我们不曾参与制定的法令控制我们，打压我们，抨击我们，驱逐我们，在近几年间，只要我们在因循守旧或谨慎发声的合唱中唱出了不和谐的音符，权力就会直接把我们斩草除根。这让我再次想起了鲁道夫·沃尔什，他之所以被厚颜无耻地除掉，就是因为他敢当着魏地拉将军的面说真话；我想起了马塞洛·基罗加·圣克鲁斯①，他在玻利维亚被杀，因为他的影子就像班柯的鬼魂缠扰着麦克白的良心那样，让参与军事政变的阴谋家们无法安宁。如果我们不能坚定地打破这耻辱的循环，那么在这样的条件下，无论是在流亡中还是在受摧残较少的国家中，我们的文学又会是什么样的呢？它们就只会成为纯粹的智力活动——就和我们所知的一些欧洲国家的文学一样，但我们不比欧洲人，他们经过长期的积累与奋斗，有权利享受纯粹的写作快感；只会成为许多读者与作家可悲的自我欺骗，因为他们混淆了小众文化和民族尊严；成为一种精英游戏，不是因为那些真诚的作家认同精英主义，而是因为他们的外部环境给他们设置了封闭的界限，就像古罗马竞技场，所有能买得起门票的人都在为角斗士和小丑鼓掌，而场外却仍有庞大的人群，禁卫军既不让他们拥有粮食，也不让他们入场。我使用各种意象和场景是为了说明我切身的感受和经历：我感到羞愧，我总会读到一些只谈书籍印量的访谈，仿佛那些数字能证明文化的繁荣，而每当读到这些采访，我都会觉得自己应该为这种现状负责；我感到羞愧，在我们当中有一些知识分子，他们依然在回避赤裸裸的可怕现实，那就是我们周围生活着数百万文盲，他们最重要的文化生活仅限于漫画书和电视剧，而且只有其中足够幸运的人才能接触到这些

---

① 马塞洛·基罗加·圣克鲁斯（Marcelo Quiroga Santa Cruz，1931—1980），玻利维亚作家、政治评论家。

东西。很显然，在这一切的背后是美帝国主义的"后院"政策，许多维护寡头政府的国家势力也参与其中，他们为了维护自己的特权，可以不计代价地做出任何事情，萨尔瓦多就是一个例子。在这样的背景下，只有星星点点的篝火闪耀，我们这些作家又有什么可吹嘘的呢？我们的书就像是漂流瓶，瓶中的消息被扔进了广袤无际的无知和悲苦中；但是，偶尔会有某些瓶子抵达目的地，而正是在这个时候，这些瓶子里的消息应当显示自己的意义和存在的价值，应当给那些正在阅读或是将会阅读的读者带去启蒙和希望。我们无法直接对抗那些把我们和数百万读者隔开的势力；我们不是扫盲员，也不是社会工作者，我们没有土地可以分给流离失所的穷人，也没有药可以治疗病人；但是我们有能力以另一种方式抨击相互勾结的国内外势力，正是这些国内势力造成并维持着拉美的现状，更准确地说，是维持拉美停滞的现状。在结束今天的演讲之前，我想再强调一遍：我谈论的不仅仅是所有知识分子在政治领域开展的抗争，我指的还有文学，特别是文学，关于写作者和阅读者的良知观念，关于某种文学和某些读者之间有时难以言喻却永远不容置疑的联系，那种文学不会对周遭的现实避而不谈，而那些读者也会在文学的引导下走出自我，反观自己的良知，拥有更广博的历史、政治和美学视野。只有能建立起这种联系的作家——在我看来，这才是这个时代的作家真正的承诺和存在的意义——才能够使他的作品产生意义，他那丰富的经验才能被接纳、吸收，才能让那些信任他的读者在情感和文化上与他产生共鸣。因此我认为，那些在灾难中选择纯粹的智力游戏的人，那些回避建立联系、拒绝承担每日都在召唤他的使命的人，他们这些拉美作家与比利时、丹麦的作家没什么分别：他们只是因为基因的偶然，而非深思熟虑的选择，才成为我们当中的一员。在最近这几年里，对我们来说，重要的并不是成为一名拉美作家，而是成为书写拉美的写作者。

图书在版编目（CIP）数据

　　文学课／（阿根廷）胡里奥·科塔萨尔著；林叶青
译．－－海口：南海出版公司，2022.2
　　ISBN 978-7-5442-6915-5

　　Ⅰ．①文…　Ⅱ．①胡…　②林…　Ⅲ．①世界文学－文
学评论－文集　Ⅳ．① I106-53

　　中国版本图书馆 CIP 数据核字（2021）第 202404 号

著作权合同登记号　图字：30-2020-039
CLASES DE LITERATURA by JULIO CORTÁZAR
© JULIO CORTÁZAR, 2013 and Heirs of JULIO CORTÁZAR
All Rights Reserved.

文学课

〔阿根廷〕胡里奥·科塔萨尔　著

林叶青　译

出　　版　南海出版公司　（0898）66568511
　　　　　海口市海秀中路 51 号星华大厦五楼　邮编 570206
发　　行　新经典发行有限公司
　　　　　电话（010）68423599　邮箱 editor@readinglife.com
经　　销　新华书店

责任编辑　黄宁群
特邀编辑　杨　初　刘丛琪　吴　优
营销编辑　杨　茜
装帧设计　李照祥
内文制作　杨兴艳

印　　刷　河北鹏润印刷有限公司
开　　本　850 毫米 ×1168 毫米　1/32
印　　张　11
字　　数　174 千
版　　次　2022 年 2 月第 1 版
印　　次　2022 年 2 月第 1 次印刷
书　　号　ISBN 978-7-5442-6915-5
定　　价　69.00 元

A B C L A S E

D E F I H I G

G H I T K L M

G K D E N O P

O P Q R A T U

R E S T U V W